Festspielfieber

Seit Tim Frühling arbeitet, arbeitet er beim Radio. Nach Praktikum und Volontariat beim Lokalfunk in Baden-Württemberg kam er mit zweiundzwanzig Jahren zum Hessischen Rundfunk nach Frankfurt. Dort hat er über acht Jahre beim Jugendsender YOU FM moderiert, bevor er 2006 zu hr3 gewechselt ist. Seit 2008 präsentiert er im hr-Fernsehen und in der ARD außerdem das Wetter.

TIM FRÜHLING

Festspielfieber

KRIMINALROMAN

emons:

Bibliografische Information der Deutschen Nationalbibliothek
Die Deutsche Nationalbibliothek verzeichnet diese Publikation in der Deutschen Nationalbibliografie; detaillierte bibliografische Daten sind im Internet über http://dnb.d-nb.de abrufbar.

FSC www.fsc.org MIX Papier aus verantwortungsvollen Quellen FSC® C083411

Umschlagmotiv: © Bad Hersfelder Festspiele/Steffen Sennewald
Umschlaggestaltung: Tobias Doetsch
Gestaltung Innenteil: César Satz & Grafik GmbH, Köln
Lektorat: Susann Säuberlich, Neubiberg
Druck und Bindung: CPI – Clausen & Bosse, Leck
Printed in Germany 2016
ISBN 978-3-95451-809-8
Originalausgabe

Dieser Roman wurde vermittelt
durch die Agentur Brauer, München.

Ein guter Abgang ziert die Übung.
Friedrich Schiller

Je preiser gekrönt, desto durcher gefallen.
Joseph Hellmesberger

Prolog

»Bad Hersfeld?«

Michael Vieregge hatte sich im Laufe seines Lebens als Künstleragent daran gewöhnt, dass seine Bühnenstars auf Gastspiele in der Provinz mit Skepsis oder Ablehnung reagierten. Den Namen einer unschuldigen Stadt mit derartig viel Entsetzen und Ekel in den Telefonhörer zu rotzen, das gelang allerdings nur Natascha Gessler.

Kein Wunder, dass diese Frau zu den Bestsellern von Vieregges Agentur zählte. Aufbrausend, unberechenbar, ganzheitlich von der Theatralik besessen. Diese Charaktereigenschaften machten »die Gessler« nicht nur zu einer begehrten Rollenspielerin, sondern auch zu einem gern gesehenen Gast in Klatschspalten und Talkshows.

Kein Rückblick war im vergangenen Jahr ohne die Szene gesendet worden, in der sie einem Spitzenpolitiker im Eifer des Gefechts ein Glas Prosecco in den Schritt kippte. Sie fand, dass im Zoo von Bremerhaven die Robbenbabys unglaublich traurig aussahen – und machte dafür den regierenden Bürgermeister persönlich verantwortlich.

Wer die Gessler einlud oder engagierte, konnte sich fest auf Skandale und Schlagzeilen verlassen. Vieregge wusste, dass seine Protagonistin in heiklen Situationen nur mit zwei Utensilien zu beruhigen war: Samthandschuh und Engelszunge. Und an milden Tagen vielleicht noch mit guten Argumenten. Die hatte er sich extra aufbewahrt, weil er ahnte, dass das Rollenangebot aus einer osthessischen Kleinstadt bei Natascha nicht gerade für ein großes Hallo sorgen würde.

»Hör dir erst mal an, worum es geht. Das Ganze ist wirklich interessanter, als es zunächst klingt.«

Verächtliches Schnauben am anderen Ende der Leitung.

»Die Hersfelder Festspiele sagen dir ja bestimmt was. Open

Air, in einer berühmten Ruine, uralte Tradition. Aber jetzt halt dich fest, du kennst die Regisseurin noch nicht.«

Die Gessler schickte ein gelangweiltes Ausatmen durch den Hörer, aber Vieregge wusste, dass er ab jetzt ein wahres Füllhorn an Trümpfen in der Hand hatte. Einen davon zog er jetzt.

»Valerie Prohaszka!« Der Agent machte eine kleine Pause. Er fand, dass der Name einer echten Ingeborg-Bachmann-Preisträgerin einen Moment der Ruhe rechtfertigte. Weil von Natascha nichts zu hören war – immerhin auch keine Geräusche, die Ablehnung signalisieren würden –, legte Vieregge nach.

»Die Österreicherin bringt für zehn Abende ihr erstes selbst geschriebenes Stück auf die Bühne. Es heißt ›Gezeiten‹ und wurde, warte mal kurz ...« Hektisches Blättern im Büro des Künstler-Agenten. »Ah, ja hier. Das Manuskript zu dem Stück wurde im vergangenen Jahr in Weimar mit dem thüringischen Löwen und in Innsbruck mit der Goldenen Dachschindel ausgezeichnet. In Bad Hersfeld soll die deutsche Uraufführung stattfinden.«

An dieser Stelle hätte sich Vieregge schon ein klein bisschen Begeisterung von seiner Mimin gewünscht. Stattdessen ließ sie nur ein unwirsches »Mhm« vernehmen, was bei einer Frau wie der Gessler so allerhand bedeuten konnte. Deswegen blieb Vieregge nichts anderes übrig, als an dieser Stelle des Gesprächs seinen vorletzten Trumpf auszuspielen.

»›Gezeiten‹ ist ein Stück für nur drei Darsteller. Ein Mann, zwei Frauen. Vielleicht kurz zum Inhalt: Der Mann setzt sich über gängige Konventionen hinweg und lebt mit beiden Frauen zusammen. Klingt aus meiner Sicht schon mal traumhaft.« Für diesen müden Herrenwitz konnte man von der Gessler keinen Applaus erwarten, deswegen sprach Vieregge schnell weiter. »Jedenfalls, der Mann hat ein Problem: Die eine Dame liegt ihm charakterlich eher, die andere entspricht seinen sexuellen Phantasien, was das Aussehen angeht. Er versucht nun, einen Transformationsprozess einzuleiten und beide Frauen nach seinem Gusto zu formen. Ich lese dir das mal kurz aus der Zusammenfassung des Stücks vor: ›Prohaszka führt ihre Zuschauer in eine bizarre Welt menschlicher Abgründe, chauvinistischer Triebsteuerung, rasanter Paradigmenwechsel und der bedingungslosen Hingabe, zu der nur Liebende fähig sind.‹«

Die Gessler räusperte sich genervt. »Sind die beiden anderen Rollen schon besetzt?«

Michael Vieregge ballte die Faust. Die passende Frage, um endlich seinen Haupttrumpf zu platzieren. Nun war es an ihm, seine Protagonistin mit ein wenig Theatralik auf die Folter zu spannen.

»Ja, warte mal, ich habe mir das irgendwo notiert.« Künstliches Geraschel. »Für den Mann konnten sie Hans Hofstede gewinnen. Der hat ja letztes Jahr schon Erfahrungen bei den Festspielen in Worms gesammelt, davor war er lange in Bochum –«

Ungeduldig unterbrach Natascha ihn. »Jaja, Hofstede, kenne ich. Wer ist die andere Frau?«

Michael fuhrwerkte noch ein bisschen mit dem Papier herum und tat, als könnte er seine Notizen nur mit Schwierigkeiten entziffern. Er wusste, dass die Gessler kurz davor war, anzubeißen. Preisgekröntes Stück, Deutschland-Premiere, kaum Götter neben ihr auf der Bühne.

»Ja, die andere Rolle soll wohl an Juli Blum gehen.« Er hörte, wie am anderen Ende der Leitung affektiert Luft eingezogen wurde. Gut so, gut so.

»Die Blum? Ha! Diese Nulpe zusammen mit mir und Hofstede auf einer Bühne? Unsere kleine Miss-ich-habe-mich-von-einer-Vorabendserie-ganz-hochgearbeitet? Ha! Es wird mir ein Vergnügen sein, dieses gesichtslose Wesen an die Wand zu spielen. Die Blum. Ich sage zu. Wo ist das? Helmstedt?«

1

Wolfgang »Wolli« Angerstein saß mit einem Dauergrinsen in der Pressekonferenz. Der Lokalreporter der »Osthessischen Landeszeitung« war von seinem Redaktionsleiter in diesem Jahr mit der kompletten Berichterstattung rund um die Hersfelder Festspiele beauftragt worden. Ein klarer Affront gegen die Damen aus der Kulturredaktion!

Aber Wollis Chef schwebte in der sechsundsechzigsten Spielzeit ein anderer Zugang vor: Ihn reizte die Kontroverse, die ein Reporter seines Blatts auslösen würde, der sonst eher mit Kommunalfinanzen, Bebauungsanträgen und dem regionalen Strukturwandel befasst war. Ironischerweise hatte ihn gerade sein Mangel an kultureller Kenntnis für diesen Job qualifiziert: Nachdem die Kultur-Kolleginnen erfahren hatten, dass Valerie Prohaszka in diesem Jahr die künstlerische Leitung der Festspiele und die Regie bei ihrem eigenen Stück übernehmen würde, entbrannte auf der Stelle ein unwürdiger Cat-Fight über die Frage, wer von den dreien die Haus- und Hofberichterstattung rund um den Shootingstar der österreichischen Theaterliteratur würde übernehmen dürfen. Das Gefauche musste sich bis zum Chefredakteur herumgesprochen haben, der jedenfalls baute sich noch am selben Tag in der Lokalredaktion vor Wolfgang Angerstein auf und wollte von ihm wissen, ob er jemals etwas von einer gewissen Frau Prohaszka aus Graz gehört habe.

Wolli glänzte durch Unwissen und war damit in den Augen seines Vorgesetzten der richtige Mann, um das Treiben dieser Österreicherin mit der gebotenen kritischen Distanz zu begleiten. Und dass diese Aufgabe derartig amüsant werden würde, hätte sich Wolli kaum träumen lassen. Denn diese Prohaszka schien ein Schätzchen mit ganz besonderen Ansprüchen zu sein.

Von seinem Kumpel aus dem Tourismusverband hatte

er gesteckt bekommen, dass die Frau Festspielleiterin keine Hotelzimmer mit Ostfenstern beziehe, ausschließlich in leicht aufgerauter Biberbettwäsche zur Ruhe finden könne und ein Mineralwasser aus der nahen Rhön wegen seines Natriumgehalts für untrinkbar erklärt habe.

Vor diesem Hintergrund wunderte sich Wolli nicht darüber, dass auf dem Podium der Pressekonferenz neben Frau Prohaszkas Namensschild zwei Flaschen Mondwasser standen. Quellwasser ohne Kohlensäure, in einer Vollmondnacht abgefüllt.

Nicht nur diese kleine Schrulle brachte den Herrn von der Zeitung zum Grinsen, auch Valeries Ausführungen über ihren Stil der Inszenierung erheiterten ihn sehr. Die Darsteller ihres selbst geschriebenen Stücks bezeichnete Frau Prohaszka nur als »den Hans«, »die Juli« und »die Natascha«, obwohl sie auf Nachfrage eines Kollegen zugeben musste, dass sie mit diesen Schauspielern noch nie zusammengearbeitet oder sie je getroffen hatte. Auf jeden Fall wolle sie den Hans, die Juli und die Natascha an der ganz langen Leine spielen lassen.

»A jeda vun die draa soj das Stick in si aafsaugn und ohne Hemmungan aufspuin. Draa individuelle Inszenierungan, quasi parallel, Metamorphosen auf da offenan Bühne, sich entfernand und gleizeitig fusionierand. Be-fruch-tand im eigentlichen Sinn des Worts und des Stücks.«

Die Prohaszka fuchtelte dramatisch mit ihren dürren Händen in der Luft herum. Dabei klirrten ihre zwanzig Armreifen und versauten den Radiokollegen vom Hessischen Rundfunk die Aufnahme.

»*Das* ist ›Gezeitan‹ in Bad Hersfeld! *Das* ist ein neuer Meilanstein in der Geschichte der Spiele! Vielen Dank für die Aufmerksamkeit.«

Selten hatte Wolfgang Angerstein auf einer Pressekonferenz mehr sinnloses Geschwafel gehört als hier. Allerdings hatte er auch selten Pressekonferenzen aus der Welt der Schönen Künste miterlebt. Fest stand für ihn schon jetzt, dass hier mindestens genauso viel gelogen wurde wie in der Politik, seinem eigentlichen Ressort. Denn in Vorbereitung auf seine neue Rolle als Festspielreporter hatte er sich aus den einschlägigen Klatschspalten angelesen, dass Natascha Gessler nichts von Juli Blum hielt und Hans Hofstede nichts von Natascha Gessler *und* Juli Blum.

Wolli wiederum hielt nichts von Valerie Prohaszka und begann sich zunehmend auf seine Aufgabe zu freuen.

***

Die Hersfelder »Kurkongress- und Tourismus-GmbH (KKT)« war von Anfang an ein umstrittenes Konstrukt. Kurz nachdem mit Stephan Goldhagen zum ersten Mal ein Politiker des Freien Bürgerbündnisses den Rathaussessel bezog, wurde auf sein Betreiben hin die windige Gesellschaft gegründet. Nach Darstellung des Bürgermeisters sollte die Institution den lahmenden Kurbetrieb auf Trab bringen, Kongresse nach Waldhessen locken und den Tourismusstandort Hersfeld professioneller vermarkten. Kritiker sahen in der KKT nichts anderes als ein Instrument, treue Parteifreunde mit lukrativen Posten zu versehen.

Das bezog sich vor allem auf Jürgen Hartmann. Er hatte 2011 den Wahlkampf von Goldhagen organisiert – und fand sich wenig später auf dem Posten des Geschäftsführers der neu installierten GmbH wieder. Auf diesen Titel legte Hartmann großen Wert. Er residierte in gediegenen Büroräumen, die die Stadt aus einer kurzerhand erhobenen Umlage finanzierte. Einen Euro zwanzig pro Besucher und Übernachtung mussten die Beherbergungsbetriebe für die Leistungen der KKT abführen.

Hartmann hatte sich durch sein bisweilen majestätisches Auftreten den Spitznamen »Attaché« erarbeitet. Ständig gab er seiner Umgebung das Gefühl, dass dieser Geschäftsführerposten in der Provinz eigentlich unter seinem Niveau lag. Nicht dass er diese Überheblichkeit bisher mit Zahlen untermauern konnte, aber bei vielen kamen seine glanzvollen Auftritte gut an. Irgendwie gelang es Hartmann, alle seit Jahren davon zu überzeugen, dass seine Bemühungen kurz vor dem Durchbruch standen und der osthessischen Kreisstadt demnächst ein wahrer Boom an Übernachtungen und Tagungen bevorstand.

Mittlerweile freute er sich sogar auch auf den alljährlichen Empfang der Festspieldelegation im Rathaus. Das war zu Beginn seiner Amtszeit noch ein wenig anders gewesen. Damals hatte er die Sorge, durch die Fragen der Journalisten als Kulturbanause entlarvt zu werden. In den vergangenen Jahren hatte er aber die Erfahrung gemacht, dass die Presse ein größeres Interesse an den Darstellern hatte als an ihm – und nutzte den Termin seither gern dafür, sich medienwirksam neben Schauspielern mit bundesweiter Reputation ablichten zu lassen.

Lokalreporter Wolli Angerstein hatte trotz anfänglicher Vorbehalte ein gutes Verhältnis zu Hartmann. Journalisten gegenüber verhielt sich der Attaché freundlich und jovial. In der Gründungsphase der Kur-Kongress- und Tourismus-GmbH hatte Wolli manch bösen Artikel dagegen verfasst. Mittlerweile musste er anerkennen, dass das Stadtmarketing tatsächlich professioneller arbeitete als früher – und dass Hartmann ein Mann mit Ideen und Visionen war, auch wenn sich diese bisher noch nicht in barer Münze auszahlten.

Allerdings kannte Wolli auch Hartmanns Vorliebe für das Licht der Kamera und wunderte sich daher ein wenig, dass er den diesjährigen Empfang der Festspieldelegation seinem Stellvertreter überließ. Hartmann verpasste dadurch nicht nur die Chance, sich mit einigen Bühnenstars aus der Bundeshauptstadt ablichten zu lassen, sondern auch ein paar denkwürdige Szenen während des kurzen Umtrunks.

Juli Blum, Natascha Gessler, Hans Hofstede und Valerie Prohaszka bekamen, wie es Tradition für die Festspieldarsteller war, von der Stadt den Lullus-Taler überreicht. Die kunstvolle Münze war nach einem Bischof benannt, der im 8. Jahrhundert ein Kloster in Bad Hersfeld gegründet hatte, und sollte die Akteure an ihre Auftritte in der Stiftsruine erinnern.

Juli Blum zerrte die Münze sofort aus der Schmuckverpackung heraus, steckte sie zwischen ihre Zähne und biss albern darauf herum, so wie mancher Olympiasieger auf seiner Medaille. Dabei kniff sie ein Auge zu und streckte den anwesenden Fotografen zwei Top-Daumen in die Kameras.

Natascha Gessler fragte, ob man mit dem Geldstück in den örtlichen Geschäften bezahlen könne, woraufhin Valerie Prohaszka etwas zu laut zischte: »Da kannst doch eh nichts kaufen, in dem Nest.«

Hans Hofstede schaute indigniert und versuchte, seine peinliche Berührung mit dem vierten Glas Sekt hinunterzuspülen.

Hartmanns Stellvertreter blieb tapfer und unterstrich in seiner kurzen Ansprache nach der verunglückten Münz-Übergabe, wie stolz die Stadt darauf sei, die diesjährigen Festspiele mit solch einer prominenten Besetzung adeln zu können. Zwar seien alle Stücke der Spielzeit sehenswert, doch würden die Namen Blum, Gessler, Hofstede und Prohaszka alles überstrahlen. Außerdem werde die deutsche Uraufführung von »Gezeiten« für nationalen Gesprächsstoff sorgen. Wahrscheinlich hatte er damit sogar recht.

Allerdings konnte er zu diesem Zeitpunkt noch nicht ahnen, dass es nie zu einer Aufführung in dieser Besetzung kommen würde.

2

Der Sommer 1992 war in den neuen Bundesländern eine unruhige Zeit. Immer mehr Menschen verloren ihre Jobs, die blühenden Landschaften, die der Kanzler noch zur Wiedervereinigung versprochen hatte, schienen in unerreichbarer Ferne. An vielen Orten war die Euphorie verflogen, das alte Regime ohne Blutvergießen in die Knie gezwungen zu haben. Stattdessen machte sich in weiten Teilen der Bevölkerung eine tief greifende Ernüchterung breit. Ältere Menschen sehnten sich zum Teil den Sozialismus mit seinen klar gegliederten Strukturen zurück, jüngere fingen zunehmend an, sich zu radikalisieren.

Zielscheibe ihrer Wut waren häufig Ausländer, aber auch Homosexuelle, Intellektuelle und Andersdenkende. In Hoyerswerda waren schon im Jahr zuvor Asylbewerber und Arbeiter mit Migrationshintergrund Opfer der rechten Hatz geworden, in Rostock-Lichtenhagen bekam die Polizei die Ausschreitungen am »Sonnenblumenhaus« tagelang nicht in den Griff. Natürlich waren diese Pogrome nur die Spitze des Eisbergs. Viele kleine Taten fanden nicht ans Licht einer breiten Öffentlichkeit oder wurden schlicht niemals aufgeklärt.

Auch die Vorgänge in der Nacht auf den 22. Juli 1992 im sächsischen Crimmitschau sind heute weitgehend vergessen. Eine Truppe junger Schauspieler aus West-Berlin hatte sich in den Süden der ehemaligen DDR aufgemacht, um den Brüdern und Schwestern in der Provinz großstädtische Inszenierungen zu präsentieren. Nachmittags gaben sie für die Kinder Stücke des linken Berliner GRIPS-Theaters, die Erwachsenen bekamen abends auf einer improvisierten Bühne Stücke von Bertolt Brecht oder Wolfgang Borchert zu sehen. Alle Mitwirkenden hatten eine gehörige Portion Idealismus in das Projekt gesteckt. Sie wollten mit ihrer Tour gegen die ersten Theaterschließungen ankämpfen, zu denen sich manch klamme Kommune im Osten schweren Herzens entschlossen hatte.

Im Anschluss an eine mittelmäßig besuchte Aufführung der »Mutter

Courage« saßen die Darsteller am Lagerfeuer und philosophierten mal wieder über Weltanschauungen, Politik und die Entwicklung des Theaters in Deutschland. Nach dem Genuss einiger Flaschen Wein und einem Joint, der die Runde gemacht hatte, verzogen sie sich in die hölzernen Bauwagen, die sie am Ufer der Pleiße im Halbkreis um ihre notdürftige Bühne postiert hatten.

Um kurz nach Mitternacht verstummten das Geflüster und das leise Lachen in den bunt bemalten Wagen. Zu diesem Zeitpunkt mussten die Angreifer schon in den Büschen gelauert haben.

Nach etwa einer halben Stunde schlichen vier maskierte Männer aus dem Ufergebüsch auf die Wagengruppe zu. In einer großen Sporttasche klirrte es leise. Acht Flaschen hatten sie mit Benzin und Lappen zu Molotowcocktails umgerüstet. Zwei für jeden Wagen, das war ihr Plan. Ohne zu sprechen, teilte sich die Gruppe auf. Zwei Vermummte sollten die Brandsätze in die Wagen auf der rechten Seite werfen, zwei kümmerten sich um die Bauwagen weiter links.

Die nächtliche Ruhe in der Pleiße-Aue wurde durch einen leisen Pfiff zerschnitten. Das vereinbarte Zeichen, die Molotowcocktails zu zünden und durch die geöffneten Fenster in die Schlafwagen der Schauspieltruppe zu werfen.

Alles ging blitzschnell: In zwei Wagen gab es gewaltige Verpuffungen, eines der hölzernen Gefährte wurde von den Brandsätzen komplett zerstört. Über die zwei anderen Wagen muss ein Schutzengel seine Hand gehalten haben: Die Benzin-gefüllten Flaschen sorgten zwar für ein mächtiges Feuer, sie explodierten aber nicht. Offenbar waren sie beim Hineinschleudern auf eine Bettdecke oder einen weichen Teppich gefallen, jedenfalls brachen die Flaschen nicht auseinander und verhinderten damit die gefährliche Detonation.

Aus den zwei anderen Wagen aber schallten markerschütternde Schreie. Die Opfer des Anschlags rannten wild umher, einerseits wollte man den Verletzten helfen, andererseits vielleicht noch einen der Täter schnappen. Die hatten nämlich einen entscheidenden Fehler gemacht: Sie hatten sich nicht abgesprochen, wie ihre Flucht aussehen sollte.

Ein eher kurz geratener, drahtiger Maskierter rannte nicht auf dem kürzesten Weg aus dem kleinen Park heraus, sondern wählte die lange

Strecke, an den drei anderen Bauwagen entlang. Als er gerade am hintersten vorbeirennen wollte, sprang ihm ein Mitglied der Schauspieltruppe in den Weg. Mit einem gezielten schnellen Griff wurde der Sehschlitz der Sturmhaube nach unten gezerrt. Für einen kurzen Moment war neben den Augen auch die Mund- und Nasenpartie des Angreifers zu sehen, verzogen zu einem kalten Lächeln, aber doch unverkennbar. Zwischen Nase und Oberlippe verlief eine senkrechte Narbe, die typischerweise entsteht, wenn im Säuglingsalter eine Hasenscharte geschlossen wird.

Ein Bild, das sich im Schatten zweier lodernd brennender Holzwagen für ein Leben lang einbrennt. Und der einzige Anhaltspunkt, der jahrelang als Phantombild in einem Fall verwendet wurde, der bis heute nicht aufgeklärt werden konnte.

***

Wolli Angerstein gefiel seine Aufgabe als Festspielreporter immer besser. Der Chefredakteur hatte sein ironisches Porträt über die launische Valerie Prohaszka ausdrücklich gelobt – und ihm vier Sonderseiten in der übernächsten Samstagsausgabe in Aussicht gestellt. Von allen sonstigen Aufträgen war er befreit worden und konnte sich so voll auf die Vorgänge in der Stiftsruine konzentrieren.

Normalerweise waren Reporter bei den Proben verboten oder zumindest nicht gern gesehen. Da die »Osthessische Landeszeitung« aber schon seit Jahrzehnten mit den Festspielen kooperierte – heutzutage nennt man in der Werbewelt so was »Premium-Medienpartner« –, genoss Wolli das Privileg, sich fast zu jeder Zeit an nahezu jedem Ort aufhalten zu dürfen.

Heute standen die ersten Szenen aus »Gezeiten« auf dem Probenplan, der Reporter der »OLZ« machte es sich dazu in der dritten Reihe mit Sitzkissen und Thermoskanne gemütlich. Aus journalistischer Sorgfalt hatte er das ganze Skript schon gelesen. Es war, wie erwartet, nicht sein Fall. Das ewige Hin und Her zwischen dem Mann und seinen beiden Gespielinnen langweilte ihn, der Transformationsprozess hin zu seinen zwei Traumfrauen erschien ihm nicht perfide genug. Außerdem hatte Wolli den Eindruck, dass ein Textbuch mit nur achtundvierzig Seiten reichlich dünn war für ein zweistündiges Bühnenstück.

Während der Proben wurde ihm klar, wie Valerie Prohaszka – nicht nur Autorin und Intendantin, sondern eben auch Regisseurin des eigenen Werkes – den Mangel an Text zu kompensieren gedachte: indem Hans Hofstede die beiden Frauen abwechselnd minutenlang schüttelte. Zuerst fasste er Juli Blum mit beiden Armen um die Hüfte, schüttelte sie nach vorn, nach hinten, nach rechts und dann nach links, während er finster dreinblickte und sie jämmerlich wimmerte. Dann wechselte er zu Natascha Gessler, griff sie unsanft an den Schultern und schüttelte sie ebenfalls in alle Himmelsrichtungen.

Der Unterschied zur Schüttelei mit der Blum bestand allein darin, dass nun Hofstede *und* Gessler eine gute Minute lang so laut schrien, dass feine Spucketröpfchen den Bühnenboden und die erste Reihe der Zuschauer benetzten.

Wolli war sich sicher, dass das Hersfelder Publikum an dieser Stelle gehen oder zumindest buhen würde. Auf jeden Fall bot die Nummer genügend Stoff für einen interessanten Artikel nach der Premiere.

Während Frau Prohaszka eine kleine Pause ausrief, um die »Intensität« und die »Affektivität« der soeben gespielten Szene zu loben, nutzte Wolli Angerstein die Ruhe, um sich ein paar Gedanken über die Mimen auf der Bühne zu machen.

Weswegen Juli Blum das Engagement in Bad Hersfeld angenommen hatte, lag auf der Hand: Für sie war es das Sprungbrett, um ins seriösere Fach zu wechseln. Bekannt geworden war sie durch eine Vorabendserie rund um eine Surfer-Clique, bei der es mehr um schöne Bilder und schöne Körper als um schöne Dialoge ging. Danach war sie für einige Jahre am Max-Reinhardt-Seminar in Wien gewesen, um die Schauspielerei noch mal von Grund auf zu lernen. Ihre Bemühungen trugen

Früchte: Im Anschluss an ihre Ausbildung durfte sie in einem dreizehnteiligen DDR-Drama eine junge Frau spielen, die nach einem Fluchtversuch in die Fänge der Stasi geriet. Für diese Rolle hatte sie vor zwei Jahren sogar eine Goldene Kamera bekommen und fühlte sich seither bereit für die höheren Weihen des Bühnenspiels.

Wolli konnte nicht bestreiten, dass die schlanke, blonde Endzwanzigerin einen gewissen Reiz hatte, allerdings verspürte er in ihrer Nähe den ständigen Drang, ihren gerade abgeschnittenen und in die Stirn gekämmten Pony beiseitezuschieben. Er hatte diese Frisur schon bei manchen Models gesehen und fand sie urbanen Mist. Selbst nach den permanenten Schütteleien, die das Stück vorsah, schlossen die Haare wieder akkurat mit den Augenbrauen ab – und Frauen ganz ohne Stirn waren Wolli einfach suspekt.

Natascha Gessler trug ihre grau melierten Haare streng zu einem Knoten nach hinten gebunden. Das passte einerseits zu dem intellektuellen Frauenbild, das sie in »Gezeiten« zu verkörpern hatte, andererseits aber auch zu ihrem sehr schmalen Gesicht. Sie trug privat ausschließlich graue und schwarze Kleidung, auf der Bühne hatte die Prohaszka sie in einen gestrickten dunklen Einteiler ohne Ärmel, aber mit Rollkragen gesteckt. Rechts und links ragten zwei Ärmchen aus dem Wollberg heraus, die so dünn waren, dass die Adern millimeterdick hervorstanden. Der einzige Farbtupfer waren die knallroten Lippen unter Gesslers Adlernase.

Weil sie es mit der Kosmetik ein bisschen zu gut gemeint hatte, floss der Lippenstift in der wärmenden Junisonne in jede einzelne Falte, die den Mund der Fünfundfünfzigjährigen umgab.

Wolli musste an seine Mutter denken, die zu sagen pflegte: »Die eine Frau wird im Alter Kuh, die andere Ziege.« Sie meinte damit, dass manche Damen im Lauf des Lebens mächtig auseinandergingen, dafür aber faltenarm blieben, während die anderen dürr und knittrig seniorierten.

Die Gessler war auf jeden Fall Ziege.

Hans Hofstede wiederum, der Senior auf der Bühne, erschien nahezu alterslos. Man sah ihm nicht an, dass er auf die siebzig zuging. Sein Spiel war immer noch derartig von Dynamik und Impulsivität geprägt, dass Wolli eine kleine Bewunderung nicht verhehlen konnte. Seine Glatze und der Wohlstandsbauch schienen Frauen ab dem mittleren Alter nicht daran zu hindern, für Hofstede zu schwärmen.

Seine rauchige Stimme, die stechenden blauen Augen und sein charismatischer Habitus beeindruckten offenbar selbst Wollis Mutter: Zum ersten Mal in der Geschichte der Festspiele hatte Frau Angerstein Interesse an einem Besuch angemeldet.

Während ihr Sohn gerade darüber sinnierte, wie er es bewerkstelligen könnte, im Alter ebenfalls von der Damenwelt umschwärmt zu werden, brach auf der Bühne ein kleiner Tumult aus.

Laut Skript sollte an dieser Stelle des Stücks die Gessler ihre jüngere Widersacherin auf ein Sofa schubsen. Dummerweise befand sich das Sitzmöbel aber einen guten Meter hinter dem wohlgeformten Gesäß der jungen Frau Blum, weswegen diese ziemlich unelegant und schmerzhaft rücklings auf die Bretter krachte, die angeblich die Welt bedeuteten.

Sofort fing sie an zu zetern. »Bist du wahnsinnig? Ich hätte mir das Steißbein brechen können oder noch mehr! Du hast doch gesehen, dass die Couch zu weit weg war!«

Natascha Gessler verschränkte die Arme und blickte spöttisch auf ihre junge Kollegin am Boden herab. »Nicht das Sofa hat falsch gestanden, *Du* hast falsch gestanden. Und das ist ja wohl nicht meine Schuld. Wenn ich spiele, muss ich mich auch auf meine Kollegen verlassen können. Da kann ich mich nicht noch darum kümmern, wo ein Sofa steht.«

Als wäre der Zwischenfall für sie damit beendet, setzte sich die Gessler auf einen Stuhl, der zur Kulisse gehörte, und begann angelegentlich ihre Fingernägel zu inspizieren.

Ungelenk richtete Juli Blum sich auf und schimpfte dabei: »Du kannst dich wenigstens entschuldigen. Wir proben die Szene gerade zum ersten Mal, und ich habe hinten keine Augen. Da sehe ich doch nicht, wo dieses Scheißsofa steht.«

Betont langsam erhob sich die Gessler von ihrem Stuhl, jede Faser ihres Körpers signalisierte Genervtheit.

»Hör zu, Schätzchen, wenn die große Bühne nichts für dich ist, dann geh doch zurück zu deiner Surfbrett-Serie, da könnt ihr die Szene zwanzig Mal üben, bis sie im Kasten ist. Und am Strand fällt sich's auch weicher.«

Juli Blum wollte gerade zum verbalen Gegenschlag ausholen, als eine tiefe Männerstimme aus dem Hintergrund die Keiferei abrupt beendete.

»Jetzt reicht es mir aber!«

Hofstedes Bass brachte die jahrhundertealten Steine der Stiftsruine zum Beben. »Was ist das denn hier für ein Kindergarten? Natascha, du entschuldigst dich jetzt bei Juli, und dann wird hier weitergeprobt!«

»Ach so, jetzt schlägst du dich natürlich auf die Seite der armen, kleinen Juli. Das musste ja so kommen!«

Die Gessler warf ihren Kopf in den Nacken und stürmte von der Bühne. Es herrschte Stille in der Ruine.

Blum und Hofstede schauten sich ratlos an, als plötzlich ein langsames Klatschen den Moment der Ruhe nach Natascha Gesslers Abgang unterbrach. Es kam aus dem Zuschauerraum von Valerie Prohaszka.

»Bravo, meine Lieban, so geht sich das aus! *Das* sind Emotionan! Das is, wos i von eich sehn wü! Ich hab eh gwusst, dass ihr die Richtigan für das Stück seids. Die Leit wern begeistert sein.«

Wolli war sich ziemlich sicher, dass seine Hersfelder keinen subventionierten Zickenkrieg miterleben wollten. Aber diese Meinung behielt er vorsichtshalber für sich.

3

Die Polizeidirektion Hersfeld-Rotenburg befand sich an einem idyllischen Fleckchen der Festspielstadt. Jedenfalls auf den zweiten Blick. Aus den Fenstern der Vorderseite ging der Blick auf ein Industriegebiet, die Rückseite des Gebäudes allerdings war der Geis zugewandt, einem Flüsschen, das nur wenige Meter weiter in die Fulda mündete.

Dort, in den Auenwiesen vor dem Revier, machten es sich die Beamten an schönen Tagen manchmal zur Mittagspause gemütlich. Brigitte Schilling hatte eigens eine Picknickdecke mitgebracht und für sich und ihren Kollegen Daniel Rohde geschnippeltes Gemüse samt Dips in Plastikdöschen verpackt.

Brigitte schwärmte für Daniel, seit sie in der Direktion angefangen hatte zu arbeiten. Ungefähr jeder außer ihm hatte das auch schon mitbekommen. Gerade war sie auf dem Trip, den attraktiven Kommissar durch ihre hausfraulichen Qualitäten für sich einzunehmen.

Daniel wunderte sich zwar, warum sie in letzter Zeit ständig selbst gebackenen Kuchen, frischen Obstsalat und handgepresste Säfte mit dabeihatte, bezog das aber keineswegs auf sich, weil Brigitte allerhand anderen Kollegen ja auch davon anbot.

Obwohl sie schon seit drei Jahren eng zusammenarbeiteten, hatte Daniel Brigitte noch nie als potenzielle Partnerin wahrgenommen. Um genau zu sein, nicht mal direkt als Frau. Unter Kollegen ging es ihm allein darum, gut zusammenzuarbeiten und gemeinsam Ermittlungserfolge zu erzielen.

Er war mit seinem Team, zu dem außer Brigitte noch zwei weitere Kriminalisten gehörten, zwar schon ein paarmal nach Feierabend ein Bierchen trinken gegangen, besonders viel Einblick in sein Privatleben ließ Daniel dabei aber nicht zu. Seine Kollegen wussten von ihm lediglich, dass er in seiner Freizeit in einem Volleyballverein aktiv war, weite Teile seiner Jugend in einer Techno-Disco in Kassel verbracht hatte und dass er zwar ein grundsätzliches Interesse an Frauen hatte, aber schon lange ohne Freundin lebte.

Viel mehr wollte Daniel von seinen Berufsgenossen auch gar nicht wissen. Na ja, gut, Brigittes Eltern hätte er gern mal gefragt, warum sie Anfang der achtziger Jahre noch so einen altbackenen Namen für ihre Tochter gewählt hatten. Aber das interessierte ihn auch nur so nebenbei.

Momentan machte er sich eher Gedanken darüber, ob demnächst ein Verhör anstehen könnte. Brigittes Knoblauch-Dip setzte geschmacklich zwar Maßstäbe, könnte in einem engen Raum von einem gewitzten Kriminellen aber als Verstoß gegen die Menschenrechte gewertet werden. Daniel beruhigte sich damit, dass in letzter Zeit kaum Verhöre stattgefunden hatten.

Eigentlich hatte in der letzten Zeit eh kaum etwas stattgefunden im Zuständigkeitsbereich seiner Polizeidirektion. Ein paar Einbrüche, Autoknackereien und Fahrraddiebstähle, das war's, selbst ein möglicher Mord in Bebra hatte sich nach kurzen Ermittlungen als Suizid herausgestellt.

Streng genommen konnte er glücklich sein und die Ruhe nutzen, um liegen gebliebenen Papierkram abzuarbeiten. Aber ein wenig Action hätte er sich insgeheim schon gewünscht. Er blinzelte zu Brigitte hinüber, die gerade ein Stück Stangensellerie in ihre selbst gemachte Guacamole tunkte.

»Meinst du, der ganze Sommer bleibt so ruhig? Könnte ja fast ein bisschen langweilig werden …«

Brigitte grinste und schob ihre große Sonnenbrille von der Nasenwurzel in ihre lockigen Haare. »Ich dachte, nach den Erlebnissen auf Fuerteventura wäre deine Lust auf Abenteuer erst mal gestillt.«

Daniel zuckte mit den Schultern. »Ist ja auch schon wieder ein halbes Jahr her«, maulte er. Daniel hatte damals während seines Urlaubs einen Mord aufgeklärt, Brigitte und sein Kumpel Wolli Angerstein von der »Osthessischen Landeszeitung« hatten ihm maßgeblich dabei geholfen.

Während Daniel an die verrückten zwei Wochen auf den Kanaren im November zurückdachte, klingelte Brigittes Telefon. Am Klingelton erkannte er, dass es der Chef sein musste. Brigitte hatte ihm die Titelmelodie der Serie »The Simpsons« zugeordnet, weil er tatsächlich Burns hieß, wie der greise Besitzer des Atomkraftwerks in Springfield. Nur deutsch ausgesprochen.

Nach einem »Ja« und drei »Ahas« legte sie auf. »Pack zusammen, Kollege, es gibt Arbeit.«

Daniel riss theatralisch den Mund auf. »Arbeit! Was ist wohl der nächste Fall der Hersfeld-Cops? Geiselnahme, Kidnapping oder eine Flugzeugentführung? Spann mich nicht länger auf die Folter, Commander Bridget!«

Brigitte musste lachen und ihn enttäuschen. »In der Kiefernallee haben Unbekannte die Antennen an drei Autos umgeknickt. Hol deine Pistole, zieh die kugelsichere Weste an, wir fahren in die Bronx vom Johannesberg.«

***

Jürgen Hartmann war schwer genervt. Seit drei Tagen kam er zu nichts, weil sich eine Delegation aus der französischen Partnerstadt L'Haÿ-les-Roses in Bad Hersfeld aufhielt. Das Protokoll sah vor, dass der Geschäftsführer der Kur-Kongress- und Tourismus-GmbH seine Gäste überall mit hin begleitete: zu einem Theaterstück des Französisch-Leistungskurses am örtlichen Gymnasium, zum Besuch des Krankenhauses und zweier Seniorenheime, zur Werksbesichtigung eines Online-Buchhändlers, zur Pflanzung eines Freundschaftsbaumes und schließlich zu der Inaugenscheinnahme der Wasseraufbereitungsanlage des städtischen Freibads. L'Haÿ-les-Roses plante dahingehend offenbar eine größere Investition.

Der stellvertretende Bürgermeister aus Frankreich gefiel Hartmann ganz ausgezeichnet. Er war ein Freund deutscher Biere, filterloser Zigaretten und ein großer Bewunderer der hessischen Wurstfabrikation.

Das genaue Gegenteil davon war seine Chefin Xénia Sabatier, mehrfach wiedergewähltes Oberhaupt aus der Kleinstadt in der Nähe von Paris. Sie war Kommunistin, witterte immer und überall Ungerechtigkeiten, speziell gegenüber Frauen, und war darüber hinaus Enkelin eines nicht ganz unbedeutenden Kämpfers in der Résistance. Sie misstraute den Deutschen, weil diese Barbaren das kommunistische Modellprojekt im Ostteil des Landes nach nur vierzig Jahren niederdemonstriert hatten, obwohl diese Gesellschaftsform aus ihrer Sicht kurz vor dem Durchbruch gestanden hatte. Und sie misstraute Männern.

Keine allzu guten Voraussetzungen also, um einen herzlichen Draht zu Jürgen Hartmann aufzubauen. Beide Städte hatten die Partnerschaft der Kommunen von der Nachkriegsgeneration geerbt und versuchten nun aus gebotener Höflichkeit, das Beste daraus zu machen.

Der Hersfelder Bürgermeister Stephan Goldhagen kam mit Frau Sabatier nicht klar, deswegen hatte er sämtliche Termine an Parteifreund Hartmann delegiert. Einen Vorteil musste es ja haben, dass Goldhagen die KKT GmbH gegen viele Widerstände durchgesetzt hatte.

Wenigstens stand jetzt mal ein Termin mit Presse und Kameras auf dem Plan, was Hartmann ein wenig besänftigte. An der Eichhofstraße sollte ein französischer Wegweiser mit der Aufschrift »L'Haÿ-les-Roses 715 km« aufgestellt werden.

Lohfink, der Pressereferent der Stadt, hatte eigens eine Schaufel mitgebracht. Sein Plan sah vor, dass der Attaché und Frau Sabatier ein kleines Löchlein ausheben würden, in das anschließend der Zement für das Schild gegossen werden sollte. Ungelenk dirigierte er die beiden Protagonisten vor den Objektiven der Kameras herum. Als ihm die Position gefiel, rief er: »Und jetzt alle lächeln! Spaghettiiiiii!«

Hartmann dachte wohl, dass ein echtes Lachen natürlicher wirkte, und platzierte deswegen einen Witz. »Stellt mir das Schild bloß nicht falschrum auf, sonst liegt unsere Partnerstadt plötzlich in Polen.«

Xénia Sabatier ließ sich den Witz übersetzen und schaute daraufhin sauertöpfisch.

Der oberste Herr der Hersfelder Tourismusvermarktung zählte die Stunden bis zur Abreise der französischen Gesandtschaft. Heute Nachmittag um siebzehn Uhr neun würde er sie in den Zug Richtung Fulda setzen und dann ein Jahr lang nicht mehr sehen.

Auf dem Weg zum Mittagessen im Restaurant »Zum Stern« passierte der Tross die Stiftsruine. Aus dem Inneren des hohlen Zahns waren kreischende Frauenstimmen zu vernehmen. Hartmann hätte es sich denken können: Das gefiel Xénia Sabatier natürlich.

Schnell nahm sie ihre Übersetzerin beiseite, die kurz danach verkündete, was Hartmann schon befürchtet hatte: »Madame Sabatier 'ätte grosse Intéresse daran, vor der Abreis noch einen Blick in die Probe in die Rüin zu werfön. Wäre das möglisch?«

Hartmann fing schon bei der Hälfte des Satzes an, mit dem Kopf zu schütteln. »Ich denke, das wird nicht gehen. Die Schauspieler und Regisseure haben das gar nicht gern. Und der Zeitplan ist auch etwas zu knapp, Sie müssen ja noch packen nach dem Mittagessen.«

Lohfink kannte das kulturelle Desinteresse seines Kollegen, wusste aber auch, dass man der Bürgermeisterin einer Partnerstadt keinen Wunsch abschlagen sollte. Deswegen mischte er sich ungefragt aus der zweiten Reihe ein. »Aber Herr Hartmann, ich kann gern die Festspielverwaltung anrufen, sicher wird das gehen. Warten Sie, ich habe die Nummer ja sogar im Handy.«

Noch bevor der Attaché einschreiten konnte, wurde am anderen Ende der Leitung abgehoben und ein Termin für den Nachmittag fixiert. Einen letzten Versuch der Kulturverweigerung startete Hartmann noch. Er ließ per Übersetzerin ausrichten, dass der Besuch bei den Proben klar ginge, allerdings nur ohne ihn, weil er ganz dringend seine Rede für den Haushaltsausschuss fertig machen müsse.

Die brave Dolmetscherin tat, wie ihr geheißen, und erntete einen sehr bestimmt klingenden Wortschwall auf Französisch.

»'err 'artmann, Madame Sabatier sagt, in Frankreisch wäre es eine Affront, wenn der Mann sein Frau allein gehen lässt ins Theatre. Die Madame erwartet, dass sie von Sie begleitet ist.«

***

Wenn Johann Rauch eines Tages das Zeitliche segnete, würde es schwer werden, jemanden zu finden, der ihn vermisste. Der dreiundsechzigjährige Frührentner verkörperte alles, was eine graue Maus charakterisiert: Er kleidete sich stets in gedeckten Farben, war weder auffällig freundlich noch übermäßig schroff. Rauch war niemals Mitglied in einem Verein gewesen, hatte keinen nennenswerten Freundeskreis, und selbst sein Kontakt zu den Nachbarn beschränkte sich auf das Nötigste.

Am meisten hatte er in den letzten Jahren vermutlich noch mit Karin Wolff geredet, die eine kleine Eckkneipe am Rande der Fußgängerzone betrieb. Dort pflegte Rauch nach seinem täglichen Spaziergang ein kleines Bier zu trinken. Sie wusste über ihren wortkargen Stammkunden aber auch nicht viel mehr, als dass er ein frühpensionierter Postbeamter war, der mit zwei Katzen in irgendeinem alten Haus in der Innenstadt wohnte.

Niemals wäre Rauch auf die Idee gekommen, der Wirtin oder irgendjemandem sonst die Geschichte zu erzählen, die in seinem Leben zu einer nie verheilten Wunde geführt hatte: An einem sonnigen Herbsttag des Jahres 1976 war er mit seiner Freundin Edith auf der engen und kurvenreichen Landstraße in Richtung Kirchheim unterwegs gewesen. Wie so häufig war das junge Paar bei ihren Eltern zum sonntäglichen Kaffeetrinken eingeladen.

Johann fuhr an diesem Tag nicht zu schnell und auch nicht unaufmerksam, aber auf einmal stand da dieses Reh vor seinem Auto. Innerhalb von Sekundenbruchteilen traf er die fatale

Entscheidung, dem Tier nach rechts auszuweichen. Genau dort befand sich allerdings eine Birke, die zwar fragil wirkte, aber doch massiv genug war, um die gesamte Beifahrerseite von Johanns Wagen zu zerfetzen.

Edith hatte keine Chance, sie erlag noch an der Unfallstelle ihren schweren Verletzungen.

Der Unfall ließ Rauch in ein tiefes seelisches Loch fallen, aus dem er sich bis heute nicht hatte befreien können. Seit diesem Tag hatte er nie wieder eine Frau angerührt. Psychologen würden das vielleicht mit der Angst erklären, es könne auch der nächsten Partnerin an Johanns Seite genauso ergehen wie vor fast vierzig Jahren seiner Edith. Aber Psychologen hatte es damals nach so einem Unfall nicht gegeben. Johann Rauch musste mit seinem Schmerz allein fertigwerden.

Dabei war es keineswegs so, dass sein Interesse an Frauen nach dem schrecklichen Ereignis grundsätzlich erloschen wäre, im Gegenteil. Er hatte für sich einen Weg gefunden, einigen Damen nah zu sein, ohne dass er sie wie Edith verlieren konnte.

Beim ersten Blick auf die Sammlung von Videokassetten und Illustrierten in seiner Wohnung hätte wohl niemand einen Verdacht geschöpft. Erst bei genauerem Hinsehen würde auffallen, dass sich das gesamte Bild- und Tonmaterial um die immer gleichen Frauen drehte: drei Schauspielerinnen, die in ihren Rollen stets einen ähnlichen Typus Frau verkörperten und die Johann vor lauter Anziehungskraft fast um den Verstand hätten bringen können.

Er verbrachte nahezu jeden Abend mit einer der drei. Mal ließ er sich von ihren Stimmen berauschen, dann stoppte er das Band an Stellen, die Nahaufnahmen seiner Angebeteten mit besonders viel Brust oder Bein zeigten. Wahrscheinlich kannte er die Körper der Frauen mittlerweile besser als ihre eigenen Männer.

Jedes Klatschblatt, in dem auch nur ein winziges Foto einer seiner Göttinnen abgebildet war, musste er sofort kaufen. Ein einzelner Schnappschuss, der sie in hohen Schuhen auf einem roten Teppich zeigte, genügte, um Johann Rauch für mehrere Tage sexuell zu stimulieren.

Nach dem Höhepunkt allerdings schlug seine Stimmung oft um: Er wurde sich gewahr, niemals eine der drei Frauen treffen oder gar besitzen zu können. Er hasste die Männer, mit denen sie zusammenlebten, er hasste die Kollegen, die mit ihnen spielen durften, und manchmal hasste er seine Idole sogar selbst.

In diesem Teufelskreis gefangen lebte er schon seit vielen Jahren.

Vor rund zwei Wochen allerdings hatte er in der Zeitung eine Information entdeckt, die seine gelegentlichen Hass-Attacken vom einen auf den anderen Tag verschwinden ließ: Eine seiner Abgöttinnen kam zu ihm, hierher, in seine Stadt!

Seitdem verbrachte er jede Sekunde mit dem Gedanken daran, wie er möglichst nah an sie herankommen könnte. Natürlich würde er sich eine Karte für die Festspiele besorgen, vielleicht auch gleich für mehrere Vorstellungen hintereinander.

Aber er wollte nicht nur einer von vielen sein, der sie aus dem Publikum bewunderte. Johann wollte ihr nah sein. Ganz nah, so wie niemand sonst außer ihm. Schließlich war es doch ein deutliches Zeichen, dass sie in seiner Heimatstadt auftrat.

Er jedenfalls würde dieses Signal nicht unbeantwortet lassen, dieses überdeutliche Signal seiner so tief verehrten Prinzessin Natascha Gessler.

***

Die ersten Proben waren nicht ganz so gelaufen, wie Valerie Prohaszka sich das vorgestellt hatte. Für die Dramaturgie ihres Stücks war es unerlässlich, dass beide Frauen auf der Bühne in etwa gleich viel Raum einnahmen. Nur auf diese Art und Weise konnte der Zuschauer in den Zwiespalt geraten, gedanklich entweder mit der Attraktiveren oder mit der Intelligenteren zu paktieren.

Das Problem: Die charismatische Darstellerin der Intelligenz, Natascha Gessler, ließ der hübschen Juli Blum keine Chance.

Auch wenn Valerie Prohaszka die Darsteller-Auswahl selbst getroffen hatte, musste sie sich eingestehen, dass auf der Bühne das Match zwischen einer Championsligistin und einer bemühten Aufsteigerin in die zweite Liga stattfand. Deswegen bat die Regisseurin nach der Pause ihre zwei Mimen zu sich, was ihr nach dem vorhergegangenen Streit nicht eben leichtfiel. Aber der Augenblick erschien ihr günstig: Hans Hofstede hatte sich zu einem Nickerchen verabschiedet, und auch dieser lästige Reporter mit seiner albernen Thermoskanne war gerade mal nicht in der Ruine.

»Mädels, ich muss kurz mit euch reden.«

Wenn sie einen Dialog in ruhigem Ton führte, war ihr exaltierter österreichischer Akzent wie weggeblasen. »Natascha, du bist großartig auf der Bühne. Du spielst die Rolle nicht, du *bist* die Rolle. Aber das führt zu einem kleinen Problem: Du bist etwas zu präsent da oben. Weißt du, das Publikum muss in einen Zwiespalt zwischen euch beiden geraten. Für wen soll sich der Hans entscheiden? Versteht ihr, das macht den Reiz von ›Gezeiten‹ aus. Und das geht nur, wenn beide Frauen da oben die gleiche Power versprühen.«

Natascha Gessler zog hastig an ihrer Zigarette und schüttelte hektisch den Kopf. »Ja, aber das ist ja dann wohl nicht mein Problem.«

Juli Blum schaute betreten drein und versuchte es mit Entgegenkommen. »Ich denke, ich kann mich da auch noch steigern. Wir haben ja noch nie zusammen gespielt. Ich, äh, ich könnte in das Wimmern noch mehr Kraft legen, wenn der Hans mich schüttelt, und vielleicht das Sherryglas heftiger auf den Tisch knallen, mit dem er mich beruhigen will. Und sonst gebe ich auch noch mehr, also in den anderen Szenen.« Ihre Stimme wurde immer höher, Juli Blum bekam hektische Flecken im Gesicht.

Die Gessler inhalierte tief und hob zur ultimativen Vernichtung ihrer jüngeren Kollegin an. »Weißt du, Kleines, ich denke nicht, dass es damit getan ist, etwas mehr zu wimmern und das Glas ein bisschen lauter abzustellen. Was Valerie hier meint, nennt man Klassenunterschied. Ich hätte es von mir aus nicht angesprochen, aber wenn es sogar der Regie auffällt ...«

Valerie Prohaszka war konsterniert über so viel Kaltschnäuzigkeit.

Juli Blum raffte ihr langes Kleid und rannte schluchzend durch die Zuschauerränge über die Bühne in Richtung Backstagebereich.

Scheinbar unbeteiligt schnippte Natascha Gessler die Asche von ihrer Zigarette ab und rief ihrer davoneilenden Kollegin das Todesurteil hinterher: »Ein Jammer, dass du zu wahrer Dramatik nur fähig bist, wenn es um deine Person geht. Diese Leistung müsstest du mal auf der Bühne abrufen!«

»Natascha, das ist nicht dein Ernst, wie du hier mit deiner Partnerin redest!« Valerie hatte sich wieder gefangen. »Sofort läufst du ihr hinterher und entschuldigst dich. Na los!«

Natascha merkte wohl, dass sie etwas zu weit gegangen war, und bewegte sich – allerdings in provokanter Langsamkeit – hinter Juli her.

Die junge Schauspielerin kauerte schnüffelnd hinter dem Bühnenvorhang und schaute Natascha aus verheulten Augen an, als diese sich näherte. In einer versöhnlichen Geste legte die Gessler ihre Hand auf Julis Schulter. »Na komm, Kleines, ich habe es nicht so gemeint. Wir kriegen das schon hin.« Für Nataschas Verhältnisse war das schon die maximale Reumütigkeit, zu der sie bei einer Entschuldigung fähig war. Deswegen ging sie fest davon aus, dass Juli auf ihr großzügiges Versöhnungsangebot eingehen würde.

Da allerdings hatte sie sich verschätzt. Der Stachel schien tiefer zu sitzen. Auf einmal sprang die junge Kollegin auf und schrie: »Nein, so einfach kommst du alte Hexe mir hier nicht davon. Ich weiß ganz genau, dass du nichts von mir hältst. So wie du von niemandem auf der Bühne etwas hältst, außer von dir selbst. Aber dir werde ich es zeigen. Ich kann noch einiges aus mir rausholen! Mehr Power will Valerie von mir? Kann ja kein Problem sein, schließlich bin ich dreißig Jahre jünger als du! Ich werde dir zeigen, was ich kann, du alte Schachtel, warte es nur ab!«

Nach dieser letzten Drohung riss sie den Vorhang zur Seite und stapfte trotzig zurück auf die Bühne. Natascha blieb im Dunkeln stehen. Aber auch durch den Vorhang war ihre kräftige Altstimme für alle in der Stiftsruine laut und deutlich zu hören. Das Gebäude hatte ja auch eine erstaunliche Akustik.

»Du wirst es mir zeigen, ja? Dann werde ich dir erst mal zeigen, dass ich die Wahrheit kenne, Frolleinchen! Ich weiß, warum du die Rolle hier bekommen hast. Nämlich so, wie du alle Rollen bekommst. *Hoch-ge-vö-gelt* hast du dich. Bei Valerie. Wenn es um ein Engagement geht, bist du ja vielseitig. Aber das kann ich dir sagen …« In diesem Augenblick riss sie den Vorhang beiseite und schaute auf Juli, die sich Schutz suchend in Valeries Arm vergraben hatte. »Wenn das rauskommt, dann ist es vorbei mit den schönen Fernsehrollen als junge Geliebte. Da will eine Lesbe nämlich keiner sehen!«

4

»Meine Damen und Herren, wir stehen hier vor der größten romanischen Kirchenruine der Welt. Sie müssen sich vorstellen, dass vor fast tausend Jahren mit dem Bau begonnen wurde. Allerdings kennen nicht mal unsere Urgroßeltern die Stiftskirche in ihrem ehemaligen Zustand, denn sie wurde schon 1761 im Siebenjährigen Krieg zerstört.« Tourismusmanager Hartmann musste immer wieder kleine Pausen machen, damit die Dolmetscherin seinen Vortrag für die französische Delegation übersetzen konnte. Das war ihm ganz recht, denn je länger sie sich vor der Ruine aufhielten, desto kürzer müssten sie den Theaterproben beiwohnen, und desto unwahrscheinlicher war es, durch Fragen zum Stück oder der Inszenierung als Kunstbanause bloßgestellt zu werden.

Deswegen blieb Hartmann lieber auf sicherem Terrain und dehnte seine Erklärungen zum Gebäude noch ein bisschen aus. »Da oben sehen Sie eine Dachkonstruktion, die im Jahr 1968 errichtet wurde. Seitdem kann auch bei Regen ohne Probleme gespielt werden. Vielleicht können Sie sich ja noch an die Olympischen Spiele in München erinnern. Die Dachkonstruktionen dort auf dem Olympiagelände stammen vom selben Architekten wie unsere hier in Bad Hersfeld. Und wenn Sie mal dort rechts –«

An dieser Stelle wurde Hartmann von seiner französischen Amtskollegin unterbrochen, die ihrer Übersetzerin einen Satz diktierte, der unüberhörbar keinen Widerspruch zuließ. »Monsieur 'artmann, Madame Sabatier wünscht nun die Probe zu sehön. Vielen Dank für die Erklärungen bis'er.«

»Na, selbstverständlich, wie Madame wünschen.« Mit einem zuckersüßen Lächeln und einer übertrieben einladenden Geste wies Hartmann auf den Eingang der Ruine. »Sie werden gleich etwas ganz Besonderes zu sehen bekommen. Da ist nämlich eine österreichische Regisseurin, die ein selbst geschriebenes Stück aufführt. Mit sehr bekannten Schauspielern.«

So viel an Information hatte der Attaché während des Mittagessens noch schnell über sein Smartphone ergoogeln können. Die Namen der Beteiligten konnte er sich allerdings nicht merken, er hatte sie schließlich davor noch nie gehört. Und zu dem prestigeträchtigen Fototermin mit den Stars hatte er auch nicht kommen können, weil er mit den Franzosen mal wieder irgendeinen kommunalen Mumpitz hatte besichtigen müssen.

Zu Xénia Sabatiers großer Enttäuschung wurde in der Ruine im Augenblick nicht geprobt. Stattdessen bot sich der deutsch-französischen Gruppe ein seltsames Bild im Inneren des Stifts: Eine junge Frau lag einer Dame mittleren Alters in den Armen und weinte bitterlich. Eine ältere Frau ließ vom Rand der Bühne ihre Beine herunterbaumeln, rauchte und wirkte demonstrativ unbeteiligt.

Ganz im Gegensatz zu Hartmann schien Frau Sabatier eine ausgesprochene Theaterkennerin oder Cineastin zu sein, denn mit einem lauten »Nataschaaaaa Gesslööör« stürmte die ansonsten so spröde Kommunistin auf die Frau am Bühnenrand zu.

Der Rest der Delegation stand etwas ratlos herum, rechts saß eine, die heulte, und vorn plapperte die Bürgermeisterin auf die Schauspielerin ein, die offenbar sogar Französisch verstand.

Mit hektischem Winken versuchte Xénia Sabatier, Hartmann und die anderen zu sich zu dirigieren. Dazu krähte sie irgendetwas Unverständliches durch die altehrwürdige Ruine. Die Übersetzerin schubste Hartmann Richtung Bühne und erklärte: »Madame wünscht ein gemeinsam Foto mit Sie und Madame Gesslör, kommen Sie bitte.«

Resigniert ließ sich der Geschäftsführer der Kur-Kongress- und Tourismus-GmbH an der greinenden Blonden vorbei zu der zerknitterten Alten auf der Bühne ziehen. Pressereferent Lohfink eilte dienstbeflissen hinterher. Ein Foto mit einem Stadtoberhaupt, dem Tourismus-Attaché und einem Schauspielstar – das war ganz nach seinem Geschmack.

Natascha Gessler war von der Bühne herabgestiegen und hatte den rechten Arm um die deutlich kleinere Xénia Sabatier gelegt. Den linken hatte sie auch schon ausgestreckt und signalisierte durch ein Zucken der Finger, dass sich dort Hartmann postieren sollte.

Gerade, als der sich ungelenk neben der ihm fremden Schauspielerin aufstellte, hallte es spitz aus dem Zuschauerraum: »Das kannst du wieder, du alte Schlange! Freundlich für die Kameras grinsen, wenn hier wichtige Leute in die Ruine kommen, aber danach wieder Gift versprühen. Ich könnte kotzen, so falsch bist du!« Juli Blum war wieder zu sich gekommen und sann offenbar auf Rache.

Xénia Sabatier schaute Hartmann fragend an, Hartmann schaute Natascha Gessler fragend an, die riss ihre Augen auf, schüttelte die Amts- und Würdenträger von sich ab und rannte wie von der Tarantel gestochen durch einen Nebeneingang in Richtung Künstlergarderobe.

In der Stiftsruine herrschte ratloses Schweigen.

Hartmann versuchte durch Kopfschütteln und Schulterzucken seinen französischen Gästen klarzumachen, dass er auch nicht erklären konnte, was hier gerade passierte. Weil niemand etwas sagte, fühlte sich Lohfink an der Reihe. Der Pressereferent wollte die peinliche Szene so schnell wie möglich beenden.

»Ja, also, wie auch immer, das Foto haben wir im Kasten. Ich denke, wir können dann weiterziehen.«

Xénia Sabatier hatte zwar kein Wort verstanden, merkte aber, dass die Stimmung nicht dafür taugte, noch länger in der Ruine zu bleiben. Mit sanftem Druck zog sie Hartmann, der ebenfalls recht verstört wirkte, zum Ausgang.

***

Hätte Wolli Angerstein die letzte halbe Stunde in der Stiftsruine verbracht, hätte er mehr Skandale mitbekommen als ein Klatschreporter in fünf Jahren auf den roten Teppichen dieser

Welt. Stattdessen genoss er in seinem geliebten »News Café« am Linggplatz eine Kohlroulade in der Sonne.

Er musste sich ein bisschen Mut anessen, denn nach der Mittagspause stand ein Interview mit der Frau auf dem Programm, die dafür bekannt war, einen schlecht vorbereiteten Fragensteller nach allen Regeln der Kunst auflaufen zu lassen: Natascha Gessler.

Die Festspielleitung hatte ihrem Premium-Partner »OLZ« in Absprache mit der Künstlerin sogar gestattet, die Unterredung samt Fototermin in der Garderobe der Darstellerin stattfinden zu lassen. Allerdings umwehte Wolli eine kaum gekannte Unsicherheit. Er konnte schlecht einschätzen, wie die Gessler auf ihn als Journalisten reagieren würde. Normalerweise wurde eine Schauspielerin dieses Rangs bestimmt nur von urbanen Feuilletonisten interviewt, so vermutete er, von hageren Typen mit engen Hosen, Jacketts und ausgefallenen Brillenmodellen. Er selbst trug mal wieder eine schlecht sitzende Jeans, ein kariertes Holzfällerhemd und einen Vollbart, der trotz der aktuellen Hipster-Welle weit davon entfernt war, jemals modern auszusehen.

Wollis Kollegin Dagmar erschien pünktlich, wie immer bewaffnet mit ihrer riesigen Kamera und einer schwarzen Umhängetasche, in der sich weitere unverzichtbare Utensilien einer Fotografin befanden. Die beiden schlenderten auf die Ruine zu, während Wolli seine Kollegin kurz instruierte. »Also, du musst sehr diskret sein bei unserem Termin gleich. Diese Gessler hat wohl kein Problem damit, ein Interview abzubrechen, wenn ihr nur die kleinste Sache gegen den Strich geht. Und ich kann mir vorstellen, dass sie immer noch ganz schön geladen ist, denn sie hat sich mit Juli Blum heute Morgen ordentlich in die Haare gekriegt.«

Dass der Streit inzwischen noch weiter eskaliert war, hatte Wolli wegen des Stammessens Numero eins auf der Mittagskarte des »News Café« ja leider verpasst.

Er schaute sich kurz um, ob niemand in der Parkanlage

seinem Gespräch mit Dagmar lauschte. »Unter uns: Diese Blum ist ein Mäuschen. Verstehe gar nicht, wie sie die Rolle bekommen hat. Aber sie sieht scharf aus und ist halb so alt wie die Gessler. Die wird wohl Angst haben, dass ihr das junge Ding den Schneid abkauft. Bin gespannt, wie das noch weitergeht. Hier entlang.«

Dagmar musste grinsen. Wolli bewegte sich mit großer Selbstverständlichkeit durch die Stiftsruine und grüßte kumpelhaft das Personal, obwohl er von den Festspielen bis vor zwei Wochen nicht den Hauch einer Ahnung gehabt hatte. Er öffnete eine schwere Holztür mit der Beschriftung »Nur für Mitarbeiter« und führte sie vorbei an Kostümen und Kulissen in Richtung Künstlergarderobe. Mit Natascha Gessler war vereinbart, sich um vierzehn Uhr genau dort zu treffen.

Dagmar schraubte im Gehen den Blitz auf ihr Kamera-Ungetüm. Vor der Tür von Natascha Gessler bedeutete sie Wolli, einen Moment mit dem Klopfen zu warten. Schnell machte sie ein Bild vom Türschild mit dem Namen der Schauspielerin.

Die Kamera klickte, Dagmar nickte, Wolli klopfte.

Nichts tat sich.

Wolli schaute seine Kollegin fragend an. Nun klopfte sie, und zwar deutlich lauter. Wieder keine Reaktion. »Vielleicht ist sie noch was essen, oder sie hört mit einem Kopfhörer laute Musik«, mutmaßte Wolli. »Ich drücke mal die Klinke runter. Wir sind ja angemeldet.«

Mit einem leichten Quietschen öffnete er die Tür. Der Raum sah exakt so aus, wie er sich das vorgestellt hatte: Auf der rechten Seite hingen jede Menge Kostüme. Links thronten auf einem Beistelltischchen allerlei Kosmetika. In der Mitte prangte ein Spiegel, der tatsächlich von vielen einzelnen Glühbirnen beleuchtet wurde, die an seinem Rand angebracht waren. Genau so waren Künstlergarderoben im Film auch immer ausgestattet.

Vor dem Spiegel stand ein voluminöser Stuhl, der so ähnlich aussah wie seine Artgenossen beim Friseur. Im Stuhl befand sich Natascha Gessler. Jedenfalls ihre Beine samt Hintern, der

Oberkörper und ihr Gesicht lagen auf dem Schminktisch vor ihr.

Wolli schaute ratlos zu Dagmar. »Sie ist eingeschlafen«, flüsterte er. »Darf man einen Star wecken, wenn man mit ihm einen Interviewtermin hat?«

Dagmar schüttelte entschlossen den Kopf, schlich aber näher an Natascha Gessler heran.

Wolli fuchtelte mit der Hand, er wollte sie davon abhalten. Die Gessler würde beide hochkant rauswerfen, wenn sie plötzlich aufwachte. Auf einmal gab Dagmar einen spitzen, kurzen Schrei von sich. Sie riss die Augen auf und starrte Wolli an. Aus ihrem Gesicht war mit einem Schlag alle Farbe gewichen.

»Wolli ...« Dagmar hauchte mehr, als dass sie sprach. »Die ist tot!«

Mit zwei, drei schnellen Schritten eilte Wolfgang Angerstein zu seiner Kollegin. Er bemühte sich immer noch darum, keinen Krach zu machen, falls Dagmar die falsche Diagnose gestellt haben sollte und die Gessler doch nur ein Nickerchen hielt.

Diese Option verwarf Wolli aber endgültig, nachdem er das Gesicht der Diva gesehen hatte. Es lag regungslos zwischen allerlei Schmink-Utensilien, das rechte Auge wurde durch ihre Nase verdeckt, das linke glubschte starr in den Raum. An der linken Schläfe klaffte eine ausgiebige Wunde, aus der bis vor Kurzem lebensnotwendige Mengen an Blut geflossen sein mussten. Auf dem Buntsandsteinboden im Anbau der Stiftsruine hatte sich eine ansehnliche Pfütze gebildet.

Dagmar stand wie erstarrt vor der Leiche. Auch Wolli war für einige Sekunden nicht in der Lage, irgendetwas zu tun. Schließlich aber siegte der männliche Beschützerinstinkt, er legte den Arm um Dagmar und führte sie in eine Ecke des Raumes, von der aus sie das Gesicht der Toten nicht mehr sehen konnte. Dagmar lehnte sich entkräftet an eine Wand, beugte sich anschließend mit den Händen auf den Knien nach vorn und versuchte, ruhig zu atmen.

Wolli zückte sein Handy und scrollte in seinen Kontakten

herunter bis »R«. Das hier war ein Fall für seinen Freund bei der Kripo, Daniel Rohde. In knappen Worten schilderte er die Situation, Daniel versprach, sich sofort auf den Weg zu machen.

Wolli steckte sein Mobiltelefon wieder weg und blickte sich suchend um. Dagmar stand noch immer vornübergebeugt an der Wand, hatte ihre Atmung aber wieder halbwegs im Griff. Aus dieser Position keuchte sie: »Nichts anfassen, Wolli. Im Fernsehen heißt es am Tatort immer: Nichts anfassen.«

»Jaja«, brummte Wolli, schlich aber trotz Dagmars Mahnung zur Leiche. »Ich kann Daniel ja schon mal ein bisschen Arbeit abnehmen. Vielleicht finden wir hier einen Gegenstand, der die Tatwaffe gewesen sein könnte.«

Suchend schaute er sich um. Seine Kollegin vom fotografierenden Fach hatte kurz den Impuls, ein paar Aufnahmen der frisch verblichenen Diva zu schießen. Sie verwarf den Gedanken aber schnell wieder. Erstens wollte sie in dieser Situation keine ethische Debatte mit ihrem Kollegen anzetteln, zweitens konnte sie mit Sicherheit davon ausgehen, dass ihr schwer korrekter Chefredakteur solche Bilder in seinem Blatt nicht würde sehen wollen.

»Dagmar, schau mal«, wisperte Wolli. Scheinbar verleitet die Anwesenheit einer Leiche instinktiv dazu, die Stimme zu senken. Er deutete auf eine goldene Kugel in der Ecke des Raumes. Die Lampen aus dem Garderobenspiegel glänzten im Widerschein der Blattgoldschicht. Ausgenommen waren davon die Stellen, an denen frisches Blut klebte. Auch rund um die Kugel war Blut am Boden.

»Was ist das denn für ein Teil?«, flüsterte Wolli, während er sich der möglichen Tatwaffe näherte.

Auch Dagmar pirschte sich heran. »Sieht aus wie eine goldene Bowlingkugel.«

Wolli hielt einen Sicherheitsabstand und bückte sich. »Nein, Dagmar, auf der anderen Seite ist ein Kreuz. Und da ist auch das meiste Blut. Ich glaube, so was nennt man einen Reichsapfel. Ich würde mal vermuten, dass der Täter unserer Frau Gessler das Ding voll mit dem Kreuz gegen die Schläfe gewummert hat.«

Im Angesicht der rohen Gewalt, die in dieser Garderobe vor wenigen Minuten einen Menschen ins Jenseits befördert hatte, wurde Dagmar schon wieder bleich und musste sich abermals an der Wand abstützen. »Hoffentlich kommt Daniel bald«, waren ihre letzten Worte, bevor sie eine erlösende Ohnmacht aus dieser grausamen Szene befreite.

5

Bad Hersfeld war – um es mal vorsichtig auszudrücken – nie der Ort gewesen, der am lautesten »Hier« geschrien hatte, als das Rad der Geschichte glückliche Fügungen über Deutschlands Klein- und Mittelstädte verteilte. Immerhin haben zwei besonnene deutsche Militärs dafür gesorgt, dass die Kleinmetropole im nördlichen Osthessen 1945 ohne sinnlose Kampfhandlungen an die Amerikaner übergeben wurde. Damit ist die Stadt ihrer Zerstörung entgangen. Trotzdem kann das heutige Stadtbild mit den nahegelegenen Fachwerkjuwelen Melsungen oder Rotenburg an der Fulda kaum mithalten.

In den Nachkriegsjahren mussten die Hersfelder mit ansehen, wie das benachbarte Bebra zu einem der wichtigsten Knotenpunkte im deutsch-deutschen Zugverkehr wurde. Hier wurden die Loks der Interzonenzüge gewechselt, hier begannen die Grenzkontrollen, hier wurde im ganz großen Stil umgestiegen. Diese Zeiten sind zwar auch vorbei, aber die neue Schnellstrecke zwischen Fulda und Kassel lässt Bad Hersfeld genauso rechts liegen wie den ehemaligen Rangier-Hotspot Bebra.

Immerhin hat Hersfeld die A 4, die sich bis heute rühmen kann, in ihrem Verlauf bis Eisenach einer der bergigsten, engsten und kurvenreichsten Autobahnabschnitte Deutschlands zu sein. Und immerhin hat es Bad Hersfeld durch diese zweifelhafte Attraktion zu einer festen Größe im hessischen Verkehrsservice gebracht.

Zweifelhaft war auch die mediale Aufmerksamkeit, die dem Landkreis kurz nach der Jahrtausendwende zuteilwurde: In einem Fachwerkhaus im benachbarten Rotenburg tötete ein Mann einen anderen und aß Teile seines Opfers auf. Auch nicht gerade die Art von Schlagzeile, die man sich als Tourismus-Stratege zur Vermarktung seiner Region wünscht.

Zuletzt hatte es die Perle des mittleren Fuldatals wegen eines weiteren Skandals in die bundesweite Presse geschafft: Zwei Journalisten des Hessischen Rundfunks hatten aufgedeckt, dass die Mitarbeiter eines ansässigen Buchversenders offenbar unter menschenunwürdigen Bedingungen arbeiten und leben mussten. Wenn schon überregionale Aufmerksamkeit, dann bitte nicht diese, darin waren sich viele Hersfelder einig.

Allerdings: Wer in Hessen einen günstigen Standort zum Leben sucht, der ist im Kreis Hersfeld-Rotenburg mehr als richtig. In einem Landkreis, dem pro Jahr rein rechnerisch ein ganzes Dorf wegdemografiert, sind die Immobilienpreise dem Käufer deutlich wohler gesonnen als dem Anbieter.

Trotz alledem: Daniel Rohde liebte seine Heimat.

Seit Generationen wohnte seine Familie in Bosserode, etwa zwanzig Kilometer von der Kreisstadt entfernt und seit der Gebietsreform von 1971 Ortsteil von Wildeck.

Jaja, genau das mit den dazugehörigen Herzbuben.

Früher waren es vom ehemaligen Bauernhof der Eltern bis zur DDR-Grenze genau vierhundertachtundfünfzig Meter gewesen. Die meisten Menschen im Dorf hatten seinerzeit versucht, möglichst wenig von Stacheldraht, Selbstschussanlagen und Hundegebell mitzubekommen. Sie mieden die Grenzanlagen, auch wenn eine Annäherung von der westlichen Seite vergleichsweise gefahrlos war.

Der kleine Daniel hingegen zeigte sich fasziniert von den Ausmaßen der Grenzschutzbauten, die laut Aussage seiner Eltern dazu dienten, Ostdeutsche nicht in den Westen kommen zu lassen, obwohl das DDR-Fernsehen eine konträre Darstellungsweise bevorzugte und stets betonte, der ganze Schabernack sei nur deswegen errichtet worden, um westliche Faschisten abzuhalten. Was Faschisten sind, wusste der kleine Daniel Anfang der achtziger Jahre noch nicht, aber er fand das DDR-Sandmännchen besser und die Auftaktmusik der Aktuellen Kamera dramatischer als die der Tagesschau. Deswegen war er treuer Stammzuschauer von DDR1, unkritischer Konsument der SED-Parolen und hatte überhaupt kein Verständnis, weswegen die Menschen im Osten immer so scharf auf dieses Westfernsehen waren.

Als Daniel dreizehn war, wurde die Grenze plötzlich geöffnet, die Kreisstraße in den damals noch sehr grauen Nachbarort Dankmarshausen wieder in Schuss gebracht, und durch sein Dorf fuhren auf einmal sehr viele kleine Autos, die er davor noch nie gesehen hatte, die aber alle miteinander schrecklich stanken. Das hatte ihm gut gefallen.

Ein wenig sauer war Daniel darüber, dass kurz darauf DDR1 seinen Betrieb einstellte, aber da er dem Sandmännchen-Alter ohnehin frisch entwachsen war, war der Trennungsschmerz verkraftbar.

Wie auch immer, auch die Grenzöffnung bescherte Bad Hersfeld nur einen kurzen Aufschwung. Nachdem das Begrüßungsgeld in Videorekorder, Westzigaretten und erbärmliche Gebrauchtwagen geflossen war, ebbte der Neukundenstrom genauso schnell ab, wie er entstanden war. Schlimmer noch: Die Menschen aus dem östlichen Kreisgebiet entdeckten Eisenach für sich. Viel näher als Hersfeld, viel leichter zu erreichen und viel mehr Luther.

Auch Daniel hatte zu Beginn seiner Polizeikarriere damit geliebäugelt, die Ausbildung in Thüringen zu starten, aber schließlich überzeugte ihn das damals noch etwas höhere Westgehalt, in seiner hessischen Heimat zu bleiben. Und eins stand für ihn bis heute fest: Aus Wildeck würde er nicht weggehen. Hier waren seine Kumpels, sein Volleyballverein und dieser besondere Menschenschlag mit seinem spröden Charme, der von Auswärtigen wegen seines Zungenschlags gern schon für Ostdeutsch gehalten wurde.

Nach Wollis Anruf waren Kriminaloberkommissar Rohde und seine Kollegin Brigitte aus dem Präsidium gestürmt. Zum ersten Mal seit Langem hatte Daniel wieder einen Anlass, das Blaulicht aus dem Fußraum des Fonds zu nesteln und in Kojak-Manier auf sein Autodach zu pfropfen.

Unter großem Getöse wurde der knappe Kilometer bis zur

Stiftsruine zurückgelegt. Brigitte klammerte sich wie eine alte Frau an den eingelassenen Haltegriff im Dachhimmel, während Daniel unauffällig grinste. Frankfurt, Wiesbaden oder Kassel hatten vielleicht sonst die spannenderen Kriminalfälle. Aber er hatte eine tote Natascha Gessler in der Stiftsruine und die Hersfelder mal wieder eine Schlagzeile, auf die sie lieber verzichtet hätten.

***

Wenn ein Detail der alltäglichen Polizeiarbeit in Fernsehkrimis einigermaßen realistisch abgebildet wurde, dann war es die Erstbegehung des Tatorts: zwei bis drei Streifenpolizisten, die mit unbeweglicher Miene den Tatort absichern, ein genervter Mediziner und zwei Kommissare, die immer gerade so spät eintreffen, dass das Flatterband schon hängt und von den emotionsreduzierten Streifenkollegen mit einem abschätzigen Blick auf die Ermittlerelite kurz angelupft wird.

Je nach Größe der Stadt müssen sich die Kommissare ausweisen, um zum Opfer vorgelassen zu werden. In Bad Hersfeld selbstverständlich nicht.

Daniel und Brigitte betraten die Garderobe der getöteten Natascha Gessler, nickten Wolli und seiner Kollegin kurz zu und signalisierten, gleich mit ihnen sprechen zu wollen. Davor wandten sie sich aber an Dr. Ulf Döring, der gerade die Körpertemperatur der Leiche maß.

»Ja, hallo, grüß dich, huhu, Ulf! Na, alles klar, mein Lieber?« Daniel baute durch seine übertrieben freundliche Begrüßung eine besondere Fallhöhe auf, weil er wusste, dass Ulf wie üblich schwerstens zurückmuffeln würde. Er machte sich mit Brigitte mittlerweile einen Spaß daraus.

»Seidnerknabbenstundedod, erschlachen, damit wohl.« Die Spitze von Ulfs Kugelschreiber zeigte auf eine goldene Kugel. »Reichsapfel, eh de frachst.«

Ulf war Kasseläner. Was etwas grundsätzlich anderes ist als ein Kasselaner oder ein Kasseler. Kasseläner müssen mindestens in der zweiten Generation dort geboren sein, bei einem Kasselaner dürfen die Eltern auch woanders her stammen – und bei einem Kasseler wiederum genügt die Stadt als derzeitiger Wohnort. Trotzdem änderte sein einwandfreier Stammbaum nichts an Ulfs schlechter Laune.

»Mehr kann ich euch erst saachen, wenn ich se uffm Disch gehabt hab. Davor garni erst anrufn, klar?« Sprach's, verstaute akkurat seine Instrumente und verließ grußlos die Künstlergarderobe.

»Wir nennen ihn Dr. Sonnenschein«, erklärte Daniel Wolli und seiner Kollegin Dagmar, die einen gebührenden Sicherheitsabstand zur Leiche und dem muffelnden Rechtsmediziner gehalten hatten. »Ihr habt die Leiche also gefunden? Ist euch dabei irgendetwas aufgefallen?«

Wolli und Dagmar verständigten sich mit einem kurzen Blick darauf, dass er die Geschichte erzählen sollte. Wolli beschrieb, wie sie die Garderobe vorsichtig betreten hatten, Frau Gessler zunächst schlafend vermuteten, dann schließlich das Blut und den Reichsapfel entdeckten. Besonders stolz betonte Wolli, dass er am Tatort durch sein behutsames Vorgehen keine Spuren verwischt haben konnte. Brigitte quittierte das mit einem dankbaren Lächeln, was Wolli gefiel.

»Döring sagt, sie ist seit einer knappen Stunde tot. Der Mörder kann noch nicht sehr weit gewesen sein, bevor ihr kamt. Habt ihr irgendetwas gesehen?«

Dagmar und Wolli zuckten synchron mit den Schultern. »Nein, also, wir kamen von außen, also, der Wolli ist mit mir durch den Mitarbeitereingang vorbei an den Kostümen, und dann sind wir nach dem Klopfen direkt hier rein. Auf dem ganzen Weg ist uns niemand begegnet.«

»Es ist ja auch gerade Probenpause«, fügte Wolli, der neue Festspielconnaisseur, erklärend an. »Allerdings ist hier drin tagsüber ja auch alles offen. Da kann sich quasi jeder frei bewegen, Securitypersonal gibt es wenig, und wenn, dann eher bei den Aufführungen als bei den Proben.«

Daniel nickte unzufrieden. »Das macht die Sache nicht gerade übersichtlicher. Brigitte, die Kollegen sollen so schnell wie möglich alle diensthabenden Wachleute zusammentrommeln und nach Beobachtungen fragen. Die wichtigsten Eingänge sind ja alle besetzt. Einer von denen könnte den Mörder theoretisch gesehen haben. Fällt dir sonst noch was ein?«, fragte Daniel, jetzt wieder an Wolli gewandt.

»Na jaaa«, der Angesprochene zögerte, »ich weiß nicht, wie wichtig das ist. Aber die Gessler hatte sich heute Vormittag ziemlich in der Wolle mit Juli Blum. Das ist die zweite Hauptdarstellerin. Sexy und jung, aber bei Weitem nicht so begabt wie die Gessler. Die haben eine Szene geübt, in der die Gessler die Blum auf eine Couch schubsen sollte. Weil die Couch zu weit hinten stand, ist das junge Ding auf dem Allerwertesten gelandet. Danach haben sich die beiden ziemlich angefaucht. Aber, ganz ehrlich, das ist ja wohl kein Mordmotiv …«

Brigitte notierte Wollis Ausführungen, Daniel schaute sich nachdenklich um.

»Wo kommt dieser Reichsapfel eigentlich her? Gehört der zu dem Stück von der Gessler und dieser Blum?«

Wolli grinste. »Bei ›Gezeiten‹? Nie und nimmer. Da gibt es so gut wie gar kein Bühnenbild, passt nicht zur Inszenierung. Aber warte mal, im August soll noch ein historisches Stück laufen, ›Rotbarts Reisewege‹ über den Wanderkaiser Barbarossa. Der hatte so ein Ding immer dabei, also diesen Reichsapfel. Und in den Kulissen liegt ja alles kreuz und quer.«

Daniel lächelte seinen Reporter-Kumpel schief an. »Wolli, Wolli, aus dir ist ja ein richtiger Feuilletonist geworden. Das ganze Festspielprogramm parat. Das wäre dir früher nicht passiert. Aber immerhin: Wenn dieser komische Appel hier gelegen hat, können wir davon ausgehen, dass es ein Mord im Affekt war. Sonst hätte der Mörder seine Tatwaffe wohl eher mitgebracht. Keine umwerfende Erkenntnis, aber immerhin die erste des heutigen Tages.«

6

Dass Natascha Gesslers Leben nun gerade durch einen etwa vier Kilo schweren Reichsapfel beendet wurde, könnte von Theaterkennern für eine feine Ironie des Schicksals gehalten werden. Schließlich hatte sie ihren ersten großen Bühnenerfolg mit dem Stück »Adam und Eva« aus der Feder des ostdeutschen Dramatikers Peter Hacks gefeiert, bei dem der Apfel bekanntlich eine nicht ganz unwesentliche Rolle spielt.

Die künstlerische Begabung war der Gessler in die Wiege gelegt worden: Ihr Vater gehörte als Cellist dem festen Ensemble der Deutschen Oper an, Nataschas Mutter verdiente nebenbei recht gutes Geld als Sprecherin für Produktionen und Hörspiele beim Sender Freies Berlin.

Zum großen Bekanntenkreis der Familie gehörten Regisseure und Schauspieler genauso wie Musiker und Tänzer. An vielen Abenden der Woche traf sich die kunstschaffende Bohème in der großen Altbauwohnung der Gesslers in einer ruhigen Nebenstraße Wilmersdorfs. Viele Kollegen von Nataschas Eltern hatten noch das Dritte Reich und den Krieg miterlebt – umso aufgekratzter und experimenteller war die Szene in den fünfziger und sechziger Jahren. Berlin galt in Adenauers piefigem Nachkriegsdeutschland als Insel der Experimentierfreudigen. Dementsprechend bunt war der Haufen, in dem die kleine Natascha zwischen Zigarettenspitzen und Cognacschwenkern aufwuchs. Sie war die ältere von zwei Töchtern und wurde fünfzehn Tage vor dem Mauerbau am 13. August 1961 geboren. Karl Krauskopff, Lyriker und bester Freund von Nataschas Vater, redete wochenlang spontan dichtend auf den Säugling ein. Sein selbst erklärtes Ziel war es, dass die Kleine ihre ersten Worte in Reimform oder wenigstens in Jamben oder Trochäen von sich geben möge. Als Natascha irgendwann ein kaum verständliches »Mama« brabbelte, war Krauskopff außer sich vor Freude, denn laut seiner Interpretation hatte sich das erste »Ma« ganz wunderbar aufs zweite gereimt.

Niemals hätten die Gesslers ihr Veto eingelegt, wenn ihr Spross ebenfalls eine Karriere im künstlerischen Bereich angestrebt hätte. Um genau zu sein, hätten sie es sogar liebend gern gesehen.

Doch zunächst sollte es anders kommen, mochte es aus Rebellion gegen das Umfeld der Eltern oder aus wahrer Begeisterung geschehen sein: Natascha begann nach ihrem Abitur eine Ausbildung als Hotelfachfrau im damals hoch angesehenen »Bogota« auf der Schlüterstraße.

Leider hatten Disziplin und Unterordnungsbereitschaft noch nie zu den Stärken der exaltieren jungen Frau gehört. Deswegen war die Ausbildung nach der fünften Woche auch schon wieder beendet gewesen. Der Geschäftsführer hatte sie wegen ihrer aufmüpfigen Art ohnehin schon besonders im Fokus, als sie einem mäkelnden Gast an einem herbstlichen Donnerstag einen fein aromatisierten Erdbeer-Vanille-Tee in den Schoß goss. Auch wenn ihr die unterstellte Mutwilligkeit des Handelns nie nachgewiesen werden konnte, trennte man sich nach einem kurzen, hitzigen Disput alles andere als einvernehmlich.

Nataschas Eltern sahen nun die Chance gekommen, aus ihrer Tochter doch noch eine ernsthafte Künstlerin zu machen, und boten ihr allerlei Kontakte an, um unter professioneller Anleitung ins Schauspielfach zu wechseln.

Kratzbürstig, wie junge Mädchen im ausgehenden Teenageralter nun mal sein können, lehnte Natascha jede Hilfe ab und fuhr am nächsten Tag schwarz und voller Euch-werde-ich's-zeigen-Mentalität mit der U-Bahn nach Kreuzberg. Dort wollte sie einige Regisseure aus der Off-Theater-Szene aufsuchen, von denen sie wesentlich mehr hielt als von den spießigen Bekannten ihrer Eltern.

Wie genau es ihr gelang, den Spielleiter Joachim Wendt ohne jegliche Ausbildung von ihren Qualitäten zu überzeugen, wird für immer ein Geheimnis bleiben. Jedenfalls nahm er Natascha

Gessler unter seine Fittiche und besetzte mit ihr eine kleine Nebenrolle im »Halbmond-Theater«, das in einem Kreuzberger Hinterhof im Idealfall vor vierzig Gästen unbekannte Stücke aufführte.

Nun hatte es die junge, zornige Frau ihren Eltern zwar gezeigt, aber finanziell und in puncto Renommee kam beim »Halbmond-Theater« nicht allzu viel rum.

Auch wenn die junge Gessler es natürlich niemals zugegeben hätte, aber nach den ersten zwei Jahren Alternativtheater sehnte sie sich nach etwas mehr Wohlstand und der ein oder anderen Erwähnung ihrer Arbeit in der Presse. Von daher tauchte Gregor von Meynitz zum goldrichtigen Zeitpunkt im »Halbmond« auf. Von Meynitz war zu Beginn der achtziger Jahre umfeierter Intendant der Schaubühne am Lehniner Platz, die kurz zuvor ihr neues Quartier am Kurfürstendamm bezogen hatte.

Er ließ es sich nicht nehmen, von Zeit zu Zeit den Klein- und Kleinsttheatern seiner Stadt einen heimlichen Besuch abzustatten, um »frische Köpfe« zu entdecken, wie er das nannte. Er sah die Gessler – und war hingerissen. So viel Impulsivität, Echtheit und Spielfreude, diese Frau musste auf die große Bühne.

Von Meynitz fing Natascha Gessler noch am selben Abend am Künstlereingang ab und bot ihr die weibliche Hauptrolle in »Adam und Eva« an. Getrieben von ihrer Lust an Luxus und Ruhm nahm sie ohne nachzudenken an. Und: Sie hatte den Weg in die große Theaterszene geschafft, ohne auf die Beziehungen ihrer Eltern zurückgreifen zu müssen.

Nach ihrem Engagement an der Schaubühne, das ihr etliche positive Schlagzeilen und sogar ein ganzseitiges Porträt im Tagesspiegel eingebracht hatte, wechselte die Gessler vom einen großen Haus zum nächsten: Hamburg, München, Essen, Stuttgart, überall zog sie das Publikum mit ihrer Art zu spielen in den Bann. Besonders gut lagen ihr furienhafte Rollen, bei denen die Besucher kaum unterscheiden konnten, ob die

Gessler ernsthaft wütend war, oder ob sie das Spielen dieses Typs Frau einfach nur in Perfektion beherrschte.

Natürlich klopfte auch das Fernsehen früher oder später bei ihr an. Der WDR konnte sich vorstellen, im Düsseldorfer Tatort die feste Nebenrolle einer schlecht gelaunten Staatsanwältin mit Natascha Gessler zu besetzen.

Entgegen der Empfehlung ihres Managers lehnte sie ab. Nebenrolle!

Lieber nutzte sie die Zeit zwischen großen Engagements, um zu ihren schauspielerischen Wurzeln zurückzukehren. Immer wieder stand sie für einige Woche bei alternativen Theaterprojekten auf der Bühne. Projekte, die sich eine Natascha Gessler finanziell niemals hätten leisten können. Projekte, bei denen aber auch klar war: Der unangefochtene Star war sie.

***

Das Büro der Festspielintendanz befand sich ein paar Schritte von der Stiftsruine entfernt, in einem der wenigen erhaltenen Häuser außerhalb des Kirchenschiffs im romanischen Gesamtkunstwerk.

Im selben Gebäude war das Hersfelder Stadtmuseum untergebracht, an das Daniel aus seiner Schulzeit leider nur die ödesten Erinnerungen hatte. Drei Etagen Lokalgeschichte, drei Stunden Führung, dreißig gelangweilte Jugendliche. Auf der Suche nach dem Büro von Valerie Prohaszka schilderte Daniel seiner Kollegin unter theatralischem Gähnen seine unerfreulichen Erinnerungen an historische Mönchsgewänder, Silbermünzen und Ritterhelme.

Brigitte kicherte, Daniel klopfte, als sie die richtige Tür gefunden hatten.

Keine Reaktion von innen.

Der Kommissar pochte abermals – wieder ohne Ergebnis. Besorgt blickten sich die beiden Ermittler an. Sie befanden sich in nahezu derselben Situation wie Wolli und seine Kollegin

Dagmar vor etwa einer Stunde. Eine geschlossene Tür – und dahinter womöglich das nächste Opfer?

Brigitte war das Kichern vergangen, sie schluckte trocken. Natürlich konnte es ebenso gut sein, dass sich die Intendantin in der Stadt befand, in ihrem Hotelzimmer, bei einem Pressetermin oder sonst wo. Nur in der Stiftsruine mit Sicherheit nicht, die war nach dem Anschlag auf Natascha Gessler diskret abgesperrt worden.

Aber müsste Valerie während ihrer Arbeitszeit nicht an einer ihrer beiden Wirkungsstätten sein? Also in der Ruine oder hinter dieser Tür? In Brigittes Kopf kreisten die Gedanken, als Daniel ihr plötzlich per Finger-ans-Ohr-Geste signalisierte, auf die Geräusche aus dem Büro zu achten.

Tatsächlich. Bei genauem Hinhören war ein Quieken zu vernehmen. Ein Quieken, das weniger bedrohlich als vielmehr lustvoll klang. Nach wenigen Sekunden löste ein Stöhnen das Quieken ab, dann folgte eine Art Grunzen.

Daniel zog die Augenbraue belustigt nach oben, was Brigitte unerhört niedlich fand. »Ich glaube, die Frau Intendantin hat Herrenbesuch«, flüsterte er.

Brigitte zuckte mit der linken Schulter. »Hilft nix. Siebzig Meter von hier liegt der Star der Festspiele tot über seinem Schminktisch, davon werden wir die Chefin schon in Kenntnis setzen müssen, auch wenn sie es da drin gerade schön hat«, zischelte sie und wummerte in logischer Konsequenz recht undamenhaft gegen die Holztür.

Nach etwa zwei Anstandssekunden riss sie das schwere Portal auf – und musste auf den ersten Blick feststellen, dass Daniel mit seiner Vermutung nur teilweise richtig lag.

Valerie Prohaszka hatte zwar Besuch, allerdings nicht von einem Mann. Stattdessen grapschte Juli Blum höchst ertappt nach ihrem leichten Wollpullover, hielt ihn sich vor die nackte Brust und rannte unter spontan einsetzendem Schluchzen an den erstaunten Ermittlern vorbei hinaus auf den Flur.

Frau Prohaszka richtete sich indigniert die Bluse, strich ein paar Falten glatt und versuchte mit einem spitzen »Was kann ich für die Herrschaften tun?«, wieder die Oberhand in der Situation zu gewinnen.

Natürlich lagen nach der vorausgegangenen Szene dutzende Fragen auf der Hand, aber erstens ging das Privatleben von Valerie Prohaszka und Juli Blum die Kommissare nichts an, und zweitens waren die Ermittler in erster Linie gekommen, um der Regisseurin von der überraschenden Dezimierung ihres Ensembles zu berichten.

»Frau Prohaszka, nehmen Sie doch bitte kurz Platz«, begann Daniel vorsichtig. »Wir müssen Ihnen leider mitteilen, dass Ihre Kollegin Natascha Gessler offenbar in ihrer Garderobe ermordet wurde.«

Daniel und Brigitte hatten sich auf dem Weg zur Intendanz darauf geeinigt, dass er die Nachricht überbringen und sie währenddessen ganz genau Valeries Reaktion beobachten würde. Oft entscheiden wenige Millisekunden darüber, ob die Bestürzung über den Tod eines Menschen echt ist – oder ob sie in irgendeiner Art und Weise gespielt oder gekünstelt wirkt.

Valerie Prohaszka riss entsetzt die Augen auf, krallte sich an der Tischplatte fest und japste: »Natascha? Tot? Aber, wie kann das denn …? Sie war doch eben noch …« Sie verstummte und schüttelte in kurzen, ruckartigen Bewegungen den Kopf.

Brigitte tauschte schnell einen Blick mit Daniel: Wirkt ernsthaft schockiert!

In einfühlsamem Ton versuchte Daniel, den Sachverhalt zu erklären. »Wir wissen auch noch nicht viel, Frau Prohaszka. Es muss vor etwa einer Stunde passiert sein. Wir gehen davon aus, dass es ein Mord im Affekt war. Also nicht geplant. Die Tatwaffe ist nach ersten Erkenntnissen ein Utensil aus dem Fundus. Ein Reichsapfel.«

Valerie Prohaszka starrte leer vor sich hin. Immer wieder flüsterte sie ungläubig: »Natascha, tot.«

»Frau Prohaszka, ich weiß, es ist eine schreckliche Nachricht für Sie. Aber wir müssen so schnell wie möglich mit den

Ermittlungen beginnen. Deswegen ist die nächste Frage sehr wichtig. Hören Sie?«

Die Regisseurin beruhigte sich so weit, dass sie zumindest wieder wahrnahm, was Daniel ihr sagte.

»Wir müssen wissen, ob es irgendjemanden aus dem Team gibt, der ein Interesse an Frau Gesslers Tod gehabt haben könnte. Hatte sie Feinde? Gab es Spannungen während der Proben?«

Valerie Prohaszka griff nach einem Kugelschreiber, der auf ihrem Schreibtisch lag, und begann nachdenklich, diesen immer wieder auf- und zuzuschrauben. Während sie entrückt auf den Stift starrte, murmelte sie: »Spannungen, na ja, was verstehen Sie unter Spannungen? Sicher hat's die gegeben. Schauspieler sind Exzentriker.« Jetzt sah sie die Kommissare wieder an. »Jeder will auf der Bühne glänzen. Da gibt es schon mal Reibereien. Aber doch nichts, was einen Mord rechtfertigen würde.«

So eine ähnliche Antwort hatte Daniel erwartet. Deswegen musste er als Nächstes die scheußliche Frage stellen, nach der sich jeder unschuldige Vernommene wie ein potenzieller Täter vorkam. »Ich muss Sie das fragen, Frau Prohaszka, wo waren Sie vor etwa einer Stunde?«

Prompt reagierte Valerie verstimmt. »Das fragen Sie *mich*? Fragen Sie das den Mörder! Ich habe doch keinen Grund, einen meiner Stars umzubringen!«

Brigitte schaltete sich beschwichtigend ein. »Frau Prohaszka, niemand verdächtigt Sie. Aber wir müssen uns ein ungefähres Bild machen, wer sich zur Tatzeit wo auf dem Festspielgelände aufgehalten hat. Bitte helfen Sie uns dabei.«

So langsam fand Valerie Prohaszka zu ihrer alten Form zurück. »Ich schaue ja nicht permanent auf die Uhr. Das ist mir ja eh immer ein Rätsel, wie das im Fernsehen geht. Da will der Gendarm wissen, wo der Verdächtige vor dreieinhalb Wochen am Nachmittag war – und die Antwort kommt wie aus der Pistole geschossen. Ja, mein Gott, ich war auf dem Gelände vor einer Stunde, aber ich habe meinen genauen Standort leider nicht per Satellit orten lassen. Bin ich jetzt verhaftet?«

Synchron schüttelten die Kommissare die Köpfe. Brigitte übernahm. »Selbstverständlich sind Sie das nicht, Frau Prohaszka. Aber verstehen Sie uns doch bitte. Wir stehen ganz am Anfang der Ermittlungen, und da sind solche Auskünfte leider unverzichtbar.«

Daniel sprang ihr bei. »Vielleicht gibt es ja jemand, der bestätigen kann, wo Sie vor einer Stunde waren. Dann ist diese Frage ein für alle Mal geklärt, und wir belästigen Sie damit nie wieder. Frau Blum zum Beispiel.«

Sicher hatte Daniel diesen Nachsatz gut gemeint. Eine goldene Brücke zum Alibi sozusagen. Das sah Valerie Prohaszka allerdings grundlegend anders. Ihre Faust donnerte ohne Vorwarnung auf die Schreibtischplatte. »Frau Blum und ich gehen Sie überhaupt nichts an. Was muss man sich hier in Deutschland überhaupt von der Gendarmerie bieten lassen?«, keifte sie. »Unterstellungen, nichts als Unterstellungen. Und das, wo ich gerade erst von Nataschas Tod erfahren habe. Ich bin traumatisiert, und in diesem Zustand führt man keine Verhöre. Sie verlassen jetzt besser mein Büro, die Herrschaften.«

Sie fuchtelte zu ihrem Wutausbruch mit dem Kugelschreiber in der Luft herum, als wollte sie ein lästiges Insekt vertreiben. »Raus mit Ihnen beiden, raus, raus, ich will Sie da nicht mehr sehen!«

Brigitte trat bereits den Rückzug an, sie hielt es für angebrachter, das Alibi der Regisseurin in einer weniger aufgeheizten Stimmung zu überprüfen. Daniel war da etwas hartnäckiger. Er ließ sich von dieser hysterischen Ziege doch nicht vorschreiben, wann er welche Fragen zu stellen hatte.

»Also, Frau Prohaszka, ich muss Sie schon bitten, mit uns zu kooperieren. Ich verstehe ja –«

Weiter kam er nicht. Die zierliche Österreicherin war hinter ihrem Schreibtisch aufgesprungen. »Nichts verstehen Sie, gar nichts. Was verstehen Sie zum Beispiel nicht an dem Wort

›raus‹?« Valerie Prohaszka ließ sich in ihren schweren Ledersessel zurückfallen, verschränkte die Arme und drehte den Kommissaren demonstrativ die Rückenlehne zu.

Für sie war die Vernehmung an dieser Stelle beendet.

***

Nach der ergebnisoffenen Befragung der Festspielleiterin – Valerie Prohaszka war wegen ihres Wutausbruchs ein Alibi schuldig geblieben –, versammelten sich die Ermittler zu einer ersten Besprechung in der Polizeidirektion Bad Hersfeld. Zwei Kollegen waren allerdings noch unterwegs, um herauszufinden, wo sich der Rest des Ensembles zur Tatzeit aufgehalten hatte.

Manfred Burns, der Chef von Daniel und Brigitte, hatte das Team wegen der Brisanz des Falles kurzerhand um zwei weitere Beamte von der organisierten Kriminalität aufgestockt: Gerhard Behrendt und Jacqueline Gölz. Behrendt galt als knurrig, aber loyal. Gölz war erst vor Kurzem der Liebe wegen von Hamburg nach Hersfeld gekommen.

Daniel mochte die blonde, junge Frau recht gern, Brigitte hatte bei der ersten Begrüßung reserviert gewirkt. Sie konnte sich dafür selbst nicht leiden, aber in jeder Frau unter vierzig sah sie eine potenzielle Konkurrenz in ihrem stillen Kampf um Daniels Zuneigung. Allerdings war sie professionell genug, um sich diese kleine Eifersucht nicht anmerken zu lassen. Stattdessen ging sie sofort in die Offensive.

»Hallo, ihr beiden, super, dass ihr uns helft. Ich könnte mir vorstellen, dass die Ermittlungen nicht ganz einfach werden. Bisher kein erkennbares Motiv, offenbar keine Zeugen, nur eine Tatwaffe.«

»An der sich aber Fingerabdrücke befinden könnten«, ergänzte Daniel. »Wir gehen davon aus, dass die Tötung spontan verübt wurde. Deswegen kann es gut sein, dass sich der Täter nicht erst Handschuhe organisiert hat. Und ich finde, genau an diesem Punkt sollten wir ansetzen. Wer könnte es so eilig gehabt haben, Frau Gessler plötzlich loszuwerden? Für mich sind Valerie Prohaszka und diese Juli Blum übrigens durchaus verdächtig. Als wir die Regisseurin vorhin befragen wollten, hatte sie offenbar gerade ein Schäferstündchen mit der Blum. Sofern man das bei Lesben auch Schäferstündchen nennt.«

Gerhard Behrendt gluckste. »Schäferinnenstündchen dann ja wohl.«

Er wurde von Burns prompt mit einem strengen Blick zurechtgewiesen.

Jaqueline Gölz überhörte den Kommentar ihres Kollegen und spann Daniels Faden weiter. »Du meinst, diese Affäre war bisher unbekannt, die Gessler hat etwas mitbekommen und musste mit dem Reichsapfel zum Schweigen gebracht werden? Na ja. Also, ich würde vermuten, dass eine lesbische Liebe im Theatergeschäft niemanden mehr vom Hocker haut. Sind die beiden denn geoutet?«

Gerhard schaute seine Kollegin fragend an. Manchmal hatte diese junge Frau aus der Großstadt einen Slang drauf, der ihm unbekannt war. Konnte natürlich auch am Altersunterschied von fast dreißig Jahren liegen.

Jacqueline merkte, dass sie wieder mal zu urban dachte, und schob erklärend nach: »Ich meine, ob in der Öffentlichkeit bekannt ist, dass die beiden nicht auf Männer stehen.«

Brigitte signalisierte ihrem Vorgesetzten, dass sie diesen Umstand gern rasch recherchieren würde. Nach einem kurzen Nicken von Burns rollte sie mit dem Bürostuhl zu ihrem Schreibtisch und begann, möglichst geräuscharm in die Tasten zu hacken.

Daniel nahm seine Überlegungen wieder auf. »Gehen wir mal davon aus, dass das Privatleben von Blum und Prohaszka *nichts* mit dem Mord zu tun hat. Diese hektisch ausgeführte Tat sieht für mich tatsächlich danach aus, als hätte irgendjemand die Gessler zum Schweigen bringen wollen. Immerhin ist ein Mord in der Künstlergarderobe nicht ganz ohne Risiko. Da kann doch ständig jemand reinkommen. Von der Maske oder von der Regie. Auf mich wirkt das, als hätte es jemand verdammt eilig gehabt.«

Behrendt schien Daniels Gedanken zu teilen. Er nickte und fügte an: »Dann sollten wir so schnell wie möglich herausfinden, wie die letzten Stunden in Natascha Gesslers Leben ausgesehen haben. Gab es da irgendeine Begegnung, die ihr sozusagen zum Todesurteil wurde?«

Wie aufs Stichwort schneiten in diesem Augenblick die Kollegen herein, die sich um die Alibis des restlichen Ensembles kümmern sollten. Michi und Matze, das unzertrennliche Ermittlerduo. Nicht die hellsten Kerzen auf der Torte, dafür aber ungemein fleißig.

Da sich ohnehin alle Augenpaare auf sie richteten, legten sie sofort los. »Also, Leude, Hofstede ist raus. Dr. Döring hat den Todeszeitpunkt auf etwa vierzehn Uhr festgelegt. In dieser Zeit hat der Schauspieler im Café gesessen. 'ne Bekannte von mir, die Nadine, hatte Dienst und konnte bestätigen, dass er eine gute Stunde da war. Wenn ihr mich fragt, steht die ein bisschen auf diesen alternden Schönling«, sagte Matze grinsend und wurde dafür von Jacqueline leicht hochgenommen.

»Dich fragt aber mal wieder keiner«, flötete sie.

»Warte ab, mein Lieblings-Fischköpfchen … Wir haben nämlich noch was ganz anderes herausgefunden. Hofstede hat uns gesteckt, dass sich die Gessler mit der Blum übelst gestritten haben soll. Die muss die in einer Szene wohl auf ein Sofa schubsen, und das stand zu weit weg. Deswegen ist die Blum voll auf den Arsch geknallt und danach zur Furie geworden.«

Matze triumphierte, Daniel und Brigitte kannten die Szene ja schon von Wolli, schwiegen aber. Dem Chef reichte das ohnehin nicht aus. Trocken bügelte er Matze ab. »Ich glaube nicht, dass ein geprellter Steiß als Mordmotiv herhält. Hat dieser Hofstede irgendetwas dazu gesagt, dass die Prohaszka und die Blum eine Beziehung miteinander haben?«

Michi und Matze glotzten tumb. Ein bisschen weniger Fitnessstudio und ein bisschen mehr wahres Leben könnte den beiden nicht schaden, fand Daniel.

»Wie, nee, was, die zwei? Das sind doch zwei Frauen. Und die Blum ist sogar voll der Schuss. Die ist doch net lesbisch.«

Jacqueline stöhnte genervt. »Och Leute, es gibt auch feminine Lesben, jetzt seid doch mal nicht ganz so engstirnig. Also, hat der Hofstede dazu was gesagt?«

Michi und Matze ärgerten sich, dass sie auf die neue hübsche Kollegin offenbar wie zwei Dorftrottel wirkten. Kleinlaut murmelte Michi: »Nee, hat er net.«

Das entsprach der Wahrheit, denn während Gesslers Drohung an die Blum in den Proben hatte sich Hofstede ja zu einem Mittagsschläfchen zurückgezogen gehabt.

»Was ist mit dem Alibi von der Blum?«, wollte Behrendt wissen.

Michi blätterte in seinem Blöckchen. Offenbar kam er bei der Befragung von ganzen zwei Zeugen auf einmal nicht ohne Notizen aus. »Also, die Blum war auf ihrem Hotelzimmer. Texte lernen. Und das angeblich den ganzen Nachmittag seit etwa vierzehn Uhr. Kann aber keiner bezeugen.«

»Kann auch nicht stimmen, denn wir haben sie ja vor einer guten halben Stunde im Intendanten-Büro in flagranti erwischt. Ist die so doof, dass sie denkt, wir Ermittler würden uns untereinander nicht absprechen? Verdächtig.«

Daniel machte sich eine rasche Notiz in seinen Unterlagen, als Brigitte von ihrem Schreibtisch aus einen kleinen Jauchzer ausstieß. »Doppelt verdächtig, würde ich sagen. Hört mal, was ich herausgefunden habe: Juli Blum lebt nach Informationen verschiedener Klatschblätter mit dem Sohn eines Schlagerstars zusammen. Es gibt jede Menge Fotos aus einem gemeinsamen Urlaub.« Sie hielt den Kollegen einen Schwarz-Weiß-Ausdruck entgegen. »Hier seht ihr, wie sie mit ihrem Freund im Salzkammergut ein Lämmchen füttert.«

Alle grinsten. Matze machte ein lang gezogenes »Ooooooh!«.

»Und es kommt noch besser! Valerie Prohaszka ist sogar verheiratet. Und zwar mit dem Gastronomen Gheorghe Popescu. Der betreibt in Graz zwei Restaurants, und die Online-Speisekarten sehen danach aus, als seien das ganz edle Schuppen. Ich würde das mal das Gegenteil eines geouteten Lesbenlebens nennen.«

Daniel nickte zufrieden. »Und ich würde das mal ein einwandfreies Motiv nennen.«

7

Schon früh hatte Familie Popescu bemerkt, dass ihr kleiner Gheorghe etwas ganz Besonderes war. Aus den kargen Zutaten, die in den siebziger Jahren in der Sowjetrepublik Moldau zu bekommen waren, zauberte er schon als Jugendlicher im Rahmen der Möglichkeiten wahre Leckerbissen.

Zur Freude seiner Familie hatte er ein Verfahren entwickelt, das mehrere Kilo Kohl nach Rindfleisch schmecken ließ, auch wenn ihm für die Zubereitung tatsächlich nur wenige Gramm des begehrten Fleischs zur Verfügung standen. Verantwortlich für diese Geschmacksexplosion eines handelsüblichen Kohlkopfs war nach Gheorghes vager Auskunft der Prozess der Milchsäuregärung. Nähere Angaben wollte er seiner Familie gegenüber nicht machen. Andere Vierzehnjährige verrieten ihren Eltern nicht, mit welchem Mädchen sie ins Kino gingen, Gheorghe konnte in puncto Rezepte sehr verschwiegen sein.

Außer Frage stand, dass er die Schule nur beenden wollte, um seinen sehnlichsten Berufswunsch umzusetzen: Koch zu werden. Nachdem er mit sechzehn seinen lustlos hingeschluderten Schulabschluss in der Tasche hatte, musste er zu seiner großen Enttäuschung feststellen, dass der Fünf-Jahres-Plan für seine Heimatstadt Cahul mittelfristig leider keinen Bedarf im Bereich Kochausbildungen sah. Und das, obwohl die Stadt als Kur- und Weinbauzentrum der moldauischen SSR galt.

Für Gheorghe, der mittlerweile große Mengen an Kohl sogar nach Lachs schmecken lassen konnte, war diese Nachricht allerdings kein Grund, die Flinte ins Korn zu werfen. Eine Ausbildung in der Moldawischen Provinz hatte er ohnehin nur als Zwischenschritt auf dem Weg zu einer größeren Karriere gesehen. Und wenn die Möglichkeit sich nicht ergab, so meinte er, könne man diesen auch einfach weglassen. Stattdessen verlangte er von seinem Vater, mit ihm nach Budapest zu fahren. Dort wollte er im Hotel »Astoria« eine Ausbildung beginnen.

Über das Hotel selbst wusste er nichts, aber auf einem Stadtplan hatte er mal entdeckt, dass sogar eine U-Bahn-Station danach benannt war. Deswegen, so schlussfolgerte Gheorghe, könne es sich beim »Astoria« sicher nicht um ein schlechtes Haus handeln.

Sieben Monate später bekamen Vater Popescu und sein Sohn ein Visum, das ihnen gestattete, die ungarische Hauptstadt an Ostern für vier Tage zu besuchen. Da das Visum leider nicht für die Reise durch Rumänien galt, musste der familieneigene Moskwitsch einen Umweg von etwa vierhundert Kilometern fahren, was bei einer Gesamtstrecke von tausendfünfhundert Kilometern aber auch nicht mehr weiter ins Gewicht fiel. In Anbetracht des Zustands der Straßen und des familieneigenen Moskwitschs grenzte es an ein Wunder, dass der Wagen am Karfreitag 1981 ächzend vor dem Hotel »Astoria« in Budapest abgestellt werden konnte.

Gheorghe hatte bei einer Klassenfahrt nach Chişinău zwar schon einmal ansatzweise großstädtisches Flair erlebt, aber Budapest kam ihm vor wie aus einer anderen Dimension.

Da ohnehin keinerlei Gesprächstermin mit irgendeiner Person der Hotelführung vereinbart worden war, ließen sich Vater und Sohn durch die Straßen der Stadt treiben und kamen aus dem Staunen über die Vielzahl der reich verschnörkelten Häuser gar nicht heraus. In der Markthalle am Donauufer standen Gheorghe fast die Tränen in den Augen: So eine Auswahl an Lebensmitteln hatte er noch nirgends gesehen.

Er kaufte eine winzige Kaninchenkeule und ein großes Netz spitzer Paprika, denen er in seinem geheimen Fermentierungsverfahren Hasengeschmack angedeihen lassen wollte.

Natürlich wohnten die Popescus nicht im »Astoria«. Die Zimmer in diesem schönen Haus sollten lieber gegen Devisen aus dem Westen vermietet werden. Den Gästen aus der befreundeten Sowjetunion wurde über das staatliche Tourismusbüro ein düsteres Zimmer der Pension »Korall« in einer Sackgasse des sechzehnten Bezirks zugewiesen.

Am nächsten Morgen wurden Vater und Sohn an der Rezeption des »Astoria« samt einem verschlossenen Plastikeimer vorstellig. Die Empfangschefin reagierte zunächst reserviert auf die Bitte, zum Küchenchef vorgelassen zu werden. Aber immerhin sprach sie ein einwandfreies Russisch.

Vater Popescu wies seinen Sohn an, den Eimer auf den Tresen der Rezeption zu stellen. Er öffnete den Deckel, die Rezeptionistin rümpfte die Nase.

»Junge Dame, das ist Kohl aus Russland. Dieser schmeckt eigentlich nach nichts. Aber probieren Sie ein Scheibchen und sagen Sie mir, an was Sie dieser Kohl geschmacklich erinnert.«

Völlig perplex pickte die Angestellte mit spitzen Fingern ein kleines Stück heraus und führte es damenhaft zum Mund.

»Dieser Kohl schmeckt wie Fleisch, der Herr, Rindfleisch, um genau zu sein.«

Vater Popescu nickte zufrieden. »Und nun, junge Dame, schätzen Sie bitte, wie viel Fleisch mein Sohn benötigt hat, um diesem russischen Kohl einen derartig intensiven Fleischgeschmack zu verleihen.«

Die Rezeptionistin wiegte den Kopf hin und her. »So intensiv, wie dieser Kohl nach Fleisch schmeckt, müssen das schon etliche Pfund gewesen sein. Wenn ich Sie jetzt allerdings bitten dürfte, Ihren Topf mit russischem Kohl wieder von meiner Rezeption herunterzuheben.«

Gheorghe kam der Bitte nach, während sein Vater triumphierte. »Etliche Pfund, sagen Sie also, schönes ungarisches Mädchen. Dann verrate ich Ihnen die Wahrheit. Gerade mal achtzig Gramm Rindfleisch hatte mein Sohn zur Verfügung. Achtzig Gramm, um drei Kilo russischen Kohl so schmecken zu lassen wie den zartesten Rinderbraten.«

Zsuzsana Horváth, wie die begeisterungsfähige Empfangsdame hieß, riss die Augen auf und klopfte vor Begeisterung auf den hölzernen Tresen. »Davon muss Meister Imre erfahren.

Das ist unser Chefkoch. Sie müssen wissen, er gilt als Lieblingskoch unseres sehr verehrten Herrn Ministerpräsidenten György Lázár.«

Vater und Sohn Popescu nickten anerkennend, auch wenn ihnen der Name des ungarischen Ministerpräsidenten bisher noch nie untergekommen war.

Danach ging alles sehr schnell. Meister Imre nahm den minderjährigen russischen Auszubildenden unter seine Fittiche, entlockte ihm sein Fermentierungsgeheimnis und machte ihn im Gegenzug innerhalb von drei Jahren zu einem Spitzenkoch.

Gheorghe bekam eine dauerhafte Aufenthaltsgenehmigung für Ungarn und begann, die komplizierte Sprache zu lernen. Er empfand das Leben in Budapest als weitaus angenehmer als in seiner kleinen Heimatstadt Cahul, allerdings stieß die Lebensmittelvielfalt Ende der achtziger Jahre auch hier an ihre Grenzen.

Wie der Zufall es wollte, durchschnitten ungarische Politiker und Bürger den Grenzzaun zu Österreich genau zu dem Zeitpunkt, als Gheorghe darüber nachdachte, ob ihm seine Arbeit in einem westeuropäischen Land vielleicht noch mehr Spaß machen würde. Da aber kurze Zeit später jede Art von Delikatesse auch in Budapest erhältlich war, schob er den Gedanken an einen Ortswechsel zunächst beiseite.

Er blieb sieben weitere Jahre im »Astoria«, mittlerweile als Souschef, also in der Vertretungsposition des hochgeschätzten Meister Imre. Als er zum ersten Mal davon hörte, wie viel ein stellvertretender Küchenchef in Österreich verdiente, und im Anschluss sein Gehalt von Forint in Schilling umrechnete, wurde Gheorghe schwindlig.

Er begann, eine weitere Sprache zu lernen, und abonnierte eine österreichische Fachzeitschrift mit umfangreichen Stellenangeboten. Vier Mal wurde er zu Bewerbungsgesprächen eingeladen, aber weder in Kitzbühel noch in Krems, Eisenstadt oder Bad Tatzmannsdorf wollte man ihn einstellen. Der letzte Chef war wenigstens so ehrlich, Gheorghe zu verraten, dass man die Komplikationen wegen seiner Staatsangehörigkeit scheute.

Er besaß mittlerweile einen moldawischen Pass, da Cahul seit 1991 ja nicht mehr in der Sowjetunion lag, die darüber hinaus auch gar nicht mehr existierte. Streng genommen hätte er sogar für jede Bewerbungsfahrt nach Österreich ein Visum benötigt.

Unter diesen Umständen konnte man es nur als Glücksfall bezeichnen, dass sich eines Abends eine recht durchgeknallte österreichische Schriftstellerin im »Astoria« zum Speisen niederließ und anschließend darauf bestand, ihre Begeisterung dem Küchenpersonal persönlich mitzuteilen. Weil niemand anderes deutsch sprach, wurde Gheorghe vorgeschickt, um sich den Dank abzuholen.

Er gab der Dame einen Aprikosenschnaps aus, die allerdings machte zur Bedingung, dass Gheorghe einen mittrinken müsse. Weil die ersten beiden Schnäpse auf Kosten des Hauses gingen, fühlte sich die Schriftstellerin unter Zugzwang, zwei weitere auszugeben, was wiederum das »Astoria« nicht auf sich sitzen lassen wollte, das Runde Nummer drei spendierte.

Am Schluss des Abends waren Gheorghe Popescu und Valerie Prohaszka sternhagelvoll und bereit, sich gegenseitig ihre Homosexualität zu gestehen. Und wie das nun mal unter dem Einfluss großer Mengen Aprikosenschnaps so ist, entstand eine hochprozentige Idee: Valerie würde Gheorghe in absehbarer Zeit heiraten. Dann dürfte er offiziell in Österreich leben – und sie müsste für die Klatschpresse keine weiteren Männergeschichten erfinden.

Obwohl die Schnapsidee an sich meist keine lange Halbwertzeit hat, setzten Valerie und Gheorghe ihren Plan im Sommer 2004 tatsächlich um. In einer kleinen Feier, in der mehr die Kulinarik als die Romantik im Vordergrund stand, wurden die beiden in Graz ein Ehepaar.

Die ersten drei Jahre wohnte Popescu sogar bei seiner Frau, damit die Behörden nicht misstrauisch wurden. Später bezog er eine kleine Wohnung über dem Restaurant »Zum Uhrtürmchen«.

Dummerweise hatte Gheorghe mit dem österreichischen Steuerrecht in der Folge ein paar Verständnisprobleme, die ihm eine Vorstrafe einbrachten. Deswegen blieb ihm der Weg zur Einbürgerung zunächst versperrt. Aber solange seine Scheinehe mit Valerie nicht aufflog, hatte er ja nichts zu befürchten …

***

Aus ermittlungstaktischen Gründen hätte Burns den Mord an Natascha Gessler am liebsten für ein paar Tage geheim gehalten. Ermittlungstaktik bedeutete in diesem Fall, dass er und seine Leute dann mehr Zeit gehabt hätten, ohne Pressemeute in der Stadt zu agieren.

Daniel Rohdes Vorgesetzter hatte aber auch Verständnis dafür, dass Wollis Zeitung die Geschichte so schnell wie möglich exklusiv bringen wollte. Nicht allzu häufig war es der »Osthessischen Landeszeitung« in ihrer Geschichte vergönnt gewesen, überregional als erste Quelle einer Story genannt zu werden.

Obwohl Robert Mende, Wolli Angersteins Chefredakteur, ein außergewöhnlich besonnener Journalist war, wurde selbst er von einem gewissen Aktionismus erfasst, nachdem sein Festspielreporter ihm von der toten Diva berichtet hatte. Mit zittrigen Fingern und unter Missachtung des eigentlich geltenden Rauchverbots hackte Wolli die Erstmeldung in die Tasten, die wenig später über das Online-Angebot der »OLZ« verbreitet werden sollte.

Obwohl es in der Branche verpönt war, blieb sein Chef die ganze Zeit hinter ihm stehen und verfolgte durch den Zigarettenrauch die Entstehung jedes einzelnen Wortes. Nach dem letzten Buchstaben genügte ein kurzes Nicken zwischen Chefredakteur und Reporter – und die wahrscheinlich aufsehenerregendste Nachricht in der Geschichte der »OLZ« war weltweit im Netz.

Parallel kümmerte sich Wollis Kollege Mirek darum, dass

die Meldung auch bei den wichtigsten Nachrichtenagenturen über den Ticker ging. Genau sieben Minuten später brachte die dpa die erste Eilmeldung: *Schauspielerin Natascha Gessler tot.*

Nach weiteren zwei Minuten kam die Meldung erneut, diesmal mit der Ergänzung: *Die Schauspielerin Natascha Gessler ist tot. Die Fünfundfünfzigjährige wurde auf dem Festspielgelände von Bad Hersfeld (Hessen) leblos aufgefunden. Das berichtet die »Osthessische Landeszeitung« in ihrer Online-Ausgabe. Die zuständige Polizei hat den Tod bestätigt.*

Zehn Minuten später glich die Redaktion der Lokalzeitung einem Tollhaus. Jedes verfügbare Telefon klingelte, alle namhaften Klatschblätter, Radiosender und TV-Boulevardmagazine wollten mit dem Lokalreporter sprechen, der die große Akteurin leblos in ihrer Garderobe gefunden hatte. Wolli hatte sich mit seinem Chef darauf geeinigt, keine Einzelinterviews zu geben, sondern um zwanzig Uhr desselben Tages im Rahmen einer Pressekonferenz im Foyer der Zeitungsredaktion seine Sicht der Geschichte zu erzählen.

Der Marketingleiter des Blatts war schon damit beschäftigt, den Eingangsbereich der kleinen »OLZ« derartig mit Bannern vollzuhängen, dass keine Kamera auch nur einen Quadratzentimeter Fläche fand, auf der nicht das Logo der Lokalzeitung geprangt hätte.

Vor Kurzem erst war die »OLZ« auf das »Schilde-Gelände« gezogen, eine ehemalige Industriebrache am Rande der Hersfelder Altstadt. Seitdem verfügte man an den Außenmauern des Gebäudes über eine große LED-Laufschrift, mittels derer die Passanten über das aktuelle Geschehen in der Region informiert werden konnten. Zum ersten Mal seit Einführung dieser Informationsform bildeten sich vor dem Pressehaus Menschentrauben, um über die krasse Nachricht aus ihrer Heimatstadt zu diskutieren. Die Ansammlung löste sich erst auf, als vor dem Redaktionshaus die ersten Ü-Wagen auftauchten.

Alle großen Fernsehsender wollten die Pressekonferenz mitschneiden. Die meisten hatten spärlich bekleidete Boulevard-

Reporterinnen auf das Thema angesetzt. Auf dem ganzen Gelände wimmelte es von Filmteams, die von den Hersfelder Bürgern betroffene Phrasen hören wollten.

Wolli beobachtete das Treiben kopfschüttelnd aus dem zweiten Stock, als sein Freund Daniel anrief. Seinen Informationen zufolge hatte man sich vonseiten der Polizei dagegen entschieden, eine eigene Pressekonferenz abzuhalten, da Chefredakteur Mende Ermittlungsleiter Burns angeboten hatte, für Pressefragen auf dem Podium im Zeitungshaus Platz zu nehmen.

Im Normalfall wäre die Presse natürlich in den Räumlichkeiten der Polizeidirektion über den Mord unterrichtet worden. Schließlich hatte der Architekt den Beamten extra einen dreifach teilbaren Saal für solche Anlässe in den typischen Neunziger-Jahre-Bau am Rand der Innenstadt hineinkomponiert.

Aber scheinbar hatte sich Mende mit seinem Wunsch durchgesetzt, die überregionalen Radio-, Fernseh- und Zeitungskollegen in seinem frisch plakatierten Foyer abzufertigen.

Wolli war der gemeinsame Auftritt mit dem Dienststellenleiter sehr recht; schließlich war er bisher nicht instruiert worden, ob es irgendwelche Details gab, die er aus Sicht der Polizei besser nicht erwähnen sollte. Und Burns wäre im Ernstfall wohl noch früh genug dazwischengegrätscht.

Offenbar war aber keinerlei Maulkorb vorgesehen, nach Daniels Angaben wollte die Polizei den gesamten Sachverhalt preisgeben und die Bevölkerung um Zeugenaussagen bitten. Wolli schlussfolgerte daraus, dass die Beamten noch keine heiße Spur hatten.

***

Das kleine Foyer der »Osthessischen Landeszeitung« platzte aus allen Nähten, als Wolli Angerstein, Mende und Burns um kurz nach acht auf einem improvisierten Podium Platz nahmen. Die

Luft im Saal war zum Schneiden, viele Journalisten fächelten auf der Suche nach Abkühlung hektisch mit ihren Unterlagen herum. In der ersten Reihe erkannte Wolli eine Kollegin vom Hessischen Rundfunk aus Fulda und einen bekannten Redakteur von der Konkurrenz aus Kassel, die zum Teil ziemlich aggressiv im Erscheinungsgebiet der »OLZ« wilderte.

Mindestens fünf Filmteams hatten Kamerastative aufgebaut, vor dem mittleren Podiumsplatz warteten nicht weniger als zwölf Mikrofone von allen großen Radio- und Fernsehstationen auf O-Töne.

Im Saal breitete sich gespannte Ruhe aus, als Robert Mende das Wort ergriff. Er begrüßte die angereisten Kollegen, bedauerte den Anlass, Bad Hersfeld auf diese Weise kennenzulernen, und übergab an Wolli.

Der nestelte aus der Hosentasche seine vorgeschriebene Erklärung und begann zu lesen: »Meine Fotografen-Kollegin Dagmar Wentrup und ich hatten heute um vierzehn Uhr einen Termin in der Künstlergarderobe von Natascha Gessler. Auf unser Klopfen hin wurde nicht geöffnet. Die Tür war allerdings nicht verschlossen, wir betraten die Garderobe. Die Schauspielerin lag mit dem Oberkörper auf ihrem Schminktisch. Wir gingen zunächst davon aus, dass sie eingeschlafen war. Meine Fotografin entdeckte dann allerdings, dass aus einer Wunde am Kopf Blut austrat. Frau Gessler war zu diesem Zeitpunkt definitiv schon tot. Während wir auf die verständigte Polizei warteten, fiel uns ein Reichsapfel ins Auge, der mit Blut verschmiert war. Wir gehen davon aus, dass die Künstlerin mit diesem Requisit aus einem anderen Stück der Festspiele erschlagen wurde.«

Wolli schickte einen fragenden Blick zu Burns. Er hatte sich gar nicht erkundigt, ob sich in puncto Tatwaffe schon neue Erkenntnisse ergeben hatten. Da der Ermittlungsleiter zustimmend nickte, fiel Wolli als Schlusswort nur noch ein schulterzuckendes »Ja, so war es dann« ein.

Im Raum schnellte ein Arm in die Höhe. »Herr, äh, Angerstein, Sie sagten, Sie seien mit einer Fotografin vor Ort gewesen. Gibt es Aufnahmen von der Leiche?«

Noch bevor Wolli antworten konnte, schnappte sich Mende ein Mikrofon und wies den Kollegen zurecht. »Können wir uns darauf einigen, dass Sie sich kurz vorstellen, wenn Sie eine Rückfrage stellen?«

Der Zurechtgewiesene stellte sich augenrollend als »Schatzschneider« vor und war im Auftrag der größten deutschen Boulevardzeitung unterwegs. Wolli antwortete, dass er sich mit Dagmar bewusst dagegen entschieden hatte, Aufnahmen von der Leiche zu machen. Schatzschneider schüttelte verachtend den Kopf.

Eine Kollegin vom Privatfernsehen wollte anschließend wissen, wie die Tote ausgesehen habe, bevor eine weitere Dame von einem Modejournal sich danach erkundigte, was Natascha Gessler im Moment ihres Todes an Kleidung getragen hatte.

Ermittlungsleiter Burns griff nun zum Mikrofon. »Meine Damen und Herren, bevor noch die Frage aufkommt, wie Frau Gessler geschminkt war, lassen Sie mich aus Sicht der Polizei noch zwei Sachen anfügen. Erstens: Wir haben noch keine heiße Spur zum Täter. Zweitens: Wir sind dringend auf Zeugenaussagen angewiesen. Wer hat zwischen dreizehn und vierzehn Uhr auf dem Festspielgelände verdächtige Beobachtungen gemacht? Wir gehen davon aus, dass es sich um einen Mord im Affekt gehandelt hat, weil der Täter einfach ein umherliegendes Requisit für seine Tat genutzt hat. Er wird aber vor und nach der Tat mit Sicherheit in irgendeiner Form gehetzt gewirkt haben. Es wäre gut, wenn Sie diesen Zeugenaufruf veröffentlichen könnten.«

Schatzschneider meldete sich abermals. »Wir haben gehört, dass es in der Schauspieltruppe rund um die Gessler Stress gegeben haben soll. Könnte das ein Mordmotiv gewesen sein?«

Innerlich ärgerte sich Burns, wie gut diese Schmierenschreiber immer informiert waren. Er war aber nicht bereit, dem schmierigen Typen einen Erfolg zu gönnen. »Davon ist uns nichts bekannt. Die Proben haben in einem professionellen Rahmen stattgefunden.«

Schatzschneider schnaubte abfällig. »Dann sollten Sie mal Ihre Hausaufgaben machen. Es soll Drohungen über ein Outing gegeben haben. Eine der Damen scheint sich nicht für Männer zu interessieren!«

Im Saal setzte Getuschel ein.

Schatzschneider lehnte sich genüsslich an die Wand. »Sie können mir glauben, wir wissen von jedem Star, wie er tickt. In diese Richtung sollten Sie mal ermitteln!«

Die Fernsehreporterin, die sich vorhin noch für das Aussehen der Leiche interessiert hatte, sprang ihrem Kollegen bei. »Kann es sein, dass Sie als Provinzpolizei mit diesem Fall überfordert sind?«

Angerstein und Mende gingen vorsorglich schon mal in Deckung, weil sie damit rechneten, dass Burns gleich explodieren würde. Doch der lehnte sich nur genüsslich in seinem Stuhl zurück, griff zu seinem Kugelschreiber, ließ diesen verächtlich kreisen und antwortete in aller Seelenruhe: »Ich weiß nicht, wo Sie herkommen, aufgeregte junge Frau. Aber die Kollegen von meiner Polizeidirektion haben in diesem Landkreis schon einem Kannibalen das Handwerk gelegt. Sie können also sicher sein, dass ungewöhnliche Fälle bei uns in guten Händen sind. Wenn Sie ansonsten keine Fragen mehr haben …«

Seltsamerweise hatte nach diesem Argument ansonsten niemand mehr eine.

8

Am Tag nach dem Mord war Irene Göbel eine zufriedene Geschäftsfrau.

Seit vierunddreißig Jahren verkaufte sie in ihrem kleinen Laden am Klaustor Zeitschriften, Zigaretten und Lottoscheine. Schon um kurz nach zehn waren die »OLZ« und alle Boulevardblätter an diesem Tag vergriffen, viele ihrer Stammkunden wichen alternativ auf überregionale Zeitungen aus; jeder wollte sich möglichst umfassend über den Mord in der Stiftsruine informieren.

Ihren Kaffeevollautomaten warf Irene Göbel im Normalfall hauptsächlich für Handwerker an, die ein heißes Getränk im Pappbecher mit auf ihre Baustelle nehmen wollten. Heute ließ sich ausnahmsweise auch die verrentete Vormittagskundschaft bewirten – mit dem Ziel, so lange wie möglich im Laden zu bleiben und nichts vom Klatsch über die tote Schauspielerin zu verpassen.

Der Kundenansturm kam der resoluten, kleinen Frau mit den grauen Haaren ganz gelegen, denn seit vor fast zehn Jahren um die Ecke eine neue Einkaufspassage eröffnet hatte, bog der Hauptstrom der Kunden zweihundert Meter vor ihrem Geschäft links ab.

Irene Göbel hatte ihren kleinen Zeitvorsprung genutzt und die Artikel über den Mord schon vor Geschäftsöffnung studiert. Über die unterschiedliche Herangehensweise der Schreiberlinge hatte sie amüsiert den Kopf geschüttelt. Während die »OLZ« bei den nackten Fakten blieb – freilich ohne zu verschweigen, dass zwei Mitarbeiter der Zeitung die tote Gessler gefunden hatten –, wurde in der Boulevardpresse schon fröhlich spekuliert.

Hatte sich die Diva mit dem Rest des Ensembles überworfen? Waren mit Gessler und Prohaszka zwei zu starke Frauen aufeinandergetroffen?

Hatte der Reichsapfel als Mordwerkzeug gar eine versteckte Symbolik?

Besonders spannend fanden Göbels Kunden natürlich den Zeugenaufruf. Viele der Pensionäre drehten jeden Tag ihre Runde durch die Hersfelder Innenstadt und nutzten die Parkanlagen rund um die Ruine für ein kleines Päuschen.

Herr Altenkamp, Herr Witte und Herr Conradi waren sich mittlerweile einig, dass der Fall aufgrund ihrer individuellen Beobachtungen so gut wie gelöst war. Alle drei Mittsiebziger hatten sich nach eigenen Angaben zur Tatzeit am Stift aufgehalten.

Herr Altenkamp verdächtigte einen stadtbekannten Obdachlosen, der zwischen dreizehn und vierzehn Uhr Pfandflaschen in der Nähe des Tatorts gesammelt hatte.

Herr Witte war sich sicher, dass es nur Henry gewesen sein konnte. Henry war der Sohn einer Familie aus Sorga und hatte das Downsyndrom. Nach der Schule trieb sich der bullige Jugendliche gern ohne konkretes Ziel in der Innenstadt herum.

Für Herrn Conradi wiederum kamen nur zwei südländische Männer in Frage, die er mal für Türken, mal für Zigeuner hielt. Er meinte sich sogar daran zu erinnern, dass die beiden eine Plastiktüte mit sich getragen hatten, in der ganz wunderbar der Reichsapfel Platz gehabt hätte.

Irene Göbel verfluchte sich dafür, die drei Senioren auch noch mit Koffein aufgeputscht zu haben. Sie schwor sich, an Kunden über siebzig heimlich nur noch Kaffee Hag auszuschenken. »Ihr seid ja schlimmer wie die Waschweiber. Und jeder, der sich net wehren kann, ist schuld. Wenn ihr euch so sicher seid, was steht ihr dann hier noch rum? Ab zur Polizei, die werden sich freuen, wenn ihr da aufkreuzt.«

Murrend trollten sich die Alten. Im Rausgehen trumpfte Conradi mit drohendem Zeigefinger noch mal auf. »Da wirste dich umgucken, Irene, wenn die den Mörder unseretwegen finden. Ganz bestimmt war das einer von den Zigeunern! Und dann sind wir auch in der Zeitung. Leg mir für morgen schon mal eine zurück.«

»Lern du erst mal, dass das jetzt Sinti und Roma heißt«, konnte Irene Göbel ihm gerade noch hinterherrufen, bevor sich die Tür schloss. Sie lehnte sich gegen ihr Zigarettenregal und atmete tief durch. Zum ersten Mal seit Stunden war kein brabbelnder Kunde im Geschäft. Endlich Zeit, um sich mit den Remittenden zu beschäftigen. Dutzende Klatschblätter musste sie Woche für Woche wieder aus den Regalen nehmen, mit einer Kordel bündeln und an ihren Großhändler zurückschicken.

Jedes Mal veranlassten sie die Schlagzeilen zu einem Grinsen. Während die eine Postille Königin Silvia vor einer harten Ehe-Auseinandersetzung sah, wähnte eine andere die schwedische Königin derzeit im absoluten Familienglück. Bei Nachwuchs im europäischen Hochadel wollte jedes dieser Revolverblätter die schnellsten Informationen liefern. Deswegen legte man sich schon mal verfrüht auf das Geschlecht eines ungeborenen Thronfolgers fest, immerhin war die Chance ja fifty-fifty, dass man richtiglag.

Im Kiosk-Jargon wurden diese Blätter »Witwentröster« genannt. Dieses Wort durften Irene Göbels Kundinnen natürlich niemals zu hören bekommen.

Sie war sich sicher, dass das Drama um Natascha Gessler in der kommenden Woche das beherrschende Thema in allen Illustrierten sein würde. Ihr sollte es recht sein, dürfte Umsatz bringen.

In diesem Moment durchzuckte sie ein Gedanke. Die Gessler auf dem Cover! Gab es da nicht unter ihren Kunden jemanden, der …?

Hektisch schob Irene Göbel den Zeitschriftenstapel mit dem rechten Fuß ins Lager und ließ sich anschließend auf einen Hocker in ihrem winzigen Hinterzimmer fallen. Auf diesen Gedanken brauchte sie erst mal eine Zigarette. Wenn ihr Verdacht richtig war, könnte dieser Hinweis der Polizei möglicherweise mehr helfen als alle Altenkamps, Wittes und Conradis dieser Welt zusammen.

***

Daniel Rohde und sein Team hatten am Tag nach Natascha Gesslers finalem Abtritt alle Hände voll zu tun. Die Kollegen Behrendt und Gölz kümmerten sich darum, Zeugenaussagen aufzunehmen. Zweiundzwanzig waren bis zum Mittag schon da. Alle Aussagen kamen direkt im Anschluss auf die Schreibtische von Michi und Matze, die eine Vorauswahl darüber treffen sollten, welche Schilderungen zu einer heißen oder zumindest lauwarmen Spur führen könnten.

Daniel und Brigitte waren damit beschäftigt, Natascha Gesslers Leben und das ihrer Ensemblekollegen genauer unter die Lupe zu nehmen.

»Daniel, hör mal.« Brigitte lugte neben dem Bildschirm zu ihrem Kollegen hinüber. Sie kannte das schon und ärgerte sich jedes Mal darüber: Immer wenn sie einen guten Ermittlungsansatz hatte und diesen Daniel mitzuteilen gedachte, wurde sie ein klein wenig nervös. Nicht dass sie sich davor fürchtete, Daniel könne ihre Einschätzung nicht teilen. Dafür hatten beide in ihrer gemeinsamen Laufbahn schon genug herumgesponnen, Theorien aufgestellt und wieder verworfen, heiße Spuren verfolgt und wieder beerdigt. Aber so ein kleiner Funke Hoffnung schwang doch immer mit, dass Daniel neben der brillanten Kriminalistin auch mal die Frau in Brigitte sah, die ihn seit geraumer Zeit anhimmelte. Aber dafür war er wahrscheinlich zu professionell. Oder zu schüchtern. Oder einfach nur ignorant.

»Dieser Mann von der Prohaszka kommt ursprünglich aus Moldawien. Ich hatte ihn wegen seines Namens eigentlich für einen Rumänen gehalten. Aber die Sprachen sind sich sehr ähnlich. Jedenfalls gehört Moldawien ja nicht zur EU. Das heißt, der bräuchte doch für Österreich offiziell eine Aufenthaltsgenehmigung, oder?«

Daniel verstand sofort, worauf Brigitte hinauswollte. »Entweder das oder eine Frau, die ihn möglichst schnell heiratet. Auch wenn sie vielleicht gar kein Interesse an Männern hat. Denkst du an eine Scheinehe?«

Brigitte grinste. »Ich denke primär an ein Mordmotiv. Wenn die Klatschblätter recht haben, ist die Gessler irgendwie dahintergekommen, dass die Prohaszka was mit der kleinen Blum hat. Ich meine, wir wissen es ja auch, so besonders vorsichtig waren die beiden anscheinend nicht. Prohaszka erfährt, dass Gessler es wusste, und will sie zum Schweigen bringen. Na?«

Daniel lehnte sich in seinem Schreibtischstuhl zurück und krempelte die Ärmel seines Hemdes nach oben. »Das mag schon sein, aber reicht die Geschichte für einen Mord aus? Dann fliegt halt auf, dass die Prohaszka lesbisch ist. Na und? Da kräht doch heutzutage in der Theaterszene kein Hahn mehr nach.«

Brigitte musste sich sehr konzentrieren, den Faden zu behalten. Da war wieder ihr kleines Faible für Daniels Unterarme. Diese feinen blonden Härchen …

»Ja, äh, also, das mit dem erzwungenen Outing sehe ich auch nicht als Hauptproblem. Aber eine Scheinehe? Ich kann mir vorstellen, dass die Österreicher bei so was nicht viel Spaß verstehen. Und für die dortige Presse wäre das auch ein gefundenes Fressen. Wir sollten sie auf jeden Fall vorladen und damit konfrontieren. Und wir lassen uns nicht wieder ohne Aussage abspeisen, nur weil sie einen auf Furie macht.«

Daniel war einverstanden, sah aber noch weiteren Handlungsbedarf. »Von der Blum haben wir auch noch keine Aussage. Und kein Alibi. Die soll am besten gleich mitkommen.«

Hans Hofstede fiel aus dem Kreis der Verdächtigen heraus. Bei seiner Vernehmung durch Michi und Matze kurz nach dem Mord konnte der Grandseigneur der Truppe glaubhaft nachweisen, dass er zur Tatzeit auf der Terrasse des Restaurants »Zum Stern« gespeist und anschließend Autogramme gegeben hatte.

Daniels Telefon klingelte. Wolli Angerstein war dran.

Brigitte vertiefte sich wieder in ihre Recherche, aber die Geräusche von ihrem Kollegen gegenüber weckten ihr Interesse.

»Oho.«

»Ach?«

»Ahaaa.«

»Ernsthaft?«

»Nein!«

»Donnerwetter.«

Normalerweise neigte Daniel Rohde nicht zum Überschwang, von daher mussten die Informationen des Journalisten schon von einiger Brisanz sein.

Endlich legte Daniel auf. »Du glaubst nicht, was Wolli mir gerade erzählt hat. Er hat einen Anruf von einem sächsischen Kollegen bekommen, der mittlerweile in Rente ist. Aber er hatte eine hochinteressante Information aus seiner aktiven Zeit. Und zwar gibt es im Leben von Natascha Gessler wohl ein dunkles Geheimnis. Es geht um ihre Schwester Anouschka, drei Jahre jünger. Die war ebenfalls Schauspielerin, aber sie lebt nicht mehr. Die Gessler-Schwestern waren zu Beginn der neunziger Jahre mit einem reisenden Theater in Ostdeutschland unterwegs, ganz primitive Nummer offenbar, mit ein paar Holzwagen und Vorstellungen unter freiem Himmel. Die müssen da hauptsächlich linke Stücke aufgeführt haben – und dadurch hat sich 1992 eine Horde von Schlägern provoziert gefühlt. War ja eine schlimme Zeit mit den Rechtsextremen damals. Jedenfalls haben ein paar Rechte bei Nacht die Schauspieltruppe brutal überfallen. Haben Molotowcocktails in die Wagen geworfen. Anouschka Gessler ist in den Flammen umgekommen, der Rest der Truppe hat überlebt. Jetzt fragst du dich bestimmt, weswegen diese Geschichte bis heute noch nicht ans Tageslicht gekommen ist, obwohl die Gessler mittlerweile so bekannt ist.«

Brigitte nickte ungeduldig, sie konnte das Ende von Daniels Schilderungen kaum abwarten.

»Weil Anouschka damals unter dem Mädchennamen ihrer

Mutter gespielt hat. Anouschka Ahrendt. Die Alliteration gefiel ihr besser. Und dass die heute so berühmte Schwester damals dabei war, wusste bisher nur dieser Lokaljournalist aus Crimmitschau, der daraus aber nie eine Story gemacht hat. Und wir jetzt. Natascha Gessler hat noch nie mit irgendjemandem über diesen Vorfall gesprochen.«

Brigitte nahm einen Schluck aus ihrer Wasserflasche, sie hatte während Daniels Ausführungen vor Entsetzen einen ganz trockenen Mund bekommen. »Puuuh, das ist ja echt starker Tobak. Beide Schwestern sind also umgebracht worden. Was kann das für unseren Fall bedeuten? Hat es überhaupt eine Bedeutung?«

Daniel zuckte mit den Schultern. »Wenn du mich fragst, ich halte es für unwahrscheinlich, dass dieselben Täter fast ein Vierteljahrhundert später zu uns nach Hersfeld kommen, um die zweite Schwester umzubringen. Und wenn, dann mit Vorsatz. Aber nicht mit diesem komischen Reichsapfel, der da gerade zufällig in der Garderobe lag.«

Brigitte sah das wohl ähnlich, sie gab nur ein ratloses »Hm« von sich.

In diesem Moment flog die Tür auf. Matze stürmte herein und fuchtelte mit einem Blatt Papier aufgeregt hin und her. »Hier, Leude, das könnte was sein. Ich mein, ich hab mir ja schon über zwanzig Zeugenaussagen angehört heute, voll der Müll, die meisten. Nur so Rentner, die nix Besseres zu tun haben und mal zur Polizei rennen. Hier, ne, und alle immer so: ›Ich kann ihren Fall lösen.‹ Voll so die Wichtigtuer, die wahrscheinlich zu Hause nix –«

Matze wurde in seinem Redeschwall von Daniel unterbrochen. »Kollege! Wir wollen nicht dein persönliches Schicksal hören, sondern die wichtige Aussage.«

»Ach ja, genau, lest euch das mal durch.«

Matze reichte Daniel den Zettel und brabbelte weiter. »Ich mein, das klingt doch voll verdächtig, oder? Voll nach dem krassen Stalker. So ’n Spinner halt. Hätt ich gar net gedacht, dass wir so was in Hersfeld haben. Bei uns hier, ne?«

Daniel reichte den Zettel an Brigitte weiter, nachdem er ihn überflogen hatte.

Matze sagte: »Ja, also dann«, und ging.

Als Brigitte fertig und Matze außer Reichweite war, beugte sich Daniel zu seiner Kollegin hinüber. »Unser Matze ist wirklich keine Leuchte«, wisperte er. »Aber das hier, das ist echt mal eine interessante Aussage. Ich glaube, wir machen mal einen kleinen Bummel in die Stadt.«

9

Juli Blums Kinder- und Jugendtage waren insofern unschön gewesen, als dass sie in Rotthalmünster stattgefunden hatten. Natürlich muss ein Heranwachsen in der niederbayerischen Provinz nicht zwangsläufig traumatisch verlaufen, aber ein paar äußere Faktoren machten der kleinen Julia, wie sie damals noch hieß, das Leben schwer.

Das Hauptproblem war ihre Religionszugehörigkeit. Familie Blum war seit Generationen evangelisch und lebte daher in einer Minderheitengruppe, die im südlichen Landkreis Passau unter zehn Prozent der Bevölkerung ausmachte. Verschärfend kam hinzu, dass sich ihre Eltern, ein Lateinlehrer-Ehepaar, nebenbei als pietistische Laienprediger verdingten, die den Katholizismus tief verachteten und dafür über alle Maßen opferbereit waren.

So war es ihnen täglich eine Reise von fünfzehn Kilometern wert, ihre kleine Julia in den protestantischen Kindergarten nach Ortenburg zu fahren, um sie nicht mit den Kindern einer rückständigen Religion in der nahe gelegenen Kita »Mariä Himmelfahrt« spielen zu lassen.

Diese Isolation hatte Folgen: Als Julia in ihrer Heimatstadt eingeschult wurde, hatten sich bereits feste Grüppchen gebildet, die sich vom lokalen Kindergarten her kannten. Julia schaffte es kaum, soziale Kontakte zu ihren Mitschülern aufzubauen. Auch die Schulleitung zeigte sich in puncto Integration nicht sonderlich sensibel: Da sonst niemand aus der Klasse der kleinen Julia evangelisch war, hatte man die zwei Religionsstunden pro Woche an eine Randzeit gelegt. Die Schule gestattete dem Vater, seine Tochter in dieser Zeit privat zu unterrichten.

Verkürzt dargestellt, lernte sie, dass die Katholiken reihenweise am Sündigen waren, weil es in ihrem Glauben das Instrument der Beichte gab, mit der man allerlei Verfehlungen wieder geradebiegen konnte. Der evangelische Pietist fuhr daher sicherer, wenn er sich erst gar nichts zuschulden kommen ließ.

In diesem Umfeld der radikalen Fehlervermeidung wuchs die kleine Julia als hochgradig argwöhnischer Mensch heran. Jeder Kontakt zu fremden Personen barg das Risiko eines unverzeihlichen Missverhaltens, deswegen hatte das Mädchen während ihrer gesamten Schulzeit kaum Freunde.

Zunächst vermisste Julia nichts. Während sich ihre Klassenkameradinnen auf dem Spielplatz oder bei den katholischen Pfadfindern trafen, lag sie auf ihrem Bett und träumte sich in die Welt ihrer Kinderbücher hinein. Später fing sie an, eigene Geschichten zu schreiben, die sie Mama und Papa aber sicherheitshalber vorenthielt. Zu groß war ihre Sorge, dass ihre bunte Phantasie bei den freudlosen Eltern für Empörung sorgen könnte.

Erst im Lauf der schulischen Mittelstufe regte sich im Zuge der nahenden Pubertät der Gedanke ans Aufbegehren. Am ersten Tag der achten Klasse wollte wie immer niemand neben Julia sitzen. Sie hatte sich schon darauf eingerichtet, dass der Stuhl neben ihr auch in diesem Jahr frei bleiben würde, als ihre Lehrerin der Klasse plötzlich eine Fiona Schumann präsentierte. In Ermangelung sonstiger Sitzgelegenheiten wurde das neue Mädchen ungefragt neben Julia platziert.

Normalerweise war der erste Schultag nach den Sommerferien von kolossaler Bedeutung. Man erfuhr, welche neuen Lehrer man bekam, wählte den Klassensprecher und konnte sich aus einer Liste aussuchen, an welchen Arbeitsgemeinschaften man an unterrichtsfreien Nachmittagen teilnehmen wollte.

Von alldem bekam Julia so gut wie nichts mit. Sie hatte schlagartig nur noch Augen für ihre neue Sitznachbarin. Noch nie hatte ein Mensch sie derartig fasziniert wie dieses Mädchen neben ihr.

Fiona Schumann war aus Sicht niederbayerischer Grundüberzeugung von oben bis unten eine Zumutung. Sie trug rosa gefärbte Haare, die an der einen Seite des Kopfes raspelkurz, an der anderen fast einen halben Meter lang waren. Im linken Nasenflügel steckte ein silberner Ring, ihre Fingernägel waren schwarz lackiert. Ihre dünnen Beine ragten aus einer viel zu weiten Bundeswehrhose heraus – und an den Füßen trug sie: nichts!

Dieses Mädchen hatte den Mut, in diesem Aufzug und barfuß vor ihre neue Klasse zu treten.

Julias Bewunderung war grenzenlos.

Offenbar war diese Fiona auch noch ganz nett, sie hatte während der ersten fünfundvierzig Minuten Sitznachbarschaft jedenfalls schon dreimal herübergelächelt. Julia war natürlich klar, dass sich jeder Einzelne in der Klasse das Maul über die Neue zerreißen würde. Aber sie sah ihre Chance gekommen, sich mit der anderen Außenseiterin zu verbünden.

Noch vor dem Klingeln bot Julia ihrer Klassenkameradin flüsternd an, ihr in der Pause alle wichtigen Details der neuen Schule und die schlimmsten Lehrer zu zeigen. Fiona war einverstanden, wollte alles sehen und alles wissen. Nicht nur über die Schule, sondern auch über Julia.

Noch nie in ihrem Leben hatte das schüchterne Mädchen einen Menschen getroffen, der sich derartig intensiv für sie interessierte. Um genau zu sein, hatte sie das Gefühl, dass sich außer ihren Eltern noch nie jemand wirklich für sie interessiert hatte. Obwohl Julia objektiv betrachtet auf dem Weg war, eine hübsche junge Frau zu werden. Ihre extreme Zurückhaltung hatte aber bisher dafür gesorgt, dass dies noch niemandem aufgefallen war.

Die erste Pause verging viel zu schnell. Julia musste deswegen bis Schulschluss warten, um ihre Fragen loszuwerden. Sie erfuhr, dass Fiona aus Augsburg nach Rotthalmünster gezogen war, ihre Mutter hatte in einem benachbarten Kurort eine Stelle als Pflegedienstleiterin angenommen. Einen Vater hatte Fiona nicht, jedenfalls konnte ihre Mutter dahingehend keine konkrete Aussage machen. In Augsburg hatten die beiden in einer Wohngemeinschaft mit zwei Studenten und vier Katzen gewohnt, das kleine Gehalt einer Krankenschwester und die Kosten für Fiona hatten eine andere Wohnsituation wohl unmöglich gemacht.

Wenn die neue Klassenkameradin über ihre Mutter sprach, klang es für Julia nach zwei Freundinnen, die gemeinsam jede Menge Abenteuer zu bestehen hatten. Trotz der finanziellen Probleme und des plötzlichen Umzugs an einen fremden Ort war Julia neidisch auf das Leben, das Fiona führte. Sie erschien ihr ungeheuer selbstbewusst – und sie schien eine Mutter zu haben, die jegliche Eskapaden ihrer Tochter akzeptierte.

Als sie sich am Tag ihres Kennenlernens trennten, vereinbarten sie, sich so schnell wie möglich gemeinsam in der Theater-AG der Schule anzumelden. Allein hätte sich Julia diesen Schritt nie zugetraut, aber an der Seite ihrer neuen Freundin fühlte sie sich auf eine bisher nie erlebte Art und Weise sicher, obwohl sie Fiona erst einige Stunden kannte.

In den nächsten Monaten verbrachten die Mädchen jede freie Minute miteinander, Julia ging bei den Schumanns ein und aus und freute sich jeden Mittwoch wie ein Kleinkind auf die zwei Stunden in der Theatergruppe. Fionas Selbstsicherheit färbte auf Julia ab, solange sie auf der Bühne stand. Ihren Eltern die verrückte neue Freundin vorzustellen, das traute sich Julia aber noch nicht.

Nach einem halben Jahr plante der Lehrer mit seiner jugendlichen Schauspieltruppe ein intensives Übungswochenende. Um dabei ungestört zu sein, wollte die Theater-AG in eine Jugendherberge ins Altmühltal fahren.

Julias Eltern hatten zwar große Bedenken, ihre fünfzehnjährige Tochter verreisen zu lassen, stimmten nach einem langen Telefonat mit dem zuständigen Lehrer aber schließlich zu. Natürlich nahmen die beiden Freundinnen ein gemeinsames Zimmer.

Nach einem intensiven Übungstag und einem grässlichen Abendessen lagen die Mädchen erschöpft auf ihren Betten.

Julia war schon am Eindösen, als Fiona von ihr plötzlich wissen wollte, ob es in ihrer gemeinsamen Klasse einen Jungen gab, auf den sie stand.

Im Hause Blum war die offene Kommunikation über Emotionalitäten verpönt, deswegen zierte sich Julia mit ihrer Antwort. Allerdings war ihr auch klar, dass Freundinnen in ihrem Alter über solche Sachen nun mal sprachen.

Bei Julia weckte diese Frage aber noch eine ganz andere Sorge: Sollte sich Fiona etwa in einen Jungen verliebt haben? Würde sie in Zukunft weniger Zeit für sie haben? Hatte sie das Thema etwa nur angeschnitten, um auf ihren eigenen Schwarm zu sprechen zu kommen? Julia spielte die Frage zurück, ohne sie zu beantworten.

In diesem Moment verdrehte Fiona die Augen und kletterte von ihrer Betthälfte auf Julias. »Merkst du eigentlich gar nichts, du kleines Schaf?«, hatte sie ihre Freundin gefragt und ihr anschließend gestanden, dass sie sich so ziemlich am ersten Tag in sie verliebt hatte.

Julia war schockiert. Und erfreut. Verunsichert. Und gerührt. Noch bevor sie irgendeine Frage stellen konnte, fing Fiona an, ihren nackten Arm zu streicheln. Julia ließ es geschehen. Der über die Jahre aufgestaute Mangel an Aufmerksamkeit und Zuwendung brach sich an diesem Abend Bahn.

Sie genoss jede einzelne Berührung ihrer Freundin und dachte dabei nicht ein einziges Mal an ihre Eltern. Zum ersten Mal in ihrem Leben ließ sie sich einfach fallen. Ohne darüber nachzudenken, wie ihr Handeln von anderen Menschen beurteilt werden würde. Irgendwann schlief sie neben Fiona ein. Das Letzte, was sie in dieser Nacht bemerkte, war eine kleine Träne des Glücks, die knapp über dem Bauchnabel ihrer Freundin landete.

Julias Glücksgefühl hielt in den nächsten Monaten an. Natürlich sprach sie mit niemandem außer Fiona darüber, erst recht nicht mit ihren Eltern. Sie hätte zu dieser Zeit auch noch nicht davon gesprochen, lesbisch zu sein. Denn sie liebte ja keine Frauen, sie liebte nur diesen einen Menschen. Und dass das gerade kein Mann war, hielt sie für einen Zufall.

Als junge Frauen hatten es die beiden recht leicht, ihre Beziehung zu verbergen. Niemand wurde misstrauisch, denn in diesem Alter war es normal, dass beste Freundinnen viel Zeit miteinander verbrachten.

Nur Fionas Mutter roch den Braten irgendwann und stellte die beiden bei einem gemeinsamen Abendessen zur Rede. Die sonst so selbstbewusste Fiona zögerte eine Antwort hinaus, Julia hielt die Augen gesenkt und schwieg eisern. Irgendwann sagte Frau Schumann damals den legendären Satz, mit dem sie die unangenehme Situation beendete: »Mädels, was glaubt ihr, was ich als Krankenschwester in meinem Leben schon alles gesehen habe? Da wirft mich doch eine Tochter nicht um, die auf Frauen steht.«

Es bedurfte danach keiner weiteren Worte, die drei Frauen lagen sich in den Armen und stießen anschließend mit Sekt auf die neue Wahrheit an.

Julia und Fiona blieben bis zum Ende der Schulzeit zusammen. Bis in die Volljährigkeit hinein verbargen sie ihre Beziehung allerdings vor allen anderen Menschen. Sie wollten sich nicht dem Spott der Klassenkameraden aussetzen – und vor allem durften Julias Eltern niemals von ihrer Liebe zu einer Frau erfahren.

Nach dem Abitur zog es die beiden nach München. Fiona hatte sich an der Fakultät für Design eingeschrieben, Julia bekam durch die Empfehlung ihres Lehrers tatsächlich einen der begehrten Ausbildungsplätze an der Hochschule für Musik und Theater.

Ihre Eltern hätten ein Lehramtsstudium natürlich lieber gesehen, akzeptierten aber, dass sie ihrer erwachsenen Tochter in diesem Fall keine Vorschriften mehr machen konnten.

Die angehenden Studentinnen bezogen eine winzige Zwei-Zimmer-Wohnung in Bogenhausen und genossen es, der Engstirnigkeit ihrer Heimatstadt entkommen zu sein.

Trotzdem blieben sie in der Öffentlichkeit vorsichtig. Julia hatte jede Menge Verwandte in München, und man wusste ja nie, welcher dumme Zufall dafür sorgen könnte, dass ihre Eltern herausbekamen, dass die beiden jungen Frauen mehr als nur Mitbewohnerinnen in einer WG waren.

2009 – sie hatten gerade die Hälfte ihres Studiums hinter sich gebracht – tauchte an Julias Schule ein Talentscout des Bayerischen Rundfunks auf. Er suchte Darsteller für eine Vorabendserie, es sollte um eine Surfer-Clique am Chiemsee gehen. Julia hatte eigentlich gar keine Lust, an dem Vorsprechen teilzunehmen, aber Fiona überredete sie.

Die männliche Hauptrolle hatte der BR bereits besetzt – und um herauszufinden, wie die Casting-Kandidatinnen mit ihm harmonierten, hatte man ihn kurzerhand mitgebracht.

Die meisten Bewerberinnen waren komplett überdreht, was zum einen auf die Situation, zum anderen auf das wirklich verdammt gute Aussehen des designierten Surferboys zurückzuführen war.

Da Julia selbst für schöne Männer nichts empfand, gelang es ihr als einziger Teilnehmerin, neben dem Schönling halbwegs souverän zu bleiben. Drei Tage später hatte sie die Zusage und einen Vertrag über die ersten dreizehn Folgen im Briefkasten.

Nach dem ersten Freudentaumel wurde ihr allerdings schnell klar, dass sie diese Rolle vor ihren Eltern kaum geheim halten konnte. Und es kam, wie es kommen musste: Die Eheleute Blum hielten ihrer Tochter am Telefon eine ausführliche Standpauke über die Niveaulosigkeit des Fernsehens und den Verfall der Sitten im Allgemeinen. Als Julia erwähnte, dass sie in einigen Szenen nur einen Bikini tragen würde, legte der Vater auf.

Fiona riet ihr daraufhin, den Kontakt zu ihren Eltern abzubrechen. »Trenne dich von Dingen, die dich kaputtmachen«, hatte sie Julia damals geraten.

Aber mehr Mut, als sich für ihren Künstlernamen vom »A« am Ende ihres Vornamens zu trennen, hatte Juli Blum nicht aufgebracht. Die Surfer-Serie mussten die Eltern akzeptieren, vom Desinteresse ihrer Tochter am männlichen Geschlecht wussten sie bis heute nichts.

***

Kurz vor Ladenschluss tauchten Daniel und Brigitte in dem kleinen Geschäft von Irene Göbel auf. Diskret präsentierten sie ihre Polizeiausweise und warteten, bis der letzte Kunde gegangen war. Daniel eröffnete das Gespräch.

»Frau Göbel, Sie waren heute Mittag bei uns in der Polizeidirektion und haben meinen Kollegen erzählt, dass Sie Angaben zum Fall Natascha Gessler machen können?«

Irene nickte eifrig. »Jaja, ich bin extra in der Mittagspause zu Ihnen gekommen. Es geht um einen Kunden von mir. Mir ist vorhin beim Aussortieren der alten Zeitschriften etwas aufgefallen. Und zwar kaufen die Kunden sonst eigentlich immer die gleichen Zeitungen, wissen Sie, wenn man sich zum Beispiel an eine Fernsehzeitschrift gewöhnt hat, dann holt man sich die immer, weil man ja dann weiß, wo was steht.«

Daniel sagte: »Jaja«, und hatte direkt danach den Eindruck, dass es etwas zu unwirsch geklungen hatte.

»Jedenfalls«, fuhr Frau Göbel fort, »ist mir jetzt aufgefallen, dass ein Kunde immer völlig unterschiedliche Zeitungen gekauft hat. Und mir ist dann auch eingefallen, warum. Er wollte alles über Natascha Gessler haben. Wenn die vorn irgendwo drauf war, hat er die Zeitschrift sofort mitgenommen. Egal, welche. Ist mir jetzt im Nachhinein erst aufgefallen. Manchmal hat er auch zuerst geblättert und dann erst etwas gekauft. Wahrscheinlich wollte er sehen, ob wenigstens ein kleiner Artikel über sie drin war. Und dann ist das halt auch ein komischer Vogel. Wissen Sie, die meisten Kunden halten wenigstens einen kurzen Schwatz hier, aber der hat immer nur geblättert, schweigend gezahlt und war raus. Stellen Sie sich vor, seit fast zwanzig Jahren kommt der hierher – und ich weiß nicht mal, wie der heißt!«

Daniel und Brigitte schauten sich enttäuscht an. War dann wohl doch keine so heiße Spur, wie Matze es dargestellt hatte.

Irene Göbel redete einfach weiter: »Aber ich habe dann die Betty gefragt, also eine andere Stammkundin, und die hat eine Tante, die den kennt. Johann Rauch heißt der Typ und wohnt gleich da hinten in der Unteren Frauenstraße.« Konkrete Adresse. So mochten Daniel und Brigitte das schon lieber.

»Betty sagt, ihre Tante hält den für einen ganz komischen Kauz, und das Haus von dem muss wohl auch ganz heruntergekommen sein.«

Die Zeugenaussage musste kurz unterbrochen werden, weil eine ältere Dame den Laden betrat, um noch schnell sechs Kästchen Lotto Quicktipp ohne Spiel 77 und ohne Super 6 zu spielen.

Brigitte hatte sich während der Aussage ein paar Notizen gemacht, schlug auf ihrem kleinen Ringblock optimistisch eine neue Seite auf und fragte, als das Geschäft wieder leer war: »War dieser Herr Rauch denn heute auch schon da? Wenn er tatsächlich alles über Frau Gessler sammelt, würden ihm die Zeitungen ja eine reiche Auswahl bieten.«

Irene Göbel schüttelte den Kopf. »Nein, ich glaube, Sie haben mich da auch falsch verstanden. Der Herr Rauch sucht aus meiner Sicht keine Informationen über Natascha Gessler, sondern Fotos. Und die in den Tageszeitungen dürften ihn nicht interessieren. In jeder Hinsicht zu unscharf, wenn Sie verstehen, was ich meine.«

Daniel kicherte. Brigitte fand das zwar niedlich, blieb aber ernst. »Sie meinen also, Frau Göbel, dass Herr Rauch sehr heftig für Frau Gessler geschwärmt hat. Mein Kollege in der Direktion hatte das Wort Stalker verwendet.«

Irene nickte. »Jaja, das habe ich auch gesagt. Weil er halt so ein komischer Kerl ist. Gut, die Betty hat mich da vielleicht auch ein bisschen angespitzt. Aber ich dachte eben, wenn so ein Typ keine dreihundert Meter vom Tatort weg wohnt, muss man das doch melden.«

Daniel machte einen Top-Daumen. »Das haben Sie auch alles völlig richtig gemacht, Frau Göbel, wir suchen ja schließlich nach Zeugen. Es müsste noch viel mehr Menschen von Ihrer Sorte geben.«

Irene Göbels Augen bekamen einen versonnenen Glanz. So viel Lob von diesem gut aussehenden jungen Kommissar … Leider wurde er gleich darauf wieder geschäftlich.

»Wenn Ihnen noch irgendetwas einfällt, ich lasse Ihnen meine Karte hier. Jede Beobachtung kann für uns wichtig sein. Und wir spazieren jetzt mal in die Untere Frauenstraße?«, fragte er an Brigitte gewandt.

»Ja, das machen wir. Vielen Dank für Ihre Aussage, Frau Göbel. Ich kann mir nichts Schöneres vorstellen, als mit meinem Kollegen einen Bummel durch unsere romantische Altstadt zu machen«, sagte sie zwinkernd zu der Kioskbesitzerin, die nicht ahnen konnte, wie wenig Ironie in Brigittes letztem Satz steckte.

10

Jürgen Hartmann hasste Bebra. Aus Sicht des Hersfelder Tourismus-Verantwortlichen war die Nachbarstadt nichts weiter als ein unansehnlicher Haufen von Nachkriegsbauten neben einem überdimensionierten Bahnhof.

Und Bebras Bürgermeister Kai Vogel mochte er auch nicht. Er neidete ihm sein »Lachgesicht«, wie Hartmann es heimlich nannte. Lachgesichter waren für ihn Menschen, die selbst im Zustand des neutralen Dreinblickens freundlich wirkten. Hartmann musste sich immer sehr bemühen, um auf Fotos einigermaßen gewinnend auszusehen.

Dummerweise war Vogel auch noch erfolgreich: Er hatte es geschafft, vom Land Hessen großzügige Fördergelder für ein Projekt zum Stadtumbau zu erhalten. Seitdem war die ganze Innenstadt geprägt von aufgerissenen Straßen und Baggern, viel Erhaltenswertes gab es nach Hartmanns Einschätzung ja eh nicht.

In Bad Hersfeld stand zwar jede Menge historische Substanz, allerdings warteten etliche Ecken der Stadt auf Investitionen. Wenn seine Kommune genügend Geld und das Bürgerbündnis eine ausreichende Mehrheit hätte, würde Hartmann seinem Bürgermeister und Parteifreund Goldhagen als Allererstes empfehlen, den Marktplatz umbauen zu lassen.

Bisher wurde das riesige Areal ausschließlich als Parkplatz genutzt, Stoßstange an Stoßstange, ein Bild wie aus den sechziger Jahren des vergangenen Jahrhunderts. Den schönen Fassaden drumrum – wenn auch zum Teil renovierungsbedürftig – bot sich keine Chance, zur Geltung zu kommen. Aus touristischer Sicht ganz schwer zu vermarkten.

Der Bürgermeister hatte zwar schon Pläne in der Schublade, die Autos in eine Tiefgarage zu verbannen und den Platz den Fußgängern zurückzugeben, aber solange nicht irgendeine gute

Fee fünf Millionen Euro neben diese Pläne legte, würde daraus wohl nichts werden.

Das liebe Geld war es auch, das Hartmann an diesem Abend nach Bebra führte. Bürgermeister, Wirtschaftsförderer und ansässige Unternehmen aus den zwanzig Städten und Gemeinden des Kreises Hersfeld-Rotenburg wollten einen gemeinsamen Aufruf formulieren, der die Herrschaften in Wiesbaden mal so richtig wachrütteln sollte: Das »Manifest Nordost«.

In den letzten dreizehn Jahren hatte der Kreis fast zehn Prozent seiner Einwohner verloren. Die Infrastruktur wie Schulen, Krankenhäuser oder den öffentlichen Personennahverkehr musste er aber trotz schwindender Einnahmen aufrechterhalten. Das war in den zuständigen Ministerien zwar bekannt, wurde aber weitgehend erfolgreich ignoriert. Einzelne Fördermaßnahmen hatten den Bevölkerungs-Aderlass in der letzten Zeit ein wenig verlangsamt, aber bei Weitem nicht aufgehalten.

Hartmann war sich mit Politikern und Wirtschaftsvertretern einig: So ging es nicht weiter. Die jungen Menschen ließen sich an den Schulen im Kreis ausbilden, aber kaum, dass sie ihren Abschluss in der Tasche hatten, zogen sie ins Rhein-Main-Gebiet, nach Hamburg oder Berlin. Dort sprudelten die Einnahmen nur so, während der ländliche Nordosten Hessens vor sich hin siechte. Quer durch die Parteien sahen alle Rathauschefs die gleichen Probleme.

Ärgerlicherweise kam die Idee für das Manifest auch wieder vom Bebraer Grinsevogel, aber wenn es um Geld für seine Stadt und seine Kur-Kongress- und Tourismus-GmbH ging, kannte Hartmann keine Feinde.

Natürlich gab es noch einen weiteren Grund, weswegen der Hersfelder Tourismus-Attaché auf den heutigen Termin überhaupt keine Lust hatte: Er würde erst mal lang und breit erklären müssen, wie diese Schauspielerin bei seinen Festspielen zu Tode kommen konnte. Hartmann hatte am Nachmittag bei der Polizei angerufen und sich über den aktuellen Ermittlungsstand erkundigt. Schließlich musste auch er bei dieser ärgerlichen Geschichte up to date sein. Aber bisher gab es noch keine Spur zum Mörder, nach Angaben der Polizei noch nicht mal einen konkreten Tatverdächtigen.

Alles sehr unerfreulich, genau wie Hartmanns Verspätung auf der Fahrt nach Bebra, die sich durch einen uralten Traktor auf der B 27 noch ausbaute. Hinter Friedlos schaffte es der gehetzte Geschäftsführer endlich, den antiquarischen Fendt auf einem Ausbaustück der Bundesstraße zu passieren und zwei weitere Trödelsusen mit seinem schnittigen Dienstwagen zu überholen.

Schwungvoll legte sich der Audi A6 in die lang gezogene Rechtskurve vor Mecklar, als kurz vor dem Ortsschild das Handy vibrierte.

SMS von »Kai Vogel Mobil«, informierte das Display. *Wo bleiben sie?*

Hartmann machte ein genervtes Gesicht und würde dieses demnächst schwarz auf weiß zugeschickt bekommen, garniert mit einer ärgerlichen Geldforderung, denn genau in jenem Augenblick durchfuhr er mit etwa fünfundzwanzig Sachen zu viel die innerörtliche Radarkontrolle.

Die jeder kannte!

Spontan fiel ihm nichts Besseres ein, als mit der Faust auf sein Lenkrad einzudreschen und einfach mal laut »Scheiße!« zu rufen.

***

Auf dem kurzen Weg von Irene Göbels Laden zur Wohnung des seltsamen Herrn Rauch klingelte Daniels Handy. Er sagte »Aha«, dann »Sehr gut« und »Schieß mal los«.

Brigitte vermutete aufgrund der letzten Ansage, dass das Gespräch länger dauern könnte, und vertiefte sich in die Auslagen der umliegenden Läden.

Die Bad Hersfelder Geschäftswelt bot zwar kaum Haute Couture, aber für den täglichen Bedarf bekam man alles auf kleinstem Raum. Es hatte sogar Zeiten gegeben, in denen die Menschen eigens aus Fulda in die Festspielstadt zum Einkaufen gekommen waren. Was hauptsächlich daran lag, dass in Hersfeld schon früher ein H&M eröffnet hatte als in der deutlich größeren Nachbarstadt.

Daniel beendete sein Gespräch, Brigitte ihren Schaufensterbummel.

»Die Spusi war dran. Sie haben den Reichsapfel auf Fingerabdrücke untersucht. Es gibt Dutzende. Aber keiner passt zu irgendeinem Serientäter, dessen Pfoten wir schon mal erkennungsdienstlich festgehalten haben.«

Brigitte zuckte mit den Schultern. »Damit habe ich, ehrlich gesagt, auch nicht gerechnet. Die Spontaneität der Tat spricht gegen einen Täter mit krimineller Vorbildung. Also eher für ein unbeschriebenes Blatt. Wie unseren Herrn Rauch.«

Daniel zeigte auf ein heruntergekommenes Fachwerkhaus. »Da muss es sein. Ziemlicher Schandfleck mitten in der Altstadt.«

Im Erdgeschoss von Rauchs bröckelndem Domizil hatte sich bis vor ein paar Jahren offenbar eine Versicherungsagentur befunden, vergilbte Aufkleber auf den Schaufenstern zeugten davon. Neben dem Eingang zum Geschäft befand sich eine schmale Haustür mit zwei Klingeln. Auf der unteren stand »J. Rauch«, auf der oberen klebte offensichtlich seit vielen Jahren schon kein Name mehr. Man konnte also davon ausgehen, dass das Dachgeschoss leer stand.

Daniel klingelte und trat gleich darauf ins Treppenhaus. Die Tür stand offen. Der stattliche Kommissar musste sich bücken, so niedrig waren die alten Holzbalken über der Stiege. Hinter einer klapprigen Tür im ersten Stock stand ein altes Männchen, das den Eingang zu seiner Wohnung einen Spaltbreit geöffnet hatte.

»Herr Rauch? Mein Name ist Daniel Rohde, das ist meine Kollegin Brigitte Schilling. Wir kommen von der Kriminalpolizei.«

Rauch nickte und warf einen flüchtigen Blick auf Daniels Ausweis. Der ältere Herr sah äußerst mitgenommen aus. Seine Haare hatten seit einigen Tagen weder Shampoo noch Kamm gesehen, um seine dünnen Beine trug er eine ausgebeulte Jogginghose, darüber ein fleckiges T-Shirt.

Er schaute die Kommissare verwirrt an. »Ja, und?«, krächzte er. Dem Geruch aus seiner Wohnung nach zu urteilen, hätte Rauch auch Kettenrauch heißen können.

»Uns liegen Hinweise vor, dass Sie eine besondere Beziehung zu Natascha Gessler haben. Sie wissen schon, die Schauspielerin.«

Rauch schaute lauernd, Daniel machte weiter.

»Wie Sie vielleicht mitbekommen haben, ist Frau Gessler gestern in der Stiftsruine umgebracht worden. Uns wurde gesagt, dass Sie ein großer Fan von ihr waren. Und da dachten wir, vielleicht haben Sie ja zufällig irgendetwas beobachtet. Wenn Ihr Lieblingsstar schon so nah ist –«

Völlig ohne Vorwarnung knallte Rauch den Ermittlern die Tür vor der Nase zu. Durch das morsche Holz krakeelte er: »Die Gessler ist nicht mein Lieblingsstar. Wer behauptet denn so was? Gessler? Habe ich noch nie gehört, den Namen. Lassen Sie mich in Frieden, ich habe nichts damit zu tun.«

Mit einem Tritt gegen die Tür von innen beendete Rauch seine Aussage.

»Lass mich mal, ich habe da was gesehen«, flüsterte sie ihrem Kollegen zu und schob ihn sanft beiseite. »Herr Rauch!«, rief sie durch die geschlossene Tür. »Seien Sie doch vernünftig. Ich habe eben durch den Spalt Ihrer Tür schon mindestens drei Filmplakate mit Natascha Gessler in Ihrem Flur gesehen. Keiner verdächtigt Sie wegen irgendetwas, wir wollen doch nur Ihre Hilfe.«

Daniel hoffte, dass Johann Rauch einlenken und wieder öffnen würde. Umsonst.

»Ihr wollt meine Hilfe?«, polterte das Männlein aus seiner Wohnung. »Mir hilft auch keiner. Keiner hat mir je geholfen.

Mir nicht und meiner Edith auch nicht. Eine halbe Stunde hat es damals gebraucht, bis eure Scheißkollegen und der Scheißkrankenwagen da waren. Und jetzt soll ich euch helfen, ja? Die Gessler ist mir so was von egal. Die soll ihren Hofstede ficken und mich in Ruhe lassen. Und ihr mich auch!«

Daniel signalisierte Brigitte, jetzt nicht lockerzulassen. Der Mann hinter der Tür war offenbar emotional extrem aufgewühlt. In diesem Zustand war es schon so manche Male zu einem Geständnis gekommen.

»Herr Rauch, Sie sind uns gleich los. Und es tut mir auch leid, dass ich in Ihre Wohnung geschaut habe. Das steht uns gar nicht zu.«

Daniel grinste anerkennend. Vertrauensbildende Maßnahme in schwierigem Verhör.

»Aber was meinen Sie denn mit Herrn Hofstede? Haben Sie da irgendetwas beobachtet?«

Es herrschte kurz Ruhe im Treppenhaus. Die Kommissare befürchteten schon, den Draht der Konversation zu Rauch verloren zu haben. Schließlich vernahmen sie ein leises Greinen. Auf einmal trommelte es von innen wie wild mit den Fäusten gegen die Wohnungstür. Rauch begann wieder zu schreien.

»Hofstede, die Sau! Natürlich war die Gessler mit dem zusammen. Ich habe sie ja sitzen sehen im ›Stern‹. Dabei ist Natascha meinetwegen hierhergekommen, wegen mir und nicht wegen diesem Fummler. Mit seinen dreckigen Flossen hat er sie vor meinen Augen angegrapscht. Der könnte von mir aus tot in der Garderobe liegen, aber doch nicht Natascha.«

Plötzlich wurde Rauchs Stimme hell, fast winselnd, jedenfalls aber entrückt. »Sie ist eine Göttin. Man fasst sie nicht einfach an. Ich hätte sie beschützt. Beschützt.« Das Winseln ging in ein Wimmern über. »Und jetzt ist sie tot. Natascha. Tot.«

Die Stimme hinter der Tür erstarb. Brigitte schaute Daniel

zweifelnd an und flüsterte nach einigen Sekunden der Stille: »Ich glaube, wir können von ihm nichts mehr erwarten. Der Mann ist ja völlig fertig.«

Daniel zog Brigitte ein Stück von der Tür weg, um nicht ganz so leise sprechen zu müssen. »Der ist nicht nur völlig fertig, der ist auch völlig verdächtig. Wer sagt denn, dass ihm sein wirres Hirn nicht zwischendurch befohlen hat, seine ›Göttin‹ hinzurichten? Ich würde den am liebsten direkt mitnehmen.«

Aus der Wohnung war leises Schluchzen zu vernehmen.

Brigitte schüttelte den Kopf. »Das kann ich mir nicht vorstellen, Daniel. Der Hass richtet sich auf Hofstede. Wenn wir ihn jetzt mitnehmen, spricht der mit uns kein Wort. Lieber lassen wir seine Wohnung heute Nacht bewachen und laden ihn morgen früh vor, wenn er sich wieder beruhigt hat.«

Daniel war bereit, sich auf diesen Deal einzulassen. »Herr Rauch, hören Sie mich?«

Wieder rumste es von innen gegen die Tür, es klang, als säße Rauch auf dem Boden und habe mit dem Fuß dagegen getreten.

»Wir möchten, dass Sie sich morgen früh um neun in der Polizeidirektion melden. Kleine Industriestraße 3, Herr Rauch, neun Uhr, alles klar?«

Ein weiteres Vibrieren der Tür werteten die Kommissare als Bestätigung.

***

Mit ihrer spontanen Vorladung des Verdächtigen Johann Rauch hatten Daniel und Brigitte für eine kleine Terminkollision gesorgt, wie sich am nächsten Tag herausstellen sollte. Denn genau für denselben Zeitpunkt waren auch Juli Blum und Valerie Prohaszka aufs Revier bestellt worden.

In der morgendlichen Sitzung einigte man sich darauf, dass sich die Kollegen Jacqueline Gölz und Gerhard Behrendt um den wunderlichen Herrn Rauch kümmern sollten, Daniel und Brigitte übernahmen das Verhör der Ensemblemitglieder. Immerhin waren es die beiden gewesen, die die Regisseurin mit der Jungschauspielerin kurz nach dem Mord in flagranti erwischt hatten.

Blum und Prohaszka waren zwar pünktlich, Letztere aber von vornherein auf Krawall gebürstet. Der Blick der hochdekorierten Österreicherin signalisierte überdeutlich, dass der Aufenthalt in einer Polizeiwache weit unter ihrer Würde war. Auf dem menschenleeren Gang ließ sie ihre Handtasche auf einen Stuhl vor Daniels und Brigittes Büro plumpsen und tat schnepfig kund: »Ich weiß gar nicht, was ich da soll.«

Juli Blum war das Ganze offenbar sehr unangenehm. Eine Kollegin, die sich aufführte wie Kaiserin Sisi, eine Affäre mit ebendieser Kollegin und ein unausgeräumter Mordverdacht. »Jetzt warte doch erst mal ab, was die hier von uns wollen«, versuchte sie, Valerie zu beruhigen.

Das misslang.

»Was die wollen, ist doch eh klar. Die Natascha hat mitbekommen, dass wir zwei nicht nur Kolleginnen sind. Keine Ahnung, wie diese Natter darauf gekommen ist.« Valerie schaute sich auf dem Gang um und vergewisserte sich, dass niemand lauschte, bevor sie flüsternd weiterredete. »Und die werden nicht blöd sein hier. Dass uns unsere, na ja, weißt schon, Affäre, in Bedrängnis bringen könnte, wenn da was auffliegt. Und daraus konstruieren sie ein Mordmotiv. Ganz einfach.«

Juli Blum schnäuzte sich. Ihre Nase fing oft an zu laufen, wenn sie sich unter Druck fühlte. Flüsternd gab sie zurück: »Aber wenn wir alles so aussagen wie vereinbart, kann doch eigentlich nichts passieren.«

In diesem Moment öffnete sich die Tür, und Brigitte bat die beiden Frauen herein. Daniel hatte vor ein paar Jahren dafür gesorgt, dass sich in dem Büro, das er sich mit seiner Kollegin teilte, außer ihren Schreibtischen auch noch ein kleiner, runder Besprechungstisch mit vier Stühlen befand. Seiner Ansicht nach baute eine gleichberechtigte Sitzsituation Hemmschwellen bei Zeugen ab.

Er dirigierte die Damen also an den Extratisch und setzte sich mit Brigitte und einer Flasche Wasser dazu.

»Guten Morgen, Frau Blum, guten Morgen, Frau Prohaszka, ich freue mich, dass Sie gekommen sind. Darf ich Ihnen einen Schluck anbieten?«

Juli Blum nickte dankbar, Valerie Prohaszka ging auf das Angebot nicht ein und brauste stattdessen auf. »Herr, äh, ja, Sie haben sich ja nicht vorgestellt, Herr Polizist, es wäre mir sehr recht, wenn wir uns nicht unnötig aufhalten würden. Ich muss zurück zu den Spielen, wir müssen so schnell wie möglich Ersatz für Natascha finden. Und ich bin ja nicht zum Wassertrinken auf diesen Gendarmerieposten gekommen.«

Daniel goss Juli Blum ein und stellte die Wasserflasche danach demonstrativ auf den Boden, damit Valerie Prohaszka durstig blieb. Sie wollte sich ja nicht unnötig aufhalten.

»Ja, Sie haben recht, mein Name ist Rohde, das ist meine Kollegin Schilling. Wie Ihre frühere Währung, Frau Prohaszka.« Es konnte doch nicht sein, dass diese Ziege seinem Charme nicht erlag. »Und es tut uns auch sehr leid, dass wir Ihre Zeit beanspruchen müssen, sicher bringt Frau Gesslers Tod viele Komplikationen bei den Festspielen mit sich. Aber Sie werden auch verstehen, dass wir darüber reden müssen, wo Sie sich zur Tatzeit aufgehalten haben.« Um sich die Zügel nicht aus der Hand nehmen zu lassen, schaute er beide Frauen streng an.

Juli nickte hastig, Valerie verdrehte die Augen.

»Und Sie werden hoffentlich auch verstehen, dass wir das gern in getrennten Räumlichkeiten machen würden. Frau Prohaszka, wenn Sie meiner Kollegin bitte kurz nach nebenan folgen würden.«

Brigitte stand gerade auf, als Valerie mit der flachen Hand auf den Tisch schlug. »Was nehmen Sie sich denn heraus? Ein Verhör wird das? Sie behandeln uns wie Kriminelle. Außerdem bin ich österreichische Staatsbürgerin.«

Brigitte setzte sich wieder, verschränkte die Arme und fing an, leise, aber sehr bestimmt auf die störrische Künstlerin einzureden. »Hören Sie mir jetzt mal zu, Frau Prohaszka. Sie haben uns schon bei der ersten Befragung darüber im Unklaren gelassen, wo Sie zur Tatzeit waren. Und uns aus Ihrem Büro geschmissen. Das habe ich mir ein Mal bieten lassen. Aber jetzt werden hier unsere Fragen beantwortet, ist das klar? Da sind mir Ihre Staatsangehörigkeit und Ihre Auszeichnungen so was von egal. Und es ist mir auch völlig egal, was da mit Ihrer jungen Kollegin läuft. Aber wir wissen, dass Sie in Österreich mit einem Moldawier verheiratet sind. Und wenn sich das als Scheinehe herausstellt, nur weil er eine Aufenthaltsgenehmigung brauchte, dann haben Sie ein ganz wunderbares Motiv. Nicht auszudenken, wenn dieser Skandal an die Öffentlichkeit gelangen würde, nicht wahr, Frau Prohaszka? Und jetzt folgen Sie mir bitte nach nebenan.«

Kommentarlos schnappte die offenbar konsternierte Künstlerin ihre Handtasche und trippelte Brigitte hinterher ins Nachbarbüro.

Daniel schaute den beiden Frauen staunend nach. Offenbar war das der Ton, in dem man mit der ollen Diva sprechen musste.

Trotz Brigittes beherzten Auftretens war die Befragung von Prohaszka und Blum ein Schuss in den Ofen.

Beide Frauen gaben in den getrennten Zeugenvernehmungen an, sich zur Tatzeit bereits im Büro der Regisseurin aufgehalten zu haben. Und sie könnten sich deswegen so gut daran erinnern, weil sie in den Radionachrichten der Kulturwelle hr2 auf einen Beitrag über die Festspiele gewartet hätten.

Dass Juli Blum bei ihrer ersten Befragung noch behauptet hatte, auf dem Hotelzimmer Texte gelernt zu haben, begründete sie damit, dass sie nicht zugeben wollte, mit ihrer älteren Kollegin »privat« geworden zu sein. Aber da es nun ohnehin bekannt sei, könne sie auch die Wahrheit sagen.

Dummerweise eine Wahrheit, die mehr als abgesprochen

klang. Zwei potenzielle Verdächtige, die sich gegenseitig ein Alibi ausstellten.

Daniel fuhr sich genervt durch die Haare, nachdem die Befragungen beendet waren und er mit Brigitte eine kleine Bilanz zog. »Ich weiß auch gar nicht, ob die ganze Geschichte als Mordmotiv wirklich ausreicht. Mein Gott, eine Scheinehe. Und eine lesbische Liaison. Um das zu decken, bringt man doch heutzutage keinen Menschen mehr um.«

Brigitte zuckte mit den Schultern. »Du hast schon recht, so richtig heiß ist die Spur nicht. Aber viel mehr haben wir momentan nicht. Was mich interessiert: Wir haben die beiden Frauen spätestens eine Stunde nach dem Mord an Gessler in Prohaszkas Büro erwischt. Ob sie jetzt Sex hatten oder nur gefummelt haben, sei mal dahingestellt. Aber wenn tatsächlich eine von den beiden etwas mit dem Mord zu tun hat, frage ich mich, ist man so kurz danach in der Stimmung für Zärtlichkeiten? Ich meine, braucht man so was als Ventil, wenn man gerade eben jemanden mit dem Reichsapfel erschlagen hat?«

Daniel kratzte sich hinter dem Ohr. Wieder so eine Geste von ihm, auf die Brigitte ziemlich abfuhr. »Das ist tatsächlich eine gute Frage. Spontan würde ich Nein sagen. Aber ich kenne mich natürlich auch nicht aus. Wir könnten Cordes um Rat fragen.«

Robert Cordes arbeitete im Polizeipräsidium Osthessen als Psychologe und Profiler. Die Polizeidirektionen im Zuständigkeitsbereich des Präsidiums konnten ihn bei Bedarf in ihre Ermittlungen einbeziehen. Daniel hielt große Stücke auf den grau melierten Mittfünfziger. Er schätzte seine ruhige Art und seine analytische Herangehensweise.

Natürlich würde allein von seinem Urteil nicht abhängen, ob Blum und Prohaszka grundsätzlich weiter verdächtigt wurden, aber er könnte zumindest Anhaltspunkte liefern.

Brigitte fand die Idee gut. Insgeheim hoffte sie ein bisschen, dass Cordes Valerie Prohaszka irgendeine Störung attestierte.

Diese aufgeblasene Wachtel käme ihr als potenzielle Täterin gerade recht. Allerdings behielt die Kommissarin diesen Gedanken lieber für sich. Daniel könnte sie sonst für missgünstig halten.

11

Die Kindheit von Kai Gruber war geprägt von Schicksalsschlägen. Eigentlich hatte es die Familie zu einem bescheidenen Wohlstand gebracht. Zumindest verdienten die Eltern genügend Geld, um Kai und seine beiden Brüder in halbwegs sorgenfreien Verhältnissen großzuziehen. Wenn da nicht dieser verdammte 21. Mai 1979 gewesen wäre.

Vater Eduard Gruber war mal wieder auf einem Außeneinsatz. Er arbeitete als Gleisbauer bei einem Subunternehmer der Deutschen Bundesbahn. In der Nähe von Lichtenfels hatte ein heftiger Gewitterregen die Schienen unterspült, schnell musste das Gleisbett auf der wichtigen Strecke wieder instand gesetzt werden.

In aller Eile war ein Trupp von Monteuren zusammengetrommelt worden, der sich ohne große Vorplanung ans Werk machte. Bis heute konnte nicht eindeutig geklärt werden, woher auf einmal dieser Zug kam – eigentlich war die Strecke bis auf Weiteres gesperrt. Kurz nach dreizehn Uhr aber raste der Intercity »Gotthold Ephraim Lessing« auf seinem Weg von München nach Berlin in die Baustelle. Die Ermittlungen hatten später ergeben, dass der Zug etwa mit Tempo hundertvierzig unterwegs gewesen war.

Zwei Kollegen von Eduard Gruber waren sofort tot, er selbst konnte sich mit einem beherzten Sprung zwar retten, verlor aber das linke Bein.

Mit einem traumatisierten und einbeinigen Monteur konnte Grubers Arbeitgeber nichts anfangen. Deswegen erhielt er einige Wochen nach dem Unfall eine kleine Abfindung und seine Kündigungspapiere.

Das Arbeitsamt in seiner Heimat Bad Kissingen war mit der Vermittlung vollkommen überfordert. Niemand wollte einen labilen Gleisbauer mit Behinderung einstellen, obwohl Grubers Qualifikationen durchaus auch für eine sitzende Tätigkeit im Planungsbereich genügt hätten. Er landete schließlich auf Stundenbasis an der Kasse einer Tankstelle.

Der Pächter gerierte sich als mildtätiger Menschenfreund, nutzte die Notlage seines neuen Kassierers aber gleichzeitig schamlos aus. Er setze Eduard nahezu ausschließlich in den Schichten ein, die sonst keiner wollte. Und die waren überwiegend nachts. Tagsüber haderte Gruber mit seinem Schicksal oder versuchte, Schlaf nachzuholen, was meistens misslang.

Über kurz oder lang fing er an zu trinken. Zunächst redete er sich ein, dass er ein paar Gläser Bier und den Korn brauchte, um einschlafen zu können. Später brauchte er den Alkohol, um überhaupt noch halbwegs zu funktionieren. Während seiner Nachtdienste war das richtige Maß entscheidend. Trank er zu wenig, fingen seine Hände an zu zittern. Hatte er zu viel intus, lallte er schnell.

Einige Monate ging das gut, dann aber informierten die Kollegen den Pächter der Tankstelle darüber, dass Eduard Gruber bei der Übergabe um zweiundzwanzig Uhr regelmäßig nach Fusel roch. Als eines Tages am Morgen hundertsechsundzwanzig Mark zu wenig in der Kasse waren, hatte der Chef einen Grund, die Reißleine zu ziehen und sich von seinem Mitarbeiter zu trennen.

Gruber versank in Selbstmitleid, das er mit immer größeren Mengen an Alkohol zu betäuben versuchte. Er verließ kaum noch das Haus, und wenn, dann nur, um sich im Supermarkt die nächste Flasche zu besorgen.

Seine Frau Lieselotte und die drei Söhne mussten ohnmächtig zuschauen, wie sich ihr invalides Familienoberhaupt zugrunde richtete.

In dieser Phase machte auch Lieselotte einen großen Fehler: Weil sie den Eindruck hatte, sich um ihren Mann kümmern zu müssen, feierte sie immer häufiger krank. Bei ihren Kolleginnen im Altenheim, wo sie als Pflegekraft angestellt war, hatte sich Eduards Zustand schon herumgesprochen. Sie versuchten noch, ihre Arbeitskameradin zu decken, aber die Chefetage der Pflegeeinrichtung hatte längst Wind von Frau Grubers Unzuverlässigkeit bekommen.

Die familiäre Situation sorgte außerdem dafür, dass sie an den Tagen, an denen sie arbeiten kam, oft unkonzentriert und fahrig war. Ein Zustand, den man sich bei diesem Job nicht leisten konnte, und so kam es, wie es kommen musste: Nachdem Lieselotte bei der morgendlichen

Visite mehreren Bewohnern die falschen Medikamente zugeteilt hatte, setzte man sie vor die Tür.

Kai war gerade dreizehn, seine Brüder Stefan und Markus sechzehn und siebzehn, als sich die drei Jungs mit zwei arbeitslosen Elternteilen konfrontiert sahen, wovon einer auch noch wie ein Loch trank.

Allerdings litt Kai am meisten unter der Situation. Markus hatte schon eine Freundin und flüchtete immer häufiger zu ihr. Stefan war gerade auf die Berufsschule nach Schweinfurt gewechselt und verbrachte seine Zeit lieber mit den neuen Kumpels dort, als sich das Elend zu Hause mit anzuschauen.

Kai fühlte sich von seiner Familie komplett im Stich gelassen. Niemand schien sich für ihn und seine Probleme zu interessieren. Eines Tages allerdings sprach ihn ein Junge an, der zwei Klassen über ihm auf dieselbe Schule ging. Er habe gehört, dass es Kai nicht so gut gehe, und fragte ihn, ob er nicht mal zu einer Versammlung kommen wolle.

In seiner Verzweiflung stellte der jüngste Gruber-Spross die genaue Art dieser »Versammlung« überhaupt nicht in Frage, sondern freute sich einfach darüber, dass sich irgendjemand mal für ihn interessierte. Kai sagte zu.

Ein bisschen mulmig war ihm dann aber doch zumute, als er zwei Tage später pünktlich um achtzehn Uhr das Hinterzimmer einer leicht in die Jahre gekommenen Traditionsgaststätte betrat. Dort saßen sieben Jungs und ein Mädchen. Die meisten rauchten. Kai schätzte, dass die Mitglieder dieser Versammlung zwischen zwei und vier Jahre älter waren als er.

Der Junge, der ihn auf dem Schulhof angesprochen hatte, war auch dabei. Anführer war aber offensichtlich ein anderer, der sich als Rudolf vorstellte. Rudolf erklärte Kai, dass sich sein Verein um benachteiligte deutsche Kinder kümmern würde. Es habe sich bis zu ihm herumgesprochen, dass die Eltern der Gruber-Brüder ihre Arbeitsstelle verloren hätten.

Kai nickte ein wenig hilflos. Er schämte sich für seinen Vater, war aber gleichzeitig neugierig, was ihm dieser Verein hier für ein Angebot machen konnte.

Rudolf wollte von ihm wissen, ob er schon einmal darüber nachgedacht habe, warum seine Mutter und sein Vater keinen Job mehr hätten. Kai zuckte mit den Schultern. Natürlich hatte er sich darüber schon Gedanken gemacht. Sein Vater trank, und seine Mutter wollte ihm helfen. Aber warum sein Vater damals mit dem Alkohol anfing, das wusste er nicht genau.

»Hast du dich schon mal gefragt, wer die Arbeit von deinen Eltern jetzt macht?«, fragte Rudolf.

Kai schüttelte den Kopf.

»Ich kann es dir sagen. An der Tankstelle schiebt jetzt ein Türke Nachtdienst. Und im Heim werden die Alten von einer Schlitzaugenfrau und einer Polackin gefüttert. Willst du mal genau wissen, wie das hier bei uns in Deutschland läuft?« Rudolf wartete Kais Antwort nicht ab, sondern machte sofort weiter. »Die deutschen Arbeitnehmer werden mit den scheinheiligsten Argumenten rausgeschmissen, weil sie zu teuer sind. Und dann durch Ausländer ersetzt. Die machen jeden Job für die Hälfte. Hast du Ausländerkinder in deiner Klasse?«

Zum ersten Mal an diesem Abend sagte Kai etwas. »Ja, drei. Einen Italiener, einen Türken und eine Jugoslawin.«

Rudolf nickte. »Und, was machen die Eltern von denen? Haben die Arbeit?«

Kai war über die Beschäftigungsverhältnisse der Eltern seiner Klassenkameraden zwar nicht genau im Bilde, aber soweit er wusste, waren seine Mutter und sein Vater die einzigen Arbeitslosen. So hatte er das noch nie gesehen. Rudolf merkte, dass er in dem Jungen einen Denkprozess angestoßen hatte, und setzte direkt nach: »Unser Verein sorgt dafür, dass in Deutschland bald wieder Gerechtigkeit herrscht. Und wir kümmern uns um alle, die ohne Schuld in Not geraten sind. Wir sind Brüder. Und wir bieten dir an, dass auch du ein Bruder von uns werden kannst.«

Neue Brüder, nachdem sich Stefan und Markus weitgehend vom Acker gemacht hatten, das klang nicht schlecht für Kai. Er kannte diese Jungs hier zwar alle nicht, aber was hatte er schon zu verlieren? Bisher war er noch von jedem enttäuscht worden, da kam es auf einen weiteren Versuch auch nicht mehr an.

»Wie heißt euer Verein denn überhaupt?«, wollte er allerdings vorher noch wissen.

Rudolf beugte sich unter den Tisch und holte aus seiner Tasche einen kleinen Wimpelständer heraus. Auf dem roten, dreieckigen Fähnchen befanden sich drei Buchstaben in Frakturschrift. »Das ist unser Symbol, Kai, wir sind die FKU. Die Freie Kameradschaft Unterfranken.«

Die rechte Szene in Deutschland war Anfang der achtziger Jahre zersplittert. Gut zehn Jahre davor hatte die NPD noch in sieben Landtagen gesessen, innerparteilicher Zwist hatte allerdings dazu geführt, dass die rechtsextreme Partei in keinem der Parlamente eine zweite Legislaturperiode erlebte. Außerdem war die CDU nach dem Ende der Großen Koalition 1969 wieder ein Stück nach rechts gerückt und konnte mit ihren Angriffen auf Brandts Ostpolitik nationalkonservative Wähler wieder besser an sich binden.

Am ganz rechten Rand entstanden in den Folgejahren die sogenannten Wehrsportgruppen und politische Organisationen wie die Freiheitliche Deutsche Arbeiterpartei oder später die Republikaner. Nachdem die Wehrsportgruppe Hoffmann 1980 ein Verbot als verfassungsfeindliche Organisation erhalten hatte, wechselten einige Mitglieder in die Wehrsportgruppe Werwolf, die kurz davor vom Neonazi Michael Kühnen gegründet worden war. Der wiederum war leider homosexuell, womit einige seiner stramm rechten Jünger ein ausgewachsenes Problem hatten.

Von all diesen wirren Strukturen hatte Kai Gruber nicht die geringste Ahnung. Er genoss einfach nur die Nachmittage mit seinen neuen Freunden.

Am Rande eines Truppenübungsplatzes hatte sich die Freie Kameradschaft Unterfranken selbst ein kleines Übungsgelände angelegt. Die Jungs wurden dort von Rudolf fit für den Nahkampf gemacht, wie er das nannte. Durch Gräben und Tunnel robben, im Unterholz anschleichen, natürliche Tarnungen nutzen. Schlechtwettertage wurden zur körperlichen Ertüchtigung genutzt.

Ein gewisser Herr Lederer hatte im Keller seines Hauses einen kompletten Fitnessraum für die jungen Gesinnungsgenossen eingerichtet. Dass er die Burschen am liebsten oberkörperfrei trainieren sah und ihnen dabei nicht von der Seite wich, hatte damals niemanden skeptisch gemacht.

Nach einem Jahr hatte Kai die Figur eines Athleten – und keiner aus seiner Klasse traute sich mehr, ihn wegen seiner arbeitslosen Eltern zu hänseln.

Weniger Freude hatte der Junge an den theoretischen »Seminaren«, wie Rudolf seine endlosen Monologe nannte. Dahinter steckte nichts anderes als eine Gehirnwäsche: Ohne Ausländer würde dieses Land besser funktionieren, alle Deutschen hätten einen Arbeitsplatz, die Einwanderer hätten es sowieso nur auf die Sozialleistungen abgesehen. Kurzum, das Boot sei voll.

Das sah Kai eigentlich ein wenig anders. Denn aus den Erzählungen seiner Mutter wusste er, dass das Pflegeheim kaum deutsches Personal fand, das dazu bereit war, sich für kleines Geld rund um die Uhr abzurackern. Außerdem mochte er Pizza, Gyros und Döner und empfand keinerlei Abneigung gegenüber den Menschen, die diese Spezialitäten nach Deutschland gebracht hatten.

Aber derartige Gedanken schob er beiseite – die Anerkennung seiner neuen Freunde war ihm wichtiger.

Deswegen sträubte er sich auch nicht lange, als die Kameradschaft 1986 zum ersten Mal »ein Zeichen setzen« wollte. Der benachbarte Landkreis plante, in Bad Königshofen im Grabfeld eine zentrale Unterkunft für Asylbewerber einzurichten. Zwei Tage vor der Eröffnung konnten Rudolfs Jungs zum ersten Mal zeigen, was sie in puncto Pirschen und Tarnen von ihm gelernt hatten.

In einer wolkenverhangenen, stockdunklen Nacht schlichen sich sechs Gestalten in das noch unbewohnte Gebäude am Rande eines Gewerbegebiets. Die Aufgabenverteilung war klar definiert: Joachim und Hannes, die Heißsporne der Truppe, sprühten mit Spraydosen rassistische Parolen auf die Wände, Rudolf und Till zertrümmerten Fensterscheiben, während Kai und Ralph eine nagelneue Küchenzeile mit Hilfe eines Benzinkanisters in Brand steckten. In einem VW-Bus, der zur Flucht benutzt wurde, wartete Sabine.

Obwohl Rudolf von Frauen in der Kameradschaft nur wenig hielt, war sie als Tochter eines Rallyefahrers für diese Aufgabe prädestiniert.

Insgesamt dauerte die Aktion keine drei Minuten und sorgte dafür, dass das Heim für die kommenden drei Monate nicht bewohnbar war. Aus Rudolfs Sicht ein grandioser Erfolg, der nach Wiederholung schrie. Allerdings wollte der Anführer nicht, dass bei den »Abschreckungsaktionen« Menschen zu Schaden kamen. Deswegen mussten die Objekte observiert und die Überfälle gut geplant sein.

Im Frühjahr 1987 warf die Freie Kameradschaft Unterfranken mitten in der Nacht sechs prall gefüllte Molotowcocktails in ein griechisches Restaurant, das am Folgetag eröffnet werden sollte. Im Herbst desselben Jahres musste bei der türkischen Gemeinde Haßfurt für einige Wochen das Freitagsgebet ausfallen, weil die Versammlungsräume in einem ehemaligen Möbelhaus ein Raub der Flammen wurden. Im Sommer 1988 traf es in Bischofsheim an der Rhön wieder eine Asylbewerberunterkunft kurz vor der Eröffnung – und im Januar 1990 liefen die Dinge schließlich aus dem Ruder.

In einem ländlichen Ortsteil von Hammelburg war der Freien Kameradschaft der türkische Imbiss »Ali Baba« ein Dorn im Auge. Nach Rudolfs Plan sollte der Laden, der in einem zweigeschossigen Haus in der Ortsmitte lag, an einem Freitag nach Geschäftsschluss »ausgeräuchert« werden.

Zu dieser Zeit befand sich das Besitzerehepaar Turan mit seinen zwei Kindern normalerweise bei einer befreundeten Familie. Das zumindest hatte die Observation der vergangenen fünf Wochen ergeben. An diesem unglückseligen Freitag allerdings fühlte sich die jüngere Tochter Özlem nicht wohl und wollte mit ihrem Bruder Bilal lieber zu Hause bleiben.

Eine Entscheidung, die beide Kinder mit dem Leben bezahlen sollten.

Der Ablauf des Anschlags folgte demselben Muster wie bisher: Sabine fuhr den schwarzen VW-Bus vor das Gebäude, die sechs Jungs sprangen heraus, zündeten die Brandsätze an, schmissen sie durch die große Schaufensterscheibe und waren eine Minute später schon wieder auf der Flucht.

An diesem Freitag allerdings würgte Sabine beim Anfahren den Motor ab. Hektisch drehte sie den Zündschlüssel hin und her. Nichts tat sich.

Im Angesicht der Flammen, die nur ein paar Meter weiter aus dem Imbiss schlugen, starrte die Fahrerin mit schreckgeweiteten Augen ihre Kameraden an. »Kann mal einer von euch Jungs dafür sorgen, dass diese Dreckskiste wieder anspringt?«

Ralph und Till auf der Rückbank wimmerten: »Scheiße, Scheiße, Scheiße«, während Rudolf Sabine anherrschte: »Nur weil du blöde Kuh die Karre abgewürgt hast.« Er schlug mit der Faust aufs Armaturenbrett. »Dreh den Schlüssel noch mal um. Lass dir Zeit, das ist ein Diesel, vielleicht muss der vorglühen.«

In diesem Augenblick sorgte die Hitze des Feuers dafür, dass die zweite Fensterscheibe des »Ali Baba« barst – und sich die Glassplitter in den Lack des Fluchtwagens fraßen.

»Scheiße! Alle raus! Jeder rennt in eine andere Richtung.« Joachim riss die Schiebetür auf, und die Attentäter hasteten voller Panik in die verschiedenen Gassen, die vom Dorfplatz abzweigten. Und jeder von ihnen konnte die Schreie hören, die aus dem Obergeschoss des Hauses kamen.

Das alte Fachwerkgebäude brannte wie Zunder. Bilal und Özlem waren im Schlaf von dem Feuer überrascht worden. Die Vorderfront mit den rettenden Fenstern war bereits eine Flammenmauer, die Tür des Kinderzimmers ließ sich nicht mehr öffnen, weil ein massiver Holzbalken aus seiner jahrhundertealten Verankerung gerissen worden war und diesen Fluchtweg ebenfalls abschnitt. Die Kinder hatten keine Chance.

Sabine und Rudolf schlugen sich die nächsten drei Stunden über finstere Waldwege bis nach Hammelburg durch. Dort gelang es ihnen, mit dem letzten Zug nach Bad Kissingen zu flüchten.

Joachim und Hannes brachen wenige Meter vom Anschlagsort entfernt einen Wagen auf und schlossen ihn kurz. Zwei Straßen weiter stießen sie auf Ralph, zerrten ihn in den Wagen und brausten davon, noch bevor der erste Feuerwehrwagen eintraf.

Kai traf am Ortsrand auf Till. Dem langen Blick, den die beiden tauschten, konnte man die Erschütterung über die Ereignisse in der Dorfmitte ablesen. Trotzdem stand zunächst die Flucht im Vordergrund. In spätestens einer halben Stunde dürfte die Feuerwehr die

Brandstiftung erkannt haben – und kurz danach würde es in dem Dorf von Polizisten nur so wimmeln.

»Wenn wir es bis zur Bundesstraße schaffen, können wir ein Auto anhalten«, schlug Kai vor.

Till zeigte ihm einen Vogel. »Bist du denn wahnsinnig? Wer auch immer uns mitnimmt, kann bei der Polizei dann ein wunderbares Phantombild abliefern. Wir müssen hier weg, ohne dass uns einer sieht.«

Hilflos schaute Kai sich um. Über dem Dorf stand ein orangefarbener Lichterschein, rechts und links breiteten sich matschige Felder aus. Dahinter Wald. »Ich sage, die Bundesstraße ist die einzige Möglichkeit.«

In diesem Moment jagte der erste Polizeiwagen mit Blaulicht über die etwa zweihundert Meter entfernte Landstraße.

Till schaute Kai mit flackernden Augen an. »Okay. In welcher Richtung geht es zu dieser beschissenen Bundesstraße?«

Kai zeigte vage Richtung Westen, und beide rannten los.

Als Kai um kurz nach Mitternacht in seinem Bett lag – er wohnte mit neunzehn noch bei seinen Eltern –, versuchte er, seinen Atem unter Kontrolle zu bringen. An Schlaf war ohnehin nicht zu denken, aber er wollte endlich aufhören, wie ein Weichei zu keuchen. Immer wieder sagte er sich, dass die Flucht eigentlich wunderbar gelaufen war.

An der B 27 hatte nach knapp zehn Minuten ein Opel Ascona gebremst und die beiden Anhalter mitgenommen. Hinter dem Steuer saß ein uralter Mann mit zentimeterdicken Brillengläsern. Kai bezweifelte, dass dieser Maulwurf auch nur den Ansatz einer Personenbeschreibung abliefern konnte.

Till und Kai hatten dem Alten erzählt, dass sie auf einer Geburtstagsfeier gewesen seien und sich dort mit ihren Freundinnen gestritten hätten. Deswegen seien sie zum Trampen gezwungen gewesen. Der Opa hatte die Geschichte sofort geschluckt und stellte bis zum Fahrtende in Bad Brückenau keine weiteren Fragen. Von dort hatten die beiden Brandstifter ihren Weg auf Tills Kosten mit dem Taxi nach Hause fortgesetzt. Fast zwanzig Kilometer vom Ort des Anschlags entfernt – ziemlich unverdächtig, wie Kai es einschätzte.

Mit diesem Gedanken gelang es ihm schließlich, sich halbwegs zu beruhigen und wenigstens noch ein paar Stunden unruhigen Schlaf zu bekommen.

Das war für die nächsten Tage allerdings seine letzte Erholung gewesen. Denn als er am nächsten Morgen Hose und Jacke vom Vortag durchsuchte, stellte er fest, dass sein Portemonnaie verschwunden war. Im Ascona von diesem Greis hatte er es noch in der Jackentasche gefühlt. Danach musste es ihm irgendwie herausgerutscht sein. Mit Führerschein und Ausweis.

Kai ließ sich auf seinen Schreibtischstuhl fallen, ihm wurde heiß und kalt.

»In die DDR? Zu den Sozialistenschweinen?« Kai war empört. Er hatte sich sofort auf den Weg zu Rudolf gemacht, nachdem ihm der Verlust seiner Ausweispapiere aufgefallen war. Er selbst hatte keine Idee, was er jetzt am besten tun sollte. Wenn der Alte aus dem Ascona das Portemonnaie finden sollte und nicht vollkommen senil war, konnte die Polizei jederzeit vor der Tür stehen.

Deswegen hatte Kai den Anführer in seiner unaufgeräumten Bude aufgesucht. Und dessen Vorschlag hatte ihm den Boden unter den Füßen weggezogen: sofort untertauchen, am besten im Osten.

»Die DDR wird es nicht mehr lange geben, Kai. Und momentan geht dort alles drunter und drüber. So eine Chance, ein neues Leben aufzubauen, kommt wahrscheinlich nie wieder.«

Kai starrte seinen Kumpel ungläubig an. Er wollte kein neues Leben aufbauen. Und schon gar nicht in diesem heruntergekommenen Ostdeutschland.

Obwohl es erst kurz nach neun am Morgen war, machte sich Rudolf eine Flasche Bier auf. Seinem Gast bot er nichts an. Der Anführer nahm einen tiefen Schluck und rülpste herzhaft. »Tja, Junge, das hättest du dir früher überlegen müssen.« Seine Augen verengten sich. »Dir ist schon klar, dass du uns mit deinem verlorenen Geldbeutel alle in Gefahr bringst?«

Kai schaute betroffen zu Boden.

Rudolf holte von seinem zugemüllten Schreibtisch einen Stoß

Papiere. »Die Szene beginnt sich im Osten gerade zu formieren. Dort werden neue Strukturen aufgebaut, neue Parteien. Mit Sicherheit auch rechts von diesen Schlappschwänzen in der CSU. Ich habe hier ein paar Kontakte aus den Bezirken Dresden und Chemnitz. Die könnten Hilfe aus dem Westen gut gebrauchen.«

Kai schwirrte der Kopf. Wie rücksichtslos Rudolf sein Leben verplante! Er unternahm einen Versuch, aufzubegehren. »Ich will da nicht hin. Ich will ... hierbleiben. Vielleicht ist es besser, ich gehe zur Polizei. Ja, genau, ich nehme die Schuld auf mich, dann seid ihr raus. Brandstiftung mit Todesfolge oder so. Das gibt vielleicht fünf Jahre. Ich bin neunzehn, das geht nach Jugendstrafrecht.«

Kai redete sich in Rage.

»Schwere Kindheit. So was sagen die Anwälte doch immer. Mein Vater säuft. Schau mal, der VW-Bus hatte gefälschte Kennzeichen, da kommt niemand auf den Rest der Truppe, wenn ich den Kopf hinhalte.«

Rudolf hatte während des Wortschwalls seines Kameraden die Zeitung aus dem Schlafzimmer geholt und knallte sie jetzt vor Kai auf den Tisch. Auf der Titelseite war das ausgebrannte Fachwerkhaus zu sehen.

»Guck dir das an!«, brüllte er. »Guck dir das genau an! Zwei Kinder sind tot. Du glaubst doch nicht, dass die dir abkaufen, dass du allein mit einem VW-Bus dahin gefahren bist! Und was meinst du, wie die Verhöre aussehen? Bei toten Kindern verstehen die Bullen keinen Spaß. Die quetschen dich aus, Tag und Nacht, wenn es sein muss. Bis du schließlich damit rausrückst, wer noch dabei war. Das stehst du nicht durch. Ich sage dir, der Osten ist die beste Lösung. Für dich und für uns alle.«

Noch wollte Kai sich nicht geschlagen geben. Ein Argument hatte er noch. »Aber wenn da drüben irgendwann Ruhe eingekehrt ist und die Bullen mit den Behörden im Westen zusammenarbeiten, dann finden die mich doch sowieso.«

Rudolf verzog seinen Mund zu einem abschätzigen Lächeln. »Du hast einen Vorteil, Kamerad. Du bist noch sehr jung. Da verändert sich das Aussehen in ein paar Jahren noch ziemlich schnell. Und ich habe ein paar Leute an der Hand, für die es überhaupt kein Problem ist, dir eine neue Identität zu verpassen. Am besten, du verabschiedest dich schon mal von Kai Gruber.«

Dieses verdammte Portemonnaie! Kai hätte sich auf dem Rückweg von Rudolf permanent ohrfeigen können für seine Nachlässigkeit. Aber in den Händen von diesem Alten waren seine Papiere tatsächlich nichts anderes als eine tickende Zeitbombe.

Kurz hatte er darüber nachgedacht, nach Bad Brückenau zu fahren und den Ort nach dem Ascona abzusuchen, aber wahrscheinlich lag der Geldbeutel schon längst nicht mehr im Wagen. Und wenn dieser verdammte Opa eins und eins zusammenzählen würde, kam es jetzt tatsächlich auf jede Minute an.

»Am besten, du verabschiedest dich schon mal von Kai Gruber.« Dieser Satz des Anführers hallte noch nach.

Flucht. Neue Identität. Im Osten. Vor vierundzwanzig Stunden war die Welt noch in Ordnung gewesen. Und jetzt? Was sollte Kai seinen Eltern überhaupt erzählen?

Sein Vater würde wahrscheinlich eh schon wieder im Delirium auf dem Wohnzimmersofa herumhängen, aber seine Mutter? Seine Brüder? Konnte er ihnen die Wahrheit anvertrauen?

Im Treppenhaus entschied Kai sich, dass ihm wohl nichts anderes übrig bliebe.

Er schloss die Wohnungstür auf und fand eine leere Wohnung vor. Offenbar waren die Eltern an diesem Samstagvormittag unterwegs. Wahllos warf Kai irgendwelche Kleidungsstücke in einen Koffer. Was nimmt man mit, wenn man sein altes Leben hinter sich lässt? Das Sparbuch. Stiefel für den Winter, Turnschuhe für den Sommer. Ein paar Fotos. Zeugnisse.

Die sortierte Kai allerdings gleich wieder aus, nachdem ihm klar wurde, dass er demnächst ja anders heißen würde.

Seinen Kinderteddy. Viel mehr passte sowieso nicht in den Koffer.

Während er in seinem Zimmer herumwirbelte, hatte Kai ständig Angst, dass die Polizei klingeln könnte. Bislang war aber alles ruhig geblieben. Also noch Zeit, um einen kurzen Abschiedsbrief auf den Küchentisch zu legen.

Liebe Mama, Vater. Ich habe großen Mist gebaut, über den ich nicht reden kann. Ich muss für einige Zeit von hier verschwinden. Macht euch keine Sorgen um mich, ich werde mich melden. Falls die Polizei nach mir fragt, sagt ihr, ich wäre mit Interrail irgendwo in Europa unterwegs. Habt keine Angst, ich werde mir nichts antun. Ich kann nur nicht hierbleiben. Ihr hört von mir. Kai.

Danach schnappte er sich sein Gepäck und verließ die Wohnung, ohne noch einmal zurückzuschauen. Am Bahnhof von Bad Kissingen löste er ein Zugticket nach Hof. Dort sollte er von einem gewissen Danilo in Empfang genommen werden, das hatte Rudolf am Vormittag bereits mit den Kameraden im Bezirk Chemnitz vereinbart.

Danilo entpuppte sich als ein lupenreiner Skinhead, was Kai ziemlich entsetzte. Natürlich trug man auch in seiner Kameradschaft Kurzhaarschnitte, aber so offensichtlich rechtsradikal, wie dieser Typ aussah, traten die Gesinnungsgenossen in Unterfranken nicht auf.

Kai nahm in einem klapprigen Wartburg Platz und wurde von Danilo in knappen Worten über die folgenden Schritte unterrichtet. »Wir fahren über abgelegene Landstraßen in die DDR zurück. Dort wird seltener kontrolliert. Dann geht's zu Holger. Der macht Fotos für deinen neuen Pass. Und bei Uwe steht eine Datsche mit einer Pritsche, in der du erst mal wohnen kannst. Rudolf hat gesagt, du kennst dich mit Autos aus?«

Kai nickte. »Ich bin fast fertig mit meiner Automechaniker-Ausbildung. Die gängigen Modelle kann ich zusammenflicken.«

Danilo grinste anerkennend. »Das ist gut, mein Freund. Die Leute kaufen jetzt wie irre irgendwelche Westkisten, aber unsere Monteure können ja alle nur Trabis und Wartburgs zusammenschrauben. Da werden wir bestimmt Verwendung für dich finden. Vielleicht bei Enrico. Der denkt darüber nach, sich selbstständig zu machen.«

Kai wunderte sich über die offenbar gute Vernetzung der Kameraden im Osten und traute sich, die erste von vielen offenen Fragen zu stellen. »Ihr scheint ja sehr gut organisiert zu sein. Vielen Dank schon mal für alles. Aber, was ich mich frage … Bis vor einem Monat war das doch noch alles DDR. Habt ihr die Kameradschaften so schnell aufgebaut? Ich meine, so was war doch früher bestimmt nicht erlaubt.«

Danilo schaute Kai schräg von der Seite an, während er routiniert einigen Schlaglöchern auswich. Offenbar befand man sich schon im Osten. »Macht ihr im Westen immer nur Sachen, die erlaubt sind? Ja wohl nicht, sonst wärst du nicht hier.«

So gesehen musste Kai dem Ost-Skin recht geben. Im Auto entstand eine kleine Pause, die Kai nutzte, um sich seine neue Heimat näher anzuschauen. Er hatte ja bislang keine Ahnung, wo die Fahrt hingehen würde, hoffte nur nicht, dass sie in einem der grauen Dörfer mit Namen wie Triebel oder Theuma enden würde. Dieses Land war wirklich nach Strich und Faden heruntergewirtschaftet worden. Kein Wunder. Von Sozialisten.

Nach einer ganzen Weile traute er sich, die Frage zu stellen, deren Antwort sein neues Leben ganz entscheidend prägen würde. »Wo fahren wir eigentlich hin? Ich meine, wo wohne ich?«

Danilo zündete sich eine Zigarette an und ließ sich Zeit mit der Antwort. »Du hast Glück, Kamerad. Es geht ins schöne Zwickau.«

12

So schnell, wie die ganzen Kamerateams nach dem Mord an der Gessler in Bad Hersfeld eingefallen waren, verließen sie die Stadt am nächsten Tag auch schon wieder. Die Boulevardmagazine würden sich für den Vorfall erst wieder interessieren, wenn der Täter feststand, davon war Wolli Angerstein überzeugt. Bis dahin wären sie in ihren reißerischen Sendungen dazu verdammt, eine andere Sau durchs Dorf zu treiben. Wer interessierte sich noch für die kleinteilige und langwierige Ermittlungsarbeit der Polizei nach einem solchen Vorfall?

Die »OLZ« natürlich schon.

Allerdings hatte die Polizei noch keinen neuen Stand für die Presse. Bei einem kurzen Telefonat mit seinem Kumpel Daniel erfuhr Wolli lediglich, dass es einige Verhöre gegeben hatte und dass aktuell noch Zeugenaussagen ausgewertet wurden. Nichts also, womit man einen Artikel füllen konnte.

Aber dafür würde Valerie Prohaszka hoffentlich sorgen. Die Spielleiterin und Regisseurin hatte zur Pressekonferenz geladen, um bekannt zu geben, wie es mit dem Stück »Gezeiten« nach dem zwangsläufigen Personalaustausch weitergehen sollte.

Im Gegensatz zu dem völlig überlaufenen Pressetermin am Tag zuvor fand sich dieses Mal nur ein trauriges kleines Grüppchen von Journalisten ein. Die Festspielleitung hatte eilends den Multifunktionsraum der Konrad-Duden-Bibliothek angemietet, bei sechs erschienenen Journalisten hätte man sich diese Kosten allerdings auch sparen können.

Wolli erkannte wiederum die Kollegin aus dem hr-Studio Osthessen samt Kameramann, den Leiter der Kulturredaktion von der Konkurrenz aus Kassel, einen freien Journalisten aus Alsfeld, der gelegentlich Artikel an überregionale Zeitungen verkaufte, und einen jungen Mann, der für ein rühriges Internetportal in Fulda Beiträge aus der Hersfelder Region schrieb.

Wolli musste grinsen. Gestern interessierten sich noch mehrere Dutzend Journalisten für den Fall, heute gerade noch ein halbes. Mord zog eben mehr als Kultur.

Neben der Intendantin Prohaszka begrüßte Lohfink, der Pressereferent der Stadt, die Kollegen von der publizistischen Zunft. Beide ließen sich keine Enttäuschung darüber anmerken, dass der künstlerische Fortgang der Spiele nur noch einen Bruchteil der gestrigen Pressemeute zu dem Termin lockte.

Prohaszka lächelte sauertöpfisch, während der stets leicht unterwürfige Lohfink die Gäste begrüßte. Im Auftrag des Bürgermeisters gab er bekannt, dass die Stadt Bad Hersfeld ein großes Interesse daran habe, die Festspiele trotz des bedauerlichen Fortfalls in vollem Umfang und so schnell wie möglich fortzusetzen.

Kurz geriet Lohfink darüber ins Referieren, dass die Spiele 1982 schon einmal vor einer ähnlich schwierigen Situation gestanden hätten, als der damalige Intendant Reinhold Olszewski völlig unerwartet starb. Der Pressereferent merkte aber schnell, dass sich dafür niemand interessierte und sein Vergleich zudem hinkte. Schließlich war Olszewski einem heimtückischen Krebsleiden erlegen und nicht hinterrücks mit einem Requisit ins Jenseits befördert worden.

Daher brach Lohfink seinen historischen Exkurs ab und übergab an Valerie, die schon leicht ungeduldig wirkte.

»Vielen Dank, Herr Lohmeyer. Ja, ich kann mich da nur anschließen, der tragische Tod von Frau Gessler hat uns natürlich zutiefst schockiert. Und wir hoffen alle miteinander inständig, dass die Polizei den Täter so schnell wie möglich findet. Aber wir sind es dem Publikum schuldig, uns von diesem Mord in der Kunst nicht abhalten zu lassen. Wer immer dahintersteckt, falls er mit dieser Tat die Festspiele stoppen wollte, sage ich: Das wird ihm nicht gelingen!«

An dieser Stelle machte Prohaszka eine dramatische Pause, in der sie möglicherweise Applaus erwartet hatte. Allerdings klatschte niemand.

Um die peinliche Pause zu überbrücken, klopfte wenigstens Lohfink auf den Tisch, nickte und rief: »Sehr gut!«

Prohaszka quittierte es mit einem künstlichen Lächeln. »Vielen Dank, Herr Lohmüller. Nun«, sie wandte sich an die spärlich vertretene Presse, »Sie wollen bestimmt wissen, wer Frau Gessler ersetzen soll. Natürlich ist es schwer, einen vergleichbaren Ersatz zu finden. Die Rolle der Daphne in meinem Stück war Natascha wie auf den Leib geschrieben. Und selbstverständlich stecken die begehrten Kollegen oft in längerfristigen Engagements. Deswegen freue ich mich umso mehr, dass wir doch kurzfristig eine sehr hochkarätige Schauspielerin finden konnten. Mit einem Namen, der die Festspiele bereichern wird. Meine Damen und Herren, es ist niemand Geringeres als Ilse Notz!«

Wieder machte Prohaszka eine Pause. Diesmal blickte sie Beifall heischend von einem Journalisten zum nächsten.

Lohfink nickte, verzog mit Kennermiene die Mundwinkel anerkennend nach unten und zeigte Valerie Prohaszka einen Top-Daumen.

Wolli und seine Kollegen waren unterdessen damit beschäftigt, ihre komplette Ahnungslosigkeit zu überspielen. Die hr-Kollegin schien auf ihrem Smartphone den Namen in eine Suchmaschine einzugeben, während der Online-Redakteur des lokalen Internetportals mal vorsichtshalber halblaut »Donnerwetter« sagte. Selbst der Kulturchef des Blatts aus Kassel hatte den Namen offenbar noch nie gehört. Er rettete sich, indem er sehr beschäftigt guckte und währenddessen irgendetwas notierte.

Wolli schwieg.

Glücklicherweise redete Prohaszka in diesem Moment weiter. »Ilse Notz ist Ihnen ja sicherlich ein Begriff. Sie spielte zuletzt im Solodrama ›Die schweigenden Monologe der Frau Karajan‹ an der Vorpommerschen Landesbühne in Anklam. Davor synchronisierte sie eine Nebenrolle in der Verfilmung von Peter Handkes ›Der kurze Brief zum langen Abschied‹, die von ARTE in französischer Sprache in Auftrag gegeben wurde. Außerdem ist sie Botschafterin der Frauentheatertage in Tirana. Sie sehen also, alles andere als ein unbeschriebenes Blatt.«

Wolli hatte ARTE in seinem Fernseher auf Programmplatz neununddreißig. So konnte das als Festspielredakteur seiner Zeitung natürlich auch nicht weitergehen.

Wie meistens auf Pressekonferenzen wurde, wenn niemand mehr Fragen hatte, die Frage gestellt: »Haben Sie noch Fragen?« Lohfink blickte in die Runde. Alles schwieg.

Die Kollegin vom Hessischen Rundfunk war es, die schließlich die peinliche Ruhe durchbrach und Valerie Prohaszka fragte, ob sie für Radio und Fernsehen in einer ruhigen Ecke noch ein kurzes Statement abgeben könnte. Die nickte, stand auf und suchte mit dem Kameramann eine geeignete Position für eine kurze Aufnahme.

Die restlichen Journalisten rafften ihre Unterlagen zusammen und verabschiedeten sich. Wolli schwang sich seine speckige Ledertasche um und verabredete sich mit Lohfink per Geste auf eine Zigarette vor der Bibliothek.

Nachdem sich der Pressereferent versichert hatte, dass die Intendantin noch eine Weile vor der Kamera des hr plappern würde, nestelte er seine Zigarettenschachtel aus der Jackett-tasche und folgte Wolli ins Freie.

Dort wurde er vom Festspielreporter der »OLZ« mit einem »Naaa?« begrüßt, das mitleidsvoller klang, als Wolli es eigentlich geplant hatte.

Lohfink nahm einen tiefen Zug und lehnte sich gegen die pastellfarbene Hauswand. »Ich kann dir sagen, Wolli. Diese Österreicherin da drin macht mich fertig. Wer ist denn bitte Ilse Notz? Diese Frau kennt kein Schwein, aber die wollte sie unbedingt haben. Na klar, die Frau Intendantin muss sich ja auch nicht um den Kartenverkauf kümmern. Das bleibt schön an der Stadt hängen – und das Defizit genauso.«

Lohfink zog hektisch an seiner Zigarette. Wolli unterbrach ihn nicht. Der Mann musste seine Wut wohl erst mal loswerden.

»Weißt du, wir hätten Ingrid Steeger haben können oder vielleicht sogar Jutta Speidel. Das sind Namen, die beim Publikum ziehen. Aber keine Ilse Notz. Und meinen Namen kann sich diese arrogante Tante auch nicht merken.«

Lohfink schien sich fertig aufgeregt zu haben, Wolli klopfte ihm aufmunternd auf die Schulter. »Nimm's nicht persönlich, Lohmeyer, die Künstler sind eben ein Völkchen für sich. Ich weiß, wovon ich spreche, seit ich Festspielreporter bin. Die Gessler soll ja auch nicht gerade ein unkomplizierter Charakter gewesen sein.«

Lohfink schnippte seine Zigarette in den Rinnstein. »Och, na ja, eigentlich war die ganz okay. Wir waren vorgestern kurz mit der französischen Delegation bei den Proben, weil die Bürgermeisterin aus unserer Partnerstadt wohl ein großer Fan von ›La Gesslöör‹ war. Und da hat sie bereitwillig Fotos mit uns gemacht.«

Er machte eine kurze, nachdenkliche Pause.

»Du, mir fällt gerade ein: Wahrscheinlich waren wir die Letzten, die Natascha Gessler lebend gesehen haben. Wir wollten das Foto mit ihr machen. In dem Moment fing Juli Blum an zu keifen, die beiden hatten sich offenbar kurz davor gestritten. Und dann rannte die Gessler in Richtung Garderobe. Kurz danach muss sie erschlagen worden sein. Das kommt mir jetzt erst.«

Auf diese schockierende Erkenntnis steckte sich Lohfink direkt noch eine Zigarette an.

Wolli war alarmiert. »Dann musst du dich aber bei der Polizei melden. Die suchen dringend Zeugen, die kurz vor der Tatzeit an oder in der Ruine waren. Ich habe den Artikel gestern ja selbst geschrieben. Wer war denn noch alles dabei?«

Lohfink zuckte mit den Schultern. »Na ja, eigentlich nur die französische Bürgermeisterin, ihr Assistent, unser Tourismus-Attaché und ich. Ach ja, die Übersetzerin noch. Und als wir aus der Ruine raus waren, haben wir uns getrennt. Aber vielleicht hat einer von denen ja noch etwas beobachtet. Und bevor ich noch mehr Zeit mit der durchgeknallten Prohaszka verbringe, setze ich mich lieber aufs Polizeirevier.«

***

Jacqueline Gölz und Gerhard Behrendt wirkten genervt, als sie das Verhör mit Johann Rauch beendet hatten und sich mit den Kollegen auf dem Revier anschließend zu einer kurzen Sitzung trafen. Jacqueline signalisierte Behrendt mit einer resignierten Geste, dass er erzählen solle.

»Also, damit wir alle auf demselben Stand sind«, begann er, »diesen Rauch können wir aus dem Kreis der Verdächtigen streichen. Eigentlich hätte das ganze Gespräch mit ihm auf fünf Minuten verkürzt werden können, aber leider hat uns dieser Irre gut zwei Stunden beschäftigt.«

Jacqueline nickte leidend und verdrehte die Augen gen Himmel, um den Worten von Behrendt größeres Gewicht zu verleihen.

Der setzte seine Schilderung fort: »Unglücklicherweise hat Herr Rauch die Chance genutzt, dass ihm endlich mal jemand zuhört. Die erste Stunde hat er über den Verfall der Sitten referiert und sich darüber beschwert, dass vor fast vierzig Jahren der Krankenwagen zu spät kam, als er einen Unfall mit seiner Freundin auf der Straße nach Kirchheim hatte. Dann fing er an, Hofstede und Gessler zu beschimpfen. Er sei ein Hurensohn, sie eine Schlampe.«

»Eine dreckige Schlampe«, präzisierte Gölz mit erhobenem Zeigefinger.

Behrendt machte weiter: »Er hat wohl bislang fanatisch für Natascha Gessler geschwärmt, sie dann allerdings mit Hans Hofstede gesehen. Frau Gessler hat am Tag ihres Todes mit dem Kollegen Hofstede auf der Terrasse des Hotels ›Zum Stern‹ gefrühstückt. Er hat da wohl hineininterpretiert, dass die beiden geflirtet haben, kann ja auch stimmen. Jedenfalls sind dann bei ihm die Sicherungen durchgebrannt. Er ist vom Linggplatz schnurstracks ins ›Zwitschernest‹ gelaufen. Hat um halb zehn morgens das erste Bier bestellt und sich dann nach allen Regeln der Kunst vollaufen lassen.«

Das »Zwitschernest« am Johannestor war als üble Spelunke verschrien. Einer der wenigen Läden, in denen man in Hersfeld noch rauchen durfte. Die Kneipe schien von etwa zehn Stammgästen zu leben, die sich jeden Abend dort einfanden, eine nach der anderen qualmten und über die Härten des Lebens lamentierten, das ihnen natürlich ganz besonders ungerecht mitgespielt hatte.

»Wir haben mit einer Frau Wolff gesprochen, die dieses exklusive Etablissement betreibt. Sie hat Rauchs Alibi bestätigt. Er war zur Tatzeit voll wie ein Eimer und saß an ihrem Tresen. Sie konnte sich sogar noch erinnern, dass er für sechsundzwanzig Euro Bier getrunken hat, was bei den Bierpreisen in dieser Kaschemme einen sauberen Vollrausch bedeuten dürfte. Ich fasse also zusammen: Dieser Rauch hat nicht mehr alle Tassen im Schrank, ist aber eindeutig unschuldig. Wir haben ihn gehen lassen.«

Daniel nickte. »Schön für ihn, blöd für uns. Der Tag im ›Zwitschernest‹ erklärt dann wohl auch seinen gestrigen Zustand. Aber gut, das wäre vielleicht auch alles zu einfach gewesen.«

Anschließend fasste Brigitte kurz zusammen, dass sich Juli Blum und Valerie Prohaszka gegenseitig ein Alibi gegeben hatten, das allerdings von der ersten Version Blums deutlich abwich. Die beiden Künstlerinnen blieben also grundsätzlich verdächtig.

Daniel wandte sich an die Kollegen Michi und Matze, die an der Besprechung bisher schweigend teilgenommen hatten. »Ich wüsste gern, wie es in der Parkanlage rund um die Stiftsruine zur Tatzeit ausgesehen hat. Waren da viele Menschen unterwegs? Vielleicht Touristen? Saßen irgendwelche Rentner auf den Bänken rum und haben was beobachtet? Nach Angaben der Kollegen kann der Mörder die Ruine nur durch den Haupteingang oder den Ostflügel verlassen haben. Der Ostflügel ist das Haus, das direkt an die ehemalige Kirche angebaut ist. Ihr kennt das Gebäude ja. Dort gibt es zwei Ausgänge: einen zur Westseite, gleichzeitig der Eingang ins Stadtmuseum, und einen nach Osten hin, da geht's zur Intendanz. Sonst gibt es keinen Weg aus dem alten Gemäuer. Die Fenster der Ruine sind zwar allesamt scheibenlos, aber viel zu hoch, um aus dem Inneren rauszuklettern. Alle drei Ausgänge münden in die Parkanlage, in der an einem freundlichen Tag bestimmt Menschen unterwegs waren.«

Das verstand Michi als sein Stichwort und fing an, in seinem Blöckchen zu blättern. Er hatte ja zusammen mit Matze die Zeugen vernommen. »Also, es haben sich nach dem Aufruf in der Zeitung schon jede Menge Leute gemeldet. So viel war aber wohl net los im Park. Ziemlich sicher ist, dass ein Penner da unterwegs war und Pfandflaschen gesucht hat. Laut Zeugenaussage war seine Tüte schon ziemlich voll. Die Leute lassen ja während der Festspiele immer viel Müll da rumliegen.«

Jacqueline Gölz nutzte eine kleine Pause, um dazwischenzugrätschen. »Die Kollegen haben das Gelände doch nach dem Mord durchkämmt. Ist da eine Tüte mit Pfandflaschen gefunden worden?«

Daniel schüttelte den Kopf.

»Dann halte ich den Obdachlosen«, sie betonte das Wort eindringlich, um Michi klarzumachen, dass sie mit »Penner« nicht einverstanden war, »für unverdächtig. Der Pförtner am Haupteingang und die Dame an der Museumskasse haben übereinstimmend ausgesagt, dass sie nichts Besonderes beobachtet haben. Und ein Bettler mit Leergut-Tüten wäre wohl beiden aufgefallen. Die einzige unbewachte Tür ist die über die Intendanz. Aber auch dort muss man an verschiedenen Büros vorbei und würde mit einem Beutel voll klirrender Flaschen auffallen. Was meinst du, Michi?«

Der Angesprochene blätterte aus Verlegenheit in seinem Block eine Seite weiter und antwortete unsicher: »Weiß net, kann scho sein.«

Matze kam ihm zu Hilfe, indem er einen weiteren Verdächtigen präsentierte, den mehrere Zeugen gesehen haben wollten. »Da war noch ein junger Behinderter auf dem Gelände. Also net körperlich, halt so geistig. Scheinbar mongoloid. Was ist mit dem?«

Diesmal war Gerhard Behrendt dran. »War der laut Zeugenaussagen allein unterwegs?«

Michi und Matze nickten.

»Dann gilt für den das Gleiche wie für den Obdachlosen: Er wäre am Eingang zur Ruine oder ins Museum aufgefallen.« Gerhard schaute in die Runde. »Wie oft habt ihr schon junge Menschen mit Downsyndrom allein gesehen? Sie sind doch eher mit ihren Eltern oder Betreuern unterwegs. Wir können beim Personal noch mal nachfragen, aber ich bin mir sicher, ein behinderter junger Mann, der allein das Museum oder die Ruine besichtigen will, wäre den Herrschaften am Einlass in Erinnerung geblieben.«

Einhelliges Nicken in der Runde.

In diesem Moment öffnete sich nach einem leisen Klopfen die Tür des Besprechungszimmers. Tanja Schwanz streckte ihren Kopf herein und bat Daniel, kurz mit ihr zu kommen. Die Kollegin Schwanz war durch eine Petition über die Kreisgrenze hinaus bekannt geworden. Sie hatte seinerzeit Unterschriften dagegen gesammelt, dass die hessischen Polizeibeamten ein Namensschild an ihrer Uniform tragen mussten. In ihrer Begründung führte sie damals Sicherheitsbedenken durch die mangelnde Anonymität im Einsatz an, viele Kollegen unterstellten ihr allerdings grinsend einen anderen Grund.

»Bei mir unten am Empfang steht ein Herr Lohfink«, erklärte sie Daniel auf dem Flur den Grund für die Besprechungsunterbrechung. »Er sagt, er sei der Pressereferent der Stadt und könne Angaben dazu machen, wer sich während des Mordes an Natascha Gessler rund um die Stiftruine aufgehalten hat. Und da dachte ich, das wäre bestimmt wichtig für euch.«

Daniel nickte und lobte: »Genau richtig gedacht, Tanja. Schickst du den Herrn in mein Büro?«

Tanja machte kehrt, Daniel guckte versehentlich kurz auf ihren Hintern und war froh. Erstens darüber, dass er die unproduktive Besprechung verlassen konnte, und zweitens, weil Lohfink kein Spinner war. Vielleicht endlich ein Zeuge, der etwas wirklich Wichtiges zu sagen hatte.

Knapp eine Minute später saß der Pressereferent Kommissar Rohde gegenüber. Begeistert griff er in ein Schälchen mit Weingummis, das Daniel ihm mit Gastgeber-Geste zugeschoben hatte.

»Sehr gut. Perfekt«, nuschelte Lohfink mampfend. »Seit dem Tod von der Gessler hatte ich keine ruhige Minute. Keine Zeit zum Essen. Wir mussten ja Ersatz ranschaffen. Und mit dieser Prohaszka, ich kann Ihnen sagen. Mit der zusammenzuarbeiten, pfff …«

Daniel beobachtete, wie Lohfink nur die roten Weingummis aus dem Schüsselchen klamüserte, und wartete schweigend, bis sich der Mann abgeregt hatte. Jede Nachfrage würde das Gespräch nur unnötig in die Länge ziehen.

Lohfink schluckte seine rote Beute herunter und kam zum eigentlichen Anlass seines Besuchs.

»Na, jedenfalls, weswegen ich gekommen bin: Mir ist vorhin aufgefallen, dass wir möglicherweise die Letzten waren, die Frau Gessler lebendig gesehen haben. Ich dachte, das wäre bestimmt interessant für Sie.«

Daniel schlug eine frische Seite auf seinem Notizblock auf und bestätigte Lohfinks Vermutung. »Das ist in der Tat interessant. Wer ist denn ›wir‹?«

Lohfink zückte sein Handy. »Kann ich Ihnen zeigen. Wir waren mit Frau Sabatier an der Stiftsruine. Das ist die Bürgermeisterin unserer französischen Partnerstadt L'Haÿ-les-Roses. Ich war dabei, der Geschäftsführer der Kur-Kongress- und Tourismus-GmbH Hartmann, Frau Sabatier eben und ihr Assistent Julien. Außerdem noch zwei französische Gemeinderatsmitglieder von der kommunistischen Partei und eine Übersetzerin.« Lohfink hielt kurz inne und überlegte. »Ja, das war's. Sieben Personen. Eigentlich wollte Hartmann die Ruine nur von außen zeigen, aber die Sabatier wollte zu den Proben rein. War aber ein schlechter Zeitpunkt, denn die hatten sich wohl gerade gestritten. Die Blum lag Frau Prohaszka heulend in den Armen, die Gessler saß auf der Bühne und hat eine gequalmt. Frau Sabatier ist auf die Gessler zugestürmt und wollte von allen zusammen ein Foto. Das wollte ich gerade machen, als die Blum von hinten anfing zu keifen. Daraufhin rannte die Gessler weg. Wahrscheinlich in ihre Garderobe. Tja, und wir sind dann auch gegangen. Das Foto konnte ich aber gerade noch machen.«

Er wischte ein paarmal auf seinem Smartphone hin und her und hielt Daniel schließlich das Bild unter die Nase. Natascha Gessler zwischen Hartmann und Sabatier.

Daniel musterte die Aufnahme, zog sie größer und versuchte, irgendetwas Verdächtiges zu erkennen. Ihm fiel allerdings nichts auf. Drei Menschen, die es gewohnt waren, für gestellte Fotos zu posieren, lächelten professionell in die Kamera. Nichts Besonderes.

Außer der Tatsache, dass die Frau in der Mitte ein paar Minuten später tot war.

Daniel reichte das Handy über seinen Schreibtisch zurück an Lohfink. »Gut, bis hierher alles klar. Aber spannend ist ja erst, was danach passiert ist. Wer von den sieben Leuten ist wohin gegangen?«

Der Pressereferent verstaute das Telefon ungeschickt in seiner Hosentasche. »Das habe ich auch versucht zu rekonstruieren. Von den Franzosen weiß ich, dass sie nach der Ruine zurück ins Hotel sind. Dort wollten sie packen, weil etwas später ihr Zug ging. Die sind vom Haupteingang der Ruine links Richtung Kurpark gegangen, die Delegation hat im ›Thermalis‹ gewohnt. Die Dolmetscherin ist geradeaus Richtung Finanzamt gegangen, die wohnt irgendwo dahinter am Hang. Ich bin an den

Teichen vorbei zur Arbeitsagentur gelaufen, weil ich dort noch Unterlagen für eine Pressemitteilung abholen musste. Und Herr Hartmann ist in Richtung Linggplatz und Innenstadt gegangen. Ich nehme an, der wollte zurück an seinen Arbeitsplatz.«

Daniel notierte die Aussage und brauchte ein paar Sekunden länger als Lohfink. Als er fertig war, lehnte er sich in seinem wippbaren Stuhl zurück und fasste zusammen: »Also, Sie können auf dem Weg Richtung Arbeitsagentur nichts beobachtet haben, weil die zwei weiteren Eingänge in die Ruine nicht auf Ihrem Weg lagen. Genauso steht es mit der Übersetzerin. Sie hatte auf ihrem Weg den Tatort im Rücken. Aber die Franzosen wären interessant. Wenn die Richtung Kurpark gelaufen sind, kamen sie auf jeden Fall am Eingang des Museums vorbei, über den man auch in die Ruine gelangen kann. Vielleicht haben die etwas beobachtet. Immerhin waren das vier Leute – und acht Augen sehen mehr als zwei.« Daniel setzte sich wieder aufrecht hin und grinste Lohfink an. »Wie gut ist Ihr Französisch?«

Der machte eine abwehrende Geste. »So schlecht, dass wir auf Kosten des Steuerzahlers eine Übersetzerin anmieten müssen, wenn Gäste aus der Partnerstadt kommen. Ich fürchte, Herr Rohde, da kann ich Ihnen keine Hilfe sein.«

Daniel beugte sich kurz nach unten und zog aus seiner Schreibtischschublade einen frischen Beutel mit Weingummis. Diesen ließ er vor Lohfinks Augen hin und her pendeln. »Gucken Sie mal, ganz viele rote sind da noch drin.«

Half nichts. Lohfink lachte, machte eine entschuldigende Geste, stand auf, wünschte viel Glück und verabschiedete sich.

Daniel packte die Süßigkeiten wieder weg und ging in Gedanken die Belegschaft der Polizeidirektion Bad Hersfeld nach einem frankofonen Kollegen durch.

13

Bisweilen ist die Arbeit in einer Behörde heiterer, als Außenstehende vermuten mögen. Elke Behrendt, Ehefrau des Kriminalhauptkommissars Gerhard Behrendt, hatte heute mit ihren Kolleginnen jedenfalls eine zünftige Gaudi.

Die Damen waren dafür verantwortlich, die Fotos aus den Starenkästen im Kreisgebiet Hersfeld-Rotenburg auszuwerten. Über einen Zweckverband waren alle Kommunen des Kreises – mit Ausnahme der Hauptstadt Bad Hersfeld – in einem sogenannten Gemeinsamen Ordnungsbehördenbezirk mit Sitz in Bebra zusammengeschlossen. Die Blitzer finanzierten zunächst drei Halbtagsstellen, und was dann an Geld noch übrig blieb, wurde über einen bestimmten Verteilungsschlüssel an die Gemeinden ausgeschüttet.

Elke kümmerte sich heute um den Liebling aller Kämmerer im Landkreis – den Geschwindigkeitsmesser an der Bundesstraße durch Ludwigsau-Mecklar. Immer wieder wunderte sie sich, wie viele Autofahrer mit heimischem Kennzeichen in dieses Ding noch reinrasselten, stand der Kasten doch schon seit Jahrzehnten an derselben Stelle. Eine besondere Schadenfreude bereitete es Elke, wenn gestresste Geschäftsmänner in dicken Karossen in die Falle tappten, nach Möglichkeit noch mit Handy am Ohr.

Zwei Drittel aller fotografierten Temposünder sahen auf ihren Fotos ungeheuer blöde aus. Die ulkigsten hatten Elke und ihre Kolleginnen in einer kleinen Pinnwand-Galerie ausgestellt. Das sah der Chef zwar nicht gern, aber solange es anonym passierte, ließ er seine »Blitzhühner« gewähren, wie er die drei schwatzhaften Damen aus dieser Abteilung nannte, die es sich mit Duftkerzen und einem Stövchen in ihrem Büro so richtig gemütlich gemacht hatten.

Das heutige Foto Nummer siebenundachtzig war genau nach

Elkes Geschmack: schwarzer Audi, breite Schlappen, hiesiges Kennzeichen und ein Typ, der im Moment der Aufnahme dümmlich auf sein Mobiltelefon glotzte. Leider nur mit einundsiebzig km/h geblitzt, da kam der Kerl abzüglich der Toleranz mit fünfunddreißig Euro und ohne Punkte davon.

Elke tippte das Kennzeichen in ihr System ein und konnte sich Sekunden später einen belustigten Pfiff nicht verkneifen.

»Linda, Carmen, schaut mal, wen ich hier habe!«, rief sie trällernd ihre Kolleginnen herbei.

Linda und Carmen stellten augenblicklich die Arbeit ein und postierten sich hinter Elke Behrendt, auf den Bildschirm starrend. Die hielt mit der rechten Hand das Namensfeld zu. Das Spielchen machten die drei manchmal, wenn ihnen ein bekannter Name ins Netz gegangen war.

Carmen beschwerte sich. »Man kann ja fast gar nichts erkennen. Das kann von Ottfried Fischer bis Reiner Calmund jeder sein. Auf jeden Fall zu dick.«

Linda ging ganz nah an den Bildschirm und kniff die Augen zusammen. »Ich sage: Peter Altmaier.«

Elke drehte sich zu ihren Kolleginnen um, ohne die Hand vom Bildschirm zu nehmen, und schüttelte den Kopf. »Denkt mal mehr hier so an unsere Gegend. Reiner Calmund hat ja wohl nicht ›HEF‹ auf dem Nummernschild.«

Carmen stimmte maulend zu.

Linda stierte weiterhin aus geringster Entfernung auf den Monitor und wiederholte nachdenklich flüsternd: »Hier aus unserer Gegend … Aaach, ich hab's. Dieser dicke Tourismus-Chef aus Hersfeld. Aber mir fällt jetzt nicht ein, wie der heißt.«

Elke erlöste ihre Kolleginnen, indem sie die Hand vom Bildschirm nahm. »Genau! Jürgen Hartmann, der große Vermarkter unserer Kreisstadt. Zu doof, um an den ollen Blitzer in Mecklar zu denken.« Sie schenkte sich zufrieden Tee nach. Die anderen Damen gingen kichernd an ihre Arbeitsplätze zurück.

»Vielleicht war er auf dem Weg zu einer Geliebten. Da hat man's eilig«, meinte Linda und klang dabei leicht gackernd.

»Wer soll denn mit diesem Typen eine Affäre haben?«, wollte Carmen wissen.

»Na jaaa«, meinte Linda gedehnt und schaute über ihre Schulter die Kolleginnen mit gespielter Frivolität an. »Ihr wisst doch, Macht macht sexy.«

»Phhhh«, entgegnete Carmen – und weder sie noch Linda merkten, dass Elkes Gedanken schon um etwas völlig anderes kreisten. Sie war in Hartmanns Akte über etwas gestolpert, das sie stutzig machte. Ein Wort, das Gerhard gestern Abend am Küchentisch noch erwähnt hatte. Unerlaubterweise fertigte sie von dem Vorgang einen Screenshot an, den sie an ihren Mann weiterleitete.

Es musste natürlich nichts bedeuten, es konnte reiner Zufall sein, aber selbst, wenn es sich als Nullnummer entpuppen sollte, wäre es immerhin ein Beweis, dass Elke ihrem Gerhard nach vielen Ehejahren immer noch aufmerksam zuhörte.

***

»Uiuiui, ein Anschiss von Cordes!«

Daniel und Brigitte hatten nach dem eher erfolglosen Vormittag beschlossen, den Tag mit einem guten Mittagessen neu zu beginnen. Die beiden saßen auf der Dachterrasse des »Genussreichs«, einer für Hersfelder Verhältnisse modernen Location, vielleicht sogar das einzige Lokal in der Stadt, das man überhaupt als »Location« bezeichnen konnte.

Beim Espresso nach dem täglich wechselnden Mittagsmenü hatte Daniel sein Handy aus der Tasche gezogen und seine Mails gecheckt.

Robert Cordes, der Psychologe vom Polizeipräsidium aus Fulda, hatte geantwortet. Schon nach den ersten Zeilen war Daniel klar, dass der Kollege mit einer Ferndiagnose Valerie Prohaszkas rein gar nicht einverstanden war.

»Anschiss? Was schreibt er denn?«, wollte Brigitte wissen.

Daniel scrollte an den Anfang der Mail zurück. »Alles sehr kompliziert. Folgendes: Da er die potenzielle Täterin nicht kennt, kann er keine diagnostischen Untersuchungen zu Umgebungsvariablen, Organismusvariablen, kognitiven Eigenschaften, Emotionen und Motiven machen.«

Brigitte verdrehte die Augen.

Daniel machte weiter. »Deswegen handelt es sich nicht um ein individualpsychologisches Gutachten, sondern nur um Forschungsbefunde aus vergleichbaren Fällen.«

Brigitte signalisierte der Kellnerin, dass sie noch einen Espresso haben wollte, und wandte sich dann an Daniel.

»Also, er beschimpft uns erst mal, dass das so nicht geht, macht dann aber doch eine Diagnose?«

Daniel grinste. »So in etwa. Allerdings, warte, hier: ›Forschungsergebnisse können keine sichere Prognose von Verhalten darstellen. Wie immer sind Irrtumswahrscheinlichkeiten möglich, die abhängig vom statistischen Verhalten unterschiedlich hoch ausfallen. Die Beantwortung kann also nur Hinweise geben, die ein bestimmtes Verhalten wahrscheinlich auftreten lassen können.‹«

Brigitte stöhnte. »Ja, nun hat sich Herr Cordes genügend abgesichert, jetzt darf er gern mal zum Urteil kommen.«

Daniel wischte auf seinem Handydisplay nach unten und schüttelte den Kopf. »Das ist aber keine Sache für einen Espresso. Die Mail ist ellenlang. Ich schlage vor, ich lese mir das durch und fasse es nachher für alle zusammen.«

Brigitte zog den servierten Mini-Kaffee in einem weg und zahlte für beide.

»Oder«, fragte Daniel, »hörst du mir so gern zu, dass ich dir das ganze Ding hier jetzt vorlesen soll?«

Natürlich hörte Brigitte Daniel so gern zu, dass er auf dieser Dachterrasse auch das Alte Testament hätte vorlesen können. Aber das musste er ja nicht wissen, deswegen schlug sie professionell vor: »Du liest, ich fahre.«

Während Brigitte Daniels Wagen zur Dienststelle zurücklenkte, las er konzentriert und machte nur manchmal ein unbestimmtes Geräusch. Selbst die Treppen auf der Wache bewältigte er auf sein Handydisplay starrend.

Oben angekommen, trommelte Brigitte die ermittelnden Kollegen zusammen, während Daniel im Besprechungsraum die umfangreiche Analyse des Dr. Cordes bis zum Ende durcharbeitete.

Gerhard Behrendt, Jacqueline Gölz, Michi, Matze und Brigitte betraten den Raum, als Daniel gerade sein Mobiltelefon weglegte. Natürlich hätte er die Conclusio auch sofort ausplaudern können, aber er befürchtete, dass die Kollegen dann nicht bis zum Schluss aufmerksam gewesen wären.

Deswegen fing er an mit einem gedehnten »Aaaalso« und ging zum Flipchart. Dort notierte er vier Wörter. »Appetenzphase«, »Erregungsphase«, »Orgasmusphase« und »Entspannungsphase«.

»Das sind die vier Zustände in einem sexuellen Reaktionszyklus. Die Appetenzphase«, er unterstrich das Wort, »ist der Moment, in dem ein Verlangen nach sexueller Aktivität entsteht. Phase zwei, die Erregung, kennzeichnet die körperliche Aktivierung. Mit allem, was dazugehört. Herzklopfen, schnelleres Atmen, Anstieg des Blutdrucks und so. Ihr seid ja alle erwachsen …«

Matze stöhnte theatralisch, Michi fing lüstern an zu hecheln.

»Ihr seid ja alle erwachsen«, wiederholte Daniel mit erhobener Stimme, und die beiden stellten die Geräusche ein, »deswegen muss ich euch das ja nicht erklären. Die Frage ist, ob diese beiden Phasen überhaupt entstehen können, wenn man frisch von einem Mord zurückkommt.«

Daniel ging kurz zum Tisch und griff sich sein Handy. »Jetzt kommen ein paar Wörter, die ich mir nicht merken konnte.« Er musste grinsen. »So, hier. ›Damit bei Frauen eine sexuelle Reizung entstehen kann, braucht es die Hormone Estradiol und Progesteron. Wer eine schwerwiegende Straftat verübt hat, gerät in eine starke Stresssituation, die die Bildung dieser Hormone hemmt. Außerdem hemmt die antagonistische Wirkung des Sympathikus das sexuelle Verlangen, das Teil der parasympathischen Wirkung ist.‹«

Brigittes Hand schnellte nach oben. Sie schnippte mit den Fingern. »Herr Lehrer, Herr Lehrer, den letzten Satz habe ich nicht verstanden.«

Daniel schaute vom Handydisplay auf und gestand: »Ich auch nicht, ich lese das hier nur vor. Aber warte, hier kommt direkt im Anschluss die Schlussfolgerung. ›Damit ist aus biopsychologischer Perspektive mit großer Wahrscheinlichkeit davon auszugehen, dass nach der Durchführung mörderischen Verhaltens die sympathische Aktivität noch hoch ist. Sexuelle Appetenz und Erregung sollten sich bei einer gesunden Person dadurch nicht einstellen. Es erscheint also in hohem Maße unwahrscheinlich, dass eine Person in dieser Situation sexuelles Verhalten zeigt.‹«

Daniel legte sein Mobiltelefon wieder auf den Tisch, im Raum herrschte Ruhe.

Matze kratzte sich am Hintern und stellte fest: »Des heißt also, die bekloppte Österreicherin oder die kleine Lesbe warn's eher net?« In seiner analytischen Brillanz hatte er damit sechseinhalb DIN-A4-Seiten korrekt zusammengefasst.

14

Daniel litt ein bisschen. Nachdem Valerie Prohaszka und Juli Blum aus dem Kreis der Verdächtigen so gut wie ausgeschieden waren, hatte er zeitig Feierabend gemacht und sich beim Volleyballtraining abreagiert. Danach war er mit seinen Jungs in einer üblen Kneipe in Heringen gelandet und hatte ein oder zwei Bierchen zu viel getrunken. Und geraucht.

Und Auto gefahren war er danach auch noch.

Eine Kontrolle auf hessischem Gebiet wäre wahrscheinlich verkraftbar gewesen. In seinem Heimat-Landkreis kannte er so gut wie jeden Polizisten. Da hätte man bei einem leichten Überschreiten des zulässigen Promillewerts ein Auge zugedrückt.

Dummerweise führte der kürzeste Weg von Heringen nach Bosserode allerdings durch Thüringen, und bei den dortigen Beamten hätte er vermutlich nicht auf Nachsicht hoffen können. Gott sei Dank war er zu Hause angekommen, ohne kollegiale Milde in Anspruch nehmen zu müssen.

Seine Strafe war stattdessen eine unruhige Nacht mit Selbstvorwürfen und wirren Träumen gewesen. Daniel kannte das schon: Wenn er zu viel getrunken hatte, wurde er schon gegen fünf Uhr wach und schlief nicht wieder richtig ein. In den kurzen Phasen des Wegdösens übernahmen dann wilde Phantasien die Regie in seinem Kopf. Mal waren es Schießereien, dann wieder ein Mann auf einem Dach, den er in letzter Sekunde nicht vom Selbstmord abhalten konnte.

Alles Situationen, die Daniel in seiner Polizeilaufbahn noch nie passiert waren, aber im tiefsten Inneren offenbar eine große Angst in ihm auslösten.

Sein bisher schrecklichster Einsatz hatte auf einem Autobahnparkplatz stattgefunden. Die Kollegen hatten damals einen klapprigen Transporter gestoppt und beim Blick auf die

Ladefläche etwa drei Dutzend total verängstigte Schwarzafrikaner vorgefunden. Alle verfügbaren Beamten waren auf den Pommer gerufen worden, die höchstgelegene Stelle der A7 zwischen Fulda und Kassel. Die völlig dehydrierten Flüchtlinge taumelten über den Parkplatz, schrien, weinten und zitterten. Für ein kleines Mädchen war an diesem Tag jede Hilfe zu spät gekommen. Sie starb in den Armen einer Kollegin, noch bevor die Rettungsärzte den Einsatzort erreicht hatten.

Daniel hatte befürchtet, dass sich dieses Bild in seinen Kopf einbrennen würde, aber seltsamerweise drehten sich seine Träume immer nur um fiktionale Begebenheiten.

Gerädert hatte er sich heute Morgen schließlich entschieden, den Dämonen seiner Phantasie durch endgültiges Aufstehen keine Chance mehr zu geben. Beim Frühstückskaffee konnte er sich aber auch nicht entspannen, seine Gedanken kreisten um den Fall Natascha Gessler.

Laut Gutachten hatten Prohaszka und Blum mit dem Mord höchstwahrscheinlich nichts zu tun. Hofstede hatte ein Alibi, dieser komische Johann Rauch ebenfalls. Die naheliegenden Verdächtigen schieden also aus. Aber wer könnte noch ein derartig schwerwiegendes Problem mit der Schauspielerin gehabt haben, dass sie sterben musste? Irgendein Obdachloser oder ein behinderter junger Mann, der sich zufällig auf dem Gelände der Ruine befunden hatte? Mehr als unwahrscheinlich.

Auf der Fahrt zur Polizeistation fiel Daniel der Vorfall in Ostdeutschland wieder ein. Die Tatsache, dass Natascha Gesslers Schwester offenbar von Rechtsradikalen umgebracht worden war, hatten sie bei ihren Ermittlungen noch nicht genügend überprüft. Auch wenn das Ganze über zwanzig Jahre zurücklag, so hatte der Anschlag vielleicht doch mehr mit Gesslers Tod zu tun, als bisher alle vermuteten.

An der Lomo-Kreuzung musste Daniel kurz der Verlockung widerstehen, in einem einschlägigen Schnellrestaurant mit einem überfetteten Frühstück gegen das leise Pochen in seinem Hinterkopf anzukämpfen. Es war aber auch wirklich eine Unverschämtheit, dass dieser Laden seinen Bratgeruch sanktionsfrei über Hersfelds meistbefahrenen Straßenschnittpunkt verbreiten durfte.

Der Name der Kreuzung ging auf den einstmals erfolgreichen Hersfelder Mineralölgroßhändler Lorenz Mohr zurück, dessen Imperium im Jahr 2008 allerdings Insolvenz anmelden musste. Trotzdem war die inoffizielle Bezeichnung bis heute in aller Munde.

Daniel machte einen kleinen Umweg über die Breitenstraße und holte sich zwei spaßbefreite Körnerbrötchen. Nach dem durchzechten Abend war ein wenig Selbstkasteiung angesagt.

Brigitte hatte angekündigt, heute ein wenig später zu kommen, weil sie die Lieferung einer neuen Waschmaschine abwarten wollte. So saß Daniel allein im Büro und rührte miesepetrig in seinem Kaffee, den er sich mangels kompetenter Kollegen auch noch selbst hatte aufbrühen müssen. Bis zu diesem Zeitpunkt hatte er nicht das Gefühl, dass dieser Tag und er noch Freunde werden würden. Das änderte sich allerdings schlagartig, als Burns auftauchte.

Normalerweise katapultierte Kriminalhauptkommissar Daniel Rohde das Erscheinen seines Vorgesetzten nicht in den Olymp der Lüste, aber heute hatte der Mann völlig unangekündigt ein engelsgleiches Wesen im Schlepptau.

Lange schwarze Haare, deren Wildheit gerade so viel Zähmung erfahren hatten, dass sie nicht anrüchig wirkten. Sinnliche Lippen, Stupsnase und kastanienbraune Augen, die durch den leichten Silberblick eine gewisse Naivität vorgaukelten. Dazu eine Figur wie vom Laufsteg und eine absolut handliche Gesamtgröße.

»Das ist Geneviève«, stellte Burns das Geschoss vor.

Daniel nickte mit halb geöffnetem Mund leicht tranceartig und befürchtete Millisekunden später, dabei nicht besonders souverän ausgesehen zu haben.

»Geneviève ist unser Au-pair-Mädchen. Sie wissen ja,

Rohde, meine Frau und ich sind beide gut eingespannt im Job. Und bevor Max und Finn den ganzen Tag allein zu Hause sind, haben wir uns Verstärkung aus Frankreich geholt. Das ist mein Kollege Daniel Rohde.« Burns schob Geneviève vor Daniels Schreibtisch.

Verschüchtert fuhr sie ihr zartes Händchen zum Gruß aus. Daniel griff beherzter zu, als es sich gegenüber einem jungen Mädchen gehörte. Zur Strafe war Genevièves Flosse kalt und feucht.

Endlich ein Makel, dachte er, während Burns fröhlich weiterplapperte. »Ja, mir ist zu Ohren gekommen, dass Sie mit der Bürgermeisterin unserer französischen Partnerstadt sprechen wollen. Aber irgendwie kann hier in meinem Laden keiner diese Sprache. Was lernt ihr überhaupt auf der Polizeischule?«

Er lachte über seinen Gag, Geneviève lächelte scheu, und Daniel fragte sich, ob sie überhaupt alles verstand.

»Jedenfalls dachte ich, da kann sie doch anrufen. Spart uns jede Menge Geld im Etat, wenn wir dafür niemanden von außen holen. Ihr sagt ihr, was sie fragen soll, und Geneviève klärt das alles mit den Leuten in diesem Lelleroos.«

Viele Hersfelder hatten ihre liebe Mühe, den Namen der Partnerstadt L'Haÿ-les-Roses korrekt auszusprechen, aber so katastrophal wie von Burns hatte es Daniel noch nie gehört.

»Das ist ja eine großartige Idee«, lobte er und fing fahrig an, seinen Schreibtisch aufzuräumen. Möglicherweise würde diese Elfe neben ihm Platz nehmen – und da durften so profane Dinge wie Akten oder Kaffeetassen natürlich nicht stören.

»Ganz herzlich willkommen von meiner Seite aus und vielen Dank für die Hilfsbereitschaft. Wie lange sind Sie denn schon hier, Geneviève, und wie gut ist Ihr Deutsch?« Den Rest der Frage konnte man nicht mehr so gut hören, weil Daniel ziemlich tief abgetaucht war, um eine angebrochene Prinzenrolle in der untersten Schublade zu verstauen.

»Sie können ruhisch Du su mir sagön, 'err Kommissaire. Isch 'abe sonst die Impression, sehr alt su sein.«

Was hatte sich der liebe Gott eigentlich dabei gedacht, die wunderschönen Französinnen auch noch mit diesem Akzent auszustatten? Daniel musste sich sehr darauf konzentrieren, professionell zu bleiben. »Ja, sehr gern, Geneviève, das macht es einfach. Ich bin Daniel. Nimm dir doch einfach den Stuhl von da drüben und setz dich neben mich. Du verstehst alles?«

Das junge Mädchen nickte, ein »naturellement« perlte von ihren Lippen. Sie holte sich Brigittes Sitzmöbel und nahm an der Ecke von Daniels Schreibtisch Platz.

»Ich sehe schon, unsere Schennevjev ist hier in den besten Händen.« Burns klopfte Daniel väterlich auf die Schulter und zwinkerte ihm verschwörerisch zu. Scheinbar war auch ihm nicht entgangen, welches Juwel ihm die Au-pair-Zentrale da vermittelt hatte.

***

Es gab eine ganze Reihe von Dingen, die Brigitte an diesem Morgen überhaupt nicht gefielen. Zum einen befand sich auf ihrer beigen Caprihose seit etwa zehn Minuten ein Kaffeefleck. In einer etwas zu rasant angegangenen Linkskurve war die braune Flüssigkeit aus dem Einwegbecher geschwappt, der sich im Getränkehalter am Armaturenbrett befand. Brigitte hatte kurz darüber nachgedacht, umzukehren und sich eine neue Hose anzuziehen, diesen Gedanken aus Zeitnot dann aber schließlich verworfen.

Zum anderen machte ihr der zunehmende Verdächtigenschwund im Mordfall Gessler zu schaffen. Nachdem alle naheliegenden Kandidaten nicht mehr als Täter in Frage kamen, drohten sich die Ermittlungen deutlich zu verkomplizieren.

Es blieb wohl nichts anderes übrig, als Natascha Gesslers gesamtes Umfeld unter die Lupe zu nehmen. Im günstigsten Fall sprang dabei eine Dienstreise mit Daniel nach Berlin heraus, im ungünstigsten Fall würde auch diese mühsame Arbeit zu nichts führen.

Aber das weitaus Schlimmste an diesem Morgen war der Anblick einer fremden Frau auf ihrem Schreibtischstuhl. Einer fremden, außerordentlich hübschen Frau, um genau zu sein.

Noch bevor Brigitte das gemeinsame Büro richtig betreten hatte, war Daniel schon aufgesprungen und wirkte auf eine seltsame Art und Weise ertappt.

»Ah, hallo, grüß dich, Brigitte, du, wunder dich nicht, dass da gerade jemand auf deinem Platz sitzt, das ist wegen Burns. Also eigentlich wegen dieser Bürgermeisterin aus der französischen Partnerstadt. Ich wollte sie nicht einfach an den Besprechungstisch setzen, also jetzt nicht die Bürgermeisterin, sondern sie. Sie ist ja Au-pair und spricht französisch. Also, Au-pair bei Burns. Und sie kann da ja anrufen, weißt du, wir wollen ja mit der Bürgermeisterin sprechen. Auf Französisch. Das ist Geneviève …«

Aha.

Eine Geneviève war das da also an ihrem Schreibtisch. Und diese Perle schien ihrem Kollegen schon mächtig den Kopf verdreht zu haben, denn einen derartig zusammenhanglosen Monolog hatte sie von Daniel noch nie gehört.

Brigitte resümierte gedanklich die aktuelle Situation. Sie stand mit einem spiegeleigroßen Kaffeefleck auf der Hose in der Tür, während Miss Frankreich mit einem katalogartigen Lächeln ihren Arbeitsplatz okkupierte.

Um unter diesen Bedingungen von ihrem Kollegen nicht spontan zur osthessischen Miss Stutenbiss ernannt zu werden, musste sie jetzt sehr tapfer sein. Sie stellte sich per Handschlag vor und legte ein Lächeln auf, das nach außen hin offenbar weniger falsch wirkte, als es wirklich war. Jedenfalls lächelte die junge Französin zurück und räumte den Schreibtisch.

»Also«, fasste Brigitte zusammen, »wenn ich Daniel richtig verstanden habe, können Sie für uns das Telefonat mit der französischen Bürgermeisterin führen?«

Geneviève nickte brav.

»Natürlich brauchen Sie dafür erst einmal ein paar Instruktionen, damit Sie wissen, was wir von Frau Sabatier genau erfahren wollen. Sie verstehen?«

Weiteres Nicken.

»Dann würde ich vorschlagen, dass ich das übernehme. Von Frau zu Frau, hm?«

Ein weiteres »naturellement« zerstörte Daniels Illusion von einem gemeinsamen Vormittag mit Geneviève. Noch bevor er der verpassten Chance nachtrauern konnte, streckte Gerhard Behrendt seinen Kopf durch den Türspalt und winkte seinen Kollegen auf den Gang heraus.

Daniel platzierte in sein Büro mit den beiden Frauen noch den sehr überflüssigen Satz »Ihr macht das schon« und zog dann die Tür hinter sich zu.

Behrendt schaute sich auf dem Gang um und fing mit leiser Stimme an zu reden.

»Daniel, ich habe ein Dokument, das Elke mir zugeschickt hat. Nicht ganz legal, aber danach fragen wir jetzt mal nicht. Jürgen Hartmann, dieser Tourismus-Oberguru hier aus Hersfeld, ist mit einundsiebzig Sachen in Mecklar geblitzt worden. Aber das ist nebensächlich. Meine Frau bekommt bei solchen Vergehen alle möglichen Daten angezeigt. Und guck mal hier …« Er zog einen gefalteten Zettel aus seiner Gesäßtasche und deutete mit dem Zeigefinger auf eine bestimmte Zeile. »Der Hartmann hat seinen Führerschein 1992 in Crimmitschau gemacht. Also genau in dem Jahr, als die Schwester von der Gessler umgebracht wurde. Und am selben Ort. Es hieß doch, er sei mit dieser Delegation noch kurz vor ihrem Tod in der Ruine gewesen. Ob das ein Zufall ist?«

Daniel hatte Gerhard den Zettel abgenommen und arbeitete sich durch die Zahlen. Jürgen Hartmann war am 12.3.1970 in Westdeutschland geboren worden und hatte offenbar am 22.4.1992 seinen Führerschein in Crimmitschau gemacht. Er schüttelte verständnislos den Kopf.

»Das klingt ja erst mal sehr spannend, Gerhard, aber was ich mich frage: Wieso ist der Anfang der neunziger Jahre in den

Osten gegangen? Ich meine, damals kam doch jeder hier zu uns, weil in der ehemaligen DDR alles am Zusammenbrechen war. Was hat den nach drüben gezogen? Weißt du was über das Leben von diesem Hartmann?«

Behrendt zog fragend die Schultern nach oben. »Gar nichts, Daniel, wir wohnen ja in Ronshausen, da haben wir mit dem Hersfelder Tourismus nichts zu tun. Ihr in Wildeck ja wahrscheinlich auch nicht. Ich kenne halt nur die Geschichte, dass diese seltsame Kur- und Kongress-GmbH mehr oder weniger ein Versorgungsprojekt für verdiente Parteifreunde vom Freien Bürgerbündnis sein soll. Aber Brigitte könnte vielleicht mehr wissen, die wohnt ja hier ums Eck.«

Daniel ließ Behrendt kurz auf dem Gang stehen und huschte in sein Büro.

Zwanzig Sekunden später war er auch schon wieder zurück. »Brigitte weiß über Hartmann nichts, sie kennt auch nur die Geschichten aus der Zeitung über ihn. Aber apropos Zeitung: Ich hätte da vielleicht eine Idee, wen wir noch fragen könnten.«

Daniel grinste zufrieden. Er hatte sich eh schon viel zu lange nicht mehr bei seinem alten Freund Wolli gemeldet.

***

»Pffffff.«

Das Geräusch, das Wolli auf Daniels Frage hin am Telefon ausstieß, klang nicht so, als sei er der persönliche Biograf von Jürgen Hartmann und hätte einen lückenlosen Lebenslauf des amtierenden Geschäftsführers der Hersfelder Kur-Kongress- und Tourismus-GmbH parat.

»Also, warte mal, ich weiß, dass ich mal ein Porträt über ihn geschrieben habe. Muss mal gucken, ob ich das noch in meinen Dateien habe.«

Daniel konnte am anderen Ende der Leitung ein geschäftiges Mausklicken vernehmen, das Wolli mit der Frage überbrückte:

»Weswegen interessiert ihr euch denn plötzlich für unseren Attaché?«

»Gegenfrage: Kannst du dir vorstellen, dass Hartmann irgendwas mit der rechten Szene zu tun hat?«

Das Mausklicken verstummte. Wolli antwortete nach kurzem Zögern. »Sagen wir mal so, Daniel. Das ›Freie Bürgerbündnis‹, dem Hartmann und Bürgermeister Goldhagen angehören, hat innerhalb Hessens sehr verschiedene Ausrichtungen. Hier in Hersfeld würde ich die Gruppierung liberal-konservativ nennen. In anderen Städten arbeitet das FBB auch mit SPD und Grünen zusammen, in Frankfurt dagegen sollen Mitglieder die Pegida-Demonstrationen mitorganisiert haben. Also, das ist alles sehr breit gefächert. Aber wenn du mich persönlich fragst … Anfangs konnte ich Hartmann nicht leiden. Ein bisschen zu glatt und ein bisschen zu jovial, wenn du verstehst, was ich meine. Und die Art und Weise, wie er zum Geschäftsführer dieser windigen Tourismus-Gesellschaft geworden ist, halte ich immer noch für übelste Vetternwirtschaft, auch wenn es mir leider noch nicht gelungen ist, diese nachzuweisen. Aber mittlerweile weiß ich mit seiner Art umzugehen. Ich drücke es mal so aus: Eine Person des öffentlichen Lebens, die gern im Rampenlicht steht, ist für die Presse dankbarer als so ein Aktenfresser, der von Interviews und Fototerminen nichts hält.«

Ein letztes hektisches Mausklicken verriet Daniel, dass Wolli den Artikel offenbar gefunden hatte.

»So, hier, ich hab's jetzt. Also, Hartmann ist 1970 in Bad Kissingen geboren worden. Realschulabschluss ebenda. Ausbildung zum Automechaniker. 1990 Umzug nach Zwickau, hat sich dort mit einer Werkstatt selbstständig gemacht. Na, kein Wunder, die Jungs da drüben konnten ja nur Zweitakter reparieren. Im Herbst 1992 dann Umzug nach Kassel, dort hat er eine berufsbegleitende Fortbildung gemacht. Und zwar zum Ausbilder im Kfz-Handwerk. 1996 ist er dann nach Hersfeld gekommen und hat in der Berufsschule am Obersberg angefangen. Später dann Eintritt beim ›Freien Bürgerbündnis‹,

Stadtverordneter und Fraktionsvorsitzender. Bei der Bürgermeisterwahl 2011 hat er Goldhagen den Vortritt gelassen, was ihm dann wohl seinen derzeitigen Posten eingebracht hat. Wenn du mich fragst, ist bei dem Lebenslauf kein Platz für die rechte Szene. Und überleg mal, wer sich heute zum Kfz-Mechatroniker ausbilden lässt. Da haben doch ganz viele einen Migrationshintergrund.«

Dieses Argument wollte Daniel nicht gelten lassen. »Heute bildet Hartmann ja auch niemanden mehr aus, heute sitzt er auf einem bequemen Ledersessel bei einer Gesellschaft, die aus kommunalen Geldern finanziert wird. Und wenn ich mir seinen beruflichen Werdegang anhöre, ohne besondere Qualifikation für den Tourismus-Sektor. Ich meine, wenn der sich eigentlich viel besser mit Autos auskennt. Aber findest du einen anderen Punkt nicht auch seltsam? 1990 zieht er nach Zwickau, um sich dort auf eigene Beine zu stellen. Und zwei Jahre später hört er damit schon wieder auf?«

»Vielleicht lief der Laden schlecht.«

»Das kann ich mir nicht vorstellen. Jeder Wessi hat damals seine Schrottkarre in den Osten verscherbelt, zum Teil für unverschämte Preise. Wenn eine Branche da drüben genügend zu tun gehabt haben muss, dann das Kfz-Gewerbe. Über das Gewerbeamt müsste man doch eigentlich herausfinden können, was aus Hartmanns Werkstatt in Sachsen geworden ist, oder?«

Auf Wollis Seite der Leitung vernahm Daniel abermals hektisches Mausklicken und war alarmiert.

»Moooment, mein Freund. Das ist Sache der Polizei. Dieses Gespräch hat offiziell überhaupt nicht stattgefunden. Sobald ich mehr herausgefunden habe, informiere ich dich als Erstes.«

Das Klicken hörte auf.

Wolli maulte: »Ich weiß nicht, ob sich ein großer Enthüllungsjournalist von einem Provinz-Bullen wie dir seine Recherche verbieten lassen würde. Aber weil man sich in dieser Stadt ja permanent über den Weg läuft, müssen wir wohl Freunde bleiben.«

»Oho, schön vorsichtig, Herr Angerstein«, tönte Daniel süffisant in den Hörer. »Locker mal im Vorbeigehen zwei Beamtenbeleidigungen nach Paragraf 185 StGB rausgehauen. Duzen eines Polizisten und ›Provinz-Bulle‹. Das macht zusammen mindestens achthundert Euro Strafe. Es sei denn, du kaufst dich mit einem Bier heute nach Feierabend frei.«

»Arschgeige!«

»Tausendfünfhundert Euro!«

***

Brigitte und Geneviève konnten vom Nachbarschreibtisch noch keine Erfolge vermelden. Das Au-pair-Mädchen war in der Stadtverwaltung von L'Haÿ-les-Roses zwar schon bis ins Vorzimmer der Bürgermeisterin durchgedrungen, dort beschied man ihr aber, dass sich Frau Sabatier heute in der Hauptstadt des Départements aufhielt, um dem Präfekten Gelder für ein Frauenhaus aus den Rippen zu leiern. Sie werde aber sofort nach ihrer Ankunft zurückrufen.

Deswegen hatte Daniel Zeit, sich um Hartmanns ominösen Reparaturbetrieb in Zwickau zu kümmern.

Die Dame vom zuständigen Amt sprach zwar ein scheußliches Sächsisch, war aber ansonsten zu jeder Auskunft bereit. Nach nur etwa zehn Minuten hatte sie herausgefunden, dass das Unternehmen mit dem Namen »Crossener Kfz-Bastelstube« am 8. September 1992 von seinem bisherigen Eigner Jürgen Hartmann an einen gewissen Danilo Kretzschmar überschrieben wurde. Im August 1996 wiederum sei das Gewerbe von Kretzschmars Freundin abgemeldet und der Betrieb eingestellt worden.

Nicht uninteressant.

Als Nächstes gab Daniel den Namen des vorübergehenden Besitzers der Bastelstube in eine Suchmaschine ein. Unter »Danilo Kretzschmar« waren keine Einträge verzeichnet. Daniel wusste aber, dass in vielen Berichten über Verbrechen oder

Prozesse der Nachname abgekürzt wurde. Unter »Danilo K.« fand er mehr, als er zu hoffen gewagt hatte.

Die »Chemnitzer Freie Presse« berichtete über einen Prozess gegen drei Angeklagte, unter anderem einen Danilo K., denen vorgeworfen wurde, 2004 eine Asylbewerberunterkunft in Bad Schlema überfallen zu haben. Das Verfahren war mit einem Freispruch zu Ende gegangen. Aus dem Artikel ging hervor, dass sich die Bewohner des Heims in ihren Aussagen widersprachen, allerdings klang auch die leise Kritik an, dass sich die Staatsanwaltschaft bei der Befragung der Zeugen nicht besonders viel Mühe gegeben habe.

Daniel schüttelte den Kopf. Es war nicht das erste Mal, dass er fragwürdige Dinge über die sächsische Justiz las.

Aber wie dem auch sei: Die Spur war heiß. Und der Eintrag im POLAS war noch viel aufschlussreicher. Das Polizei-Auskunfts-System wusste über den ehrenwerten Herrn K. Folgendes zu berichten:

Kretzschmar, Danilo, geb. 27.07.1968 in Zwickau, Deutschland, Staatsbürgerschaft deutsch, männlich, inhaftiert JVA Waldheim (Sachsen), Aufnahmedatum 25.06.1996, Dauer der Strafe drei Jahre, Verfahren bei der Staatsanwaltschaft Zwickau anhängig, Az. 14 Js 623/12. Schwere Körperverletzung, Straftäter fremdenfeindlich motiviert.

Bingo! Wenn das mal kein Volltreffer war. Der Mann, dem der heutige Hersfelder Tourismus-Verantwortliche seine Werkstatt überschrieben hatte, war also für eine offenbar rechte Straftat, die weiter zurücklag, drei Jahre lang eingefahren. Und Hartmann hatte sich zum Zeitpunkt des Überfalls auf die Schauspieltruppe, bei dem die Schwester von der Gessler getötet wurde, in derselben Stadt aufgehalten.

Crimmitschau.

Ganz in der Nähe von Zwickau.

Jetzt kam es auf die Aussage der französischen Bürgermeisterin an. Sollte sie Hartmann noch mal an der Ruine gesehen haben, nachdem er mit der Delegation die Proben verlassen hatte, könnte es sehr eng für den Attaché werden.

Daniel war derartig in seine Gedanken vertieft, dass er die schöne Geneviève am Schreibtisch gegenüber glatt vergessen hatte. Und Brigitte auch. Aber sie war seine engste Kollegin, er musste sie in seine Erkenntnisse einweihen. Er bedeutete ihr, ihm ins Besprechungszimmer zu folgen.

Auch wenn die französische Wohlgestalt in ihrer Eigenschaft als Au-pair des obersten Vorgesetzten seiner Behörde mit Sicherheit vollkommen integer war, musste sie nicht auch noch dabei sein, wenn interne Ermittlungserkenntnisse ausgetauscht wurden.

Brigittes Augen wurden immer größer, als Daniel ihr vorbetete, was er herausgefunden hatte. Mit dem ihr eigenen Pragmatismus fasste sie den Fall noch mal chronologisch auf dem Flipchart des Besprechungszimmers zusammen:

– Sommer 1992: Überfall auf die Schauspieltruppe in Crimmitschau

– Spätsommer 1992: Jürgen Hartmann übergibt seine Werkstatt an Danilo Kretzschmar

– Herbst 1992: Jürgen Hartmann verlässt Sachsen und zieht nach Kassel

– Sommer 1996: Danilo Kretzschmar tritt eine dreijährige Freiheitsstrafe an, offenbar aufgrund einer rechten Straftat

Brigitte hielt kurz inne. »Dazu ist im Internet nichts zu finden, nehme ich an?«

Daniel schüttelte den Kopf.

»Kein Wunder«, fuhr Brigitte fort. »Damals war das Netz ja auch gerade erst im Aufbau. Und dass die Freundin von Danilo die Werkstatt verkauft, nachdem er für drei Jahre in den Bau gewandert ist, klingt folgerichtig. Das nächste Ereignis aus dem Leben des feinen Herrn K. aus Z., von dem wir wissen, ist:

– Sommer 2004: Überfall auf eine Asylbewerberunterkunft in Bad Schlema. Prozess endet mit Freispruch.«

Sie legte den Stift zurück in die kleine Alurinne am unteren Rand des mobilen Papierblocks, setzte sich wieder und schaute zufrieden ihr Ergebnis an.

»Das klingt alles nach einer ziemlichen Sensation. Wenn du mich fragst, hat der Hartmann nach diesen Erkenntnissen mit großer Wahrscheinlichkeit irgendetwas mit der rechten Szene zu tun. Die Frage ist nur, warum gut zwanzig Jahre nach der Schwester jetzt auch Natascha Gessler sterben musste.«

Daniel kratzte sich am Hinterkopf. »Falls der Mord an der Schauspielerin tatsächlich auf sein Konto geht, kann es dafür eigentlich nur eine Lösung geben: Wir müssen davon ausgehen, dass der ehrwürdige Geschäftsführer der Hersfelder Tourismusvermarktung bei dem Überfall in Crimmitschau dabei gewesen ist und die Gessler irgendwas gesehen hat. Nach eigener Aussage hat der Pressereferent Lohfink kurz vor ihrem Tod ein Foto mit der Schauspielerin, Frau Sabatier aus Frankreich und unserem Herrn Hartmann gemacht. Vielleicht hat er dabei gemerkt, dass sie ihn erkannt hat – und dann musste er handeln. Was ja für die überstürzte Tötung mit der spontan gegriffenen Tatwaffe sprechen würde.«

Brigitte nickte nachdenklich. »So könnte es gewesen sein. Umso wichtiger ist die Aussage von dieser französischen Bürgermeisterin.«

Wie aufs Stichwort schepperte es im Nachbarbüro, anschließend setzte girrendes Lachen ein. Eindeutig Geneviève, die Daniel und Brigitte allein wähnten, ihre Rechnung aber ohne Michi und Matze gemacht hatten. Natürlich hatten auch die beiden Kollegen das Fabelwesen entdeckt und hielten es für angebracht, das Au-pair-Mädchen mit einem Wettbewerb im Armdrücken auf Daniels Schreibtisch zu unterhalten. Michis an sich nicht schlecht trainierter Bizeps unterlag dabei recht kampflos Matzes noch deutlich massiverem Oberarm – und beim Wegknicken hatte der Verlierer sämtliche Büromaterialien inklusive Stempel-Rondell vom Tisch gefegt.

Daniel fand Michi kleinlaut in aufklaubender Position vor, während Matze sich auf Brigittes Schreibtisch gesetzt hatte und vor Geneviève seine Brustmuskulatur auf- und abtanzen ließ.

Das junge Mädchen lachte eine Oktave zu hell, und Michi murmelte von unten: »Des wollt ich net. Sorry, Daniel.«

In genau diesem Augenblick klingelte das Telefon. Französische Vorwahl.

Brigitte schaltete schnell. Sie schmiss Matze raus, wies Michi an, die Stifte und Stempel einfach auf Daniels Schreibtisch zu legen und ebenfalls zu verschwinden, Geneviève schließlich signalisierte sie, dass sie abheben sollte.

Sie hatte ihr Gekicher eingestellt und meldete sich mit dem nötigen Ernst in der Stimme. Ein kurzes Nicken signalisierte Daniel und Brigitte, dass es sich um den erwarteten Rückruf der Bürgermeisterin handelte.

Während Geneviève telefonierte, sortierte Daniel die Utensilien wieder ein, die sein testosteronstrotzender Kollege auf dem Boden verteilt hatte. Außer Englisch und ein paar Worten Spanisch beherrschte Daniel keine Fremdsprache, was Geneviève da in den Telefonhörer zwitscherte, klang für ihn melodiös, aber gleichzeitig irrsinnig schnell. Ein paarmal erkannte er das Wort »Rüine«, offenbar fragte sie gemäß der Instruktion genau nach.

Nach etwa sieben Minuten war das Gespräch beendet. Zwei Augenpaare starrten Geneviève erwartungsvoll an.

Mit einer kleinen, verlegenen Geste strich sie sich das Haar hinter die Ohren. »Alors, Madame Sabatier 'at verlassen die Ruine mit sechs weitere Personne. L'attaché de presse Lohfink ist gegangen in Rischtung vom See. Die Dame für die Übersetzung ist gegangen su ein große rote Haus.«

Daniel und Brigitte nickten. Das Finanzamt, genau wie Lohfink es beschrieben hatte.

»Der 'err Attaché de Tourisme ging in Rischtung von der Innenstadt – und die Delegation französisch in Rischtung von Kurpark, weil sie gewohnt 'at in Hotel ›Fontanis‹. Aber die Delegation 'at noch einen Café in Festspielkantine nehmen wollen. Dort auf Terrasse Madame Sabatier 'at gesehen, der 'err 'artmann ist eingetreten in das Gebäude in Rischtung rechts von der Rüine. Eine Tür von 'olz, sagt sie. C'est tout.«

Daniel war elektrisiert. Hartmann am Tatort!

Wenn Geneviève nichts durcheinandergebracht hatte.

Deswegen: lieber noch mal nachfragen. »Das ist jetzt sehr wichtig, habe ich das richtig verstanden? Die französische Delegation hat auf dem Weg ins Hotel in dem kleinen Restaurant ›Festspielkantine‹ einen Stopp gemacht. Sie saßen auf der Terrasse und haben gesehen, wie Hartmann den Bau von hinten betreten hat?«

Geneviève schüttelte den Kopf, Daniel bekam schon Angst, es sei doch nicht so gewesen. »Madame Sabatier 'at noch nicht gesessen auf Terrasse, sie war eine Tisch suchend. Da 'at sie 'artmann gesehen an der Tür.«

Daniel vernahm von der hinter ihm sitzenden Brigitte ein leises »Yesss!«.

Er drehte sich zu ihr um. »Hast du noch Fragen an unsere Übersetzerin?«

Brigitte verneinte.

»Dann möchte ich dir ganz herzlich danken, Geneviève. Du hast uns wirklich sehr geholfen. Bitte denk dran, dass du niemandem davon erzählen darfst, was du hier gemacht hast. Wir könnten alle miteinander sonst großen Ärger bekommen.«

Die junge Französin nickte ergeben und packte ihre Tasche zusammen. Zum Abschied streckte sie erst Daniel, dann Brigitte die Hand hin. »Es freut misch, wenn isch eine 'ilfe sein konnte. Viel Erfolg.«

Daniel brachte Geneviève zur Bürotür, legte ein wenig altväterlich seine Hand auf ihre Schulter und verabschiedete sich mit den Worten: »Wenn wir noch mal eine Dolmetscherin brauchen, werden wir uns gern bei dir melden.«

Geneviève verschwand, und Brigitte nahm sich fest vor, bei der VHS so schnell wie möglich einen Französischkurs zu buchen.

15

Dass Rolf Samson in seinem relativ verpfuschten Leben noch mal zu einer Hauptrolle kommen würde, konnte der siebenundsechzigjährige Schauspieler zu diesem Zeitpunkt noch nicht ahnen.

Seit mehr als zehn Jahren vegetierte er in Köln mehr oder weniger vor sich hin, von der Öffentlichkeit so gut wie vergessen. Dabei hatte er in den sechziger und siebziger Jahren zu Deutschlands gefragtesten Mimen gehört. Seinen Durchbruch feierte er als deutscher Bösewicht in einer britischen Kriminalreihe, anschließend gab er drei Staffeln lang einen schnoddrigen Detektiv, der in einer ZDF-Serie einem mittelmäßig begabten Polizisten bei der Lösung seiner Fälle half.

Es folgten ein »Bravo«-Starschnitt sowie Auftritte in Talkshows und im Rateteam von »Dalli Dalli«, bevor 1985 eine belgische Schauspielkollegin Samsons Karriere auf einen Schlag beendete.

Während der Dreharbeiten auf einem Kreuzfahrtschiff soll er sie in ihrer Kabine sexuell bedrängt haben. Die junge Wallonin ging mit ihren Vorwürfen an die Öffentlichkeit und fand in einer großen deutschen Illustrierten eine Verbündete, die sie im Kampf gegen den wehrlosen Schauspieler kritiklos unterstützte.

Die Frau konnte zwar keinerlei Beweise darüber erbringen, dass Samson sie tatsächlich begrapscht und verbal belästigt hatte, der Beschuldigte war aber ebenso wenig in der Lage, anhand irgendwelcher Fakten die Vorwürfe zu entkräften. Sein Argument, die junge Frau habe ihn ja freiwillig mit auf ihr Zimmer genommen, wurde in der Illustrierten nicht abgedruckt, stattdessen eine Klassenkameradin von Rolf Samson, die sich zu erinnern meinte, dass er schon zu Jugendzeiten ein Schürzenjäger gewesen war.

Nie hatte es in der Sache eine Anklage oder gar einen Prozess gegeben, aber die Gerüchte genügten, um den Ruf des Schauspielers nachhaltig zu schädigen. Weitere Engagements blieben aus.

Einige Jahre konnte er von seinen Ersparnissen leben, später musste der einst gefeierte Star in seiner Heimatstadt München Sozialhilfe beantragen.

Mitte der neunziger Jahre stellte sich dann noch mal ein kleiner Erfolg ein, als ein privater Kölner Fernsehsender eine Rolle in seiner beliebtesten Gefängnisserie mit Samson besetzte. Um Reisekosten zu sparen, zog der Schauspieler von Oberbayern an den Rhein und hatte mit seiner Rolle als vierschrötiger Langzeitgefangener ein akzeptables Auskommen.

Wegen sinkender Quoten wurde der TV-Knast schließlich abgesetzt – und Rolf Samson war wiederum beschäftigungslos. Das Angebot seines Senders, mit anderen Promis in eine Art Feldlager im australischen Urwald zu ziehen, lehnte er ab. Er hielt dieses Format für menschenverachtend und zog es vor, so würdevoll wie möglich Hartz IV zu beziehen.

Manchmal besuchten ihn in seiner neuen Heimat alte Freunde aus Münchner Zeiten, die trotz aller Vorwürfe zu ihm gehalten hatten. Mit ihnen traf sich Samson ausschließlich an öffentlichen Plätzen, in Kneipen, Cafés oder Restaurants. Zu unangenehm wäre es ihm gewesen, wenn auch nur einer von ihnen das dunkle Zwei-Zimmer-Loch gesehen hätte, in dem er auf Kosten des Amts in Köln-Chorweiler lebte.

Ganz selten wurde er noch von älteren Damen auf der Straße angesprochen und um ein Autogramm gebeten. Seit er sich so gut wie gar nicht mehr rasierte, ließen aber auch diese Begebenheiten nach, weil seine spärlichen Fans von früher Rolf Samson kaum mehr erkannten.

Dass er nun trotz dieses einigermaßen erbärmlichen Zustandes doch noch mal in den Fokus des Interesses geraten sollte, lag an seiner unbezahlten Mitwirkung bei einer Theatertruppe, der er sich in der Phase seiner ersten Arbeitslosigkeit Anfang der neunziger Jahre angeschlossen hatte. Einige Berliner Kollegen und Kolleginnen reisten zu dieser Zeit durch die ostdeutsche Provinz, um ein Zeichen gegen das Theatersterben zu setzen. Da Samson keinerlei Verpflichtungen hatte, zog er mit dem bunten Haufen mit. Geld war mit den spontanen Auftritten auf Markt- oder Festplätzen zwar keines zu machen, aber den Menschen aus der ehemaligen DDR, die damals von windigen Wessis oft nach Strich und Faden über den Tisch gezogen wurden, ein wenig kostenlose Kultur zu bringen, das erfüllte die Schauspieltruppe mit tiefer Zufriedenheit.

Allerdings sollte dieser Idealismus am 22. Juli 1992 im sächsischen Crimmitschau bekanntlich ein jähes Ende nehmen.

***

Die Polizeidirektion Hersfeld-Rotenburg war in Aufruhr. Nach den Erkenntnissen aus dem Gespräch mit der Bürgermeisterin der französischen Partnerstadt hatten Daniel und Brigitte alle in den Fall involvierten Beamten zusammengetrommelt. Selbst Behördenleiter Burns wurde hinzugezogen, weil ein hochgradig Tatverdächtiger mit lokalem Spitzenposten nicht ohne Brisanz war.

Daniel fasste für seine Kollegen die Faktenlage zusammen. »So unglaublich es klingt, aber für uns ist der Geschäftsführer der Hersfelder Kur-Kongress- und Tourismus-GmbH im Moment der Hauptverdächtige. Unsere Ermittlungen haben ergeben, dass Hartmann sich zum Zeitpunkt des Überfalls auf die Schauspieltruppe von Natascha Gessler und ihrer Schwester in Crimmitschau oder zumindest in der Nähe aufgehalten hat. Sein Führerschein ist 1992 in dieser Stadt ausgestellt worden. Er hatte zu dieser Zeit eine Autowerkstatt in Zwickau, die er kurz nach dem Überfall an einen rechten, ich nenne es mal hypothetisch ›Gesinnungsgenossen‹ überschrieben hat. Dieser Typ hat offenbar ein Asylbewerberheim in Sachsen überfallen und wurde später wegen einer weiteren fremdenfeindlichen Straftat zu drei Jahren verurteilt. Und nun haben wir eben erfahren, dass Hartmann wenige Minuten vor Natascha Gesslers Tod durch den Hintereingang den Garderobentrakt des Gebäudes betreten hat, das an die Stiftsruine angrenzt. Genau dort wurde Gessler ermordet – und zwar auf eine äußerst dilettantische Weise mit einem umherliegenden Requisit. Unsere Theorie ist die Folgende: Kurz vor dem Mord an Natascha Gessler wurde ein Foto mit der Schauspielerin, Hartmann und der First Lady aus L'Haÿ-les-Roses gemacht. Dass das so war, kann Pressereferent Lohfink bestätigen. Wir vermuten, dass die Gessler den Tourismus-Chef dabei zum ersten Mal aus der Nähe gesehen hat. In diesem Augenblick könnte sie ihn als einen der Angreifer des Überfalls in Crimmitschau identifiziert haben. Hartmann wiederum hat bemerkt, dass sie ihn zuordnen konnte, und musste Frau Gessler aus dem Weg schaffen, noch bevor sie irgendjemandem davon erzählen konnte. Deswegen ist er nach der Verabschiedung der französischen Delegation durch den Hintereingang in ihre Garderobe und hat sie mit dem nächstbesten Gegenstand erschlagen.«

Die Kollegen waren baff. Selbst Michi und Matze balgten ausnahmsweise nicht herum, sondern nickten sinnierend vor sich hin.

Jacqueline Gölz war die Erste, die nach Daniels Monolog das Wort ergriff. »Das klingt für mich zum ersten Mal nach einem schlüssigen Motiv und einem nachvollziehbaren Tathergang. Wenn es den großen Unbekannten nicht gibt, könnte es so gewesen sein.«

Gerhard Behrendt nickte, Burns schüttelte den Kopf. »Also, entschuldigen Sie, Herr Rohde, aber das scheint mir doch alles etwas sehr hypothetisch. Wir wissen doch alle, dass Hartmann das Rampenlicht liebt und sich gern in die Nähe der Stars rückt. Und für die Vermarktung der Festspiele ist sein Laden obendrein verantwortlich. Da wird die Begegnung zwischen ihm und der Gessler in der Ruine doch nicht die erste gewesen sein. Was war denn bei der Verleihung des Lullus-Talers damals im Rathaus?«

Daniel war von seiner Geschichte zwar ziemlich überzeugt, wollte vor seinem Vorgesetzten aber nicht halsstarrig wirken. Deswegen schlug er vor: »Ich kann meinen Kumpel Wolli Angerstein fragen. Der ist Festspielreporter für die ›OLZ‹ und an den Schauspielern ganz nah dran. Wenn einer weiß, ob sich die beiden schon zu einem früheren Zeitpunkt begegnet sein könnten, dann er. Soll ich ihn anrufen?«

Burns machte eine auffordernde Geste, Daniel verschwand kurz auf dem Gang und musste grinsen. War ja irgendwie klar, dass sein Chef Hartmann am liebsten aus der Schusslinie nehmen wollte. Schließlich spielte Burns mit dem Attaché und dem Landrat gern mal eine Partie Golf in Oberaula – »private Kontaktpflege«, wie er das nannte.

Nachdem Wolli sich gemeldet hatte, erklärte Daniel sein Anliegen. Der Journalist bat um etwas Zeit, um mit seiner Kollegin die bisher entstandenen Fotos zu überprüfen.

Als Daniel das Besprechungszimmer wieder betrat, war Brigitte schon einen Schritt weiter. »Falls unsere Theorie stimmt, dürften sich auf der Tatwaffe die Fingerabdrücke von Herrn Hartmann befinden. Er stand unter großem Zeitdruck, musste die Schauspielerin schnellstens zum Schweigen bringen. Da sucht man nicht erst nach Handschuhen.«

Die meisten Kollegen nickten, Michi hatte eine Idee. »Ich hab's! Wir bestellen den Typen ein und lassen uns seine Fingerabdrücke geben. Und wenn auf dem Reichsapfel die gleichen drauf sind, zack, dann war er's. Und wenn net, dann net.« Der Jungpolizist griente zufrieden in die Runde und schien auf Applaus zu warten. Kam aber keiner, stattdessen schaltete sich Daniel wieder ein.

»Ja, Michi, daran haben wir auch schon gedacht, allerdings hat dieser Plan zwei Schwachpunkte: Zum einen könnte Hartmann behaupten, dass es als Obermotz der Tourismus-Gesellschaft sein gutes Recht sei, auch mal ein Requisit seiner Festspiele in die Hand zu nehmen. Wir können ihm ja nicht nachweisen, *wann* er das Ding in der Hand hatte, selbst wenn seine Fingerabdrücke oder DNA-Spuren drauf wären. Und zum anderen wäre er gewarnt, wenn wir ihn hier aufs Revier bitten würden.«

Burns ergriff das Wort. »Na, na, na, Herr Rohde, Sie sprechen von dem Herrn Geschäftsführer ja schon wie von einem Schwerverbrecher. Ich möchte noch mal darauf hinweisen, dass ich die Indizienlage für recht dünn halte. Was hat Ihr Freund von der Zeitung eigentlich gesagt?«

»Ruft zurück«, antwortete Daniel einsilbig. »Dürfte ich denn trotzdem einen Vorschlag machen, Herr Burns?«

Der Chef nickte.

»Wir könnten Hartmann eine Falle stellen. Bei diesem Überfall in Crimmitschau waren ja außer Natascha Gessler und ihrer Schwester noch andere Schauspieler anwesend. Brigitte und ich stellen uns das so vor: Wir bringen einen davon nach Hersfeld, machen den Verdächtigten nervös – und falls er es tatsächlich war, wird er versuchen, auch den nächsten Zeugen aus dem Weg zu schaffen. Das Problem –«

An dieser Stelle wurde Daniel ruppig von seinem Vorgesetzten unterbrochen. »Stopp, Herr Rohde, das ist vollkommen unmöglich. Wir stellen hier keinem hochrangigen Kommunalverantwortlichen eine Falle. Außerdem klingt Ihr Plan so, als sei das Leben des Lockvogels nicht sicher. So machen wir das auf keinen Fall. Ich bin dafür, dass wir Herrn Hartmann um seine Fingerabdrücke bitten, so weit bin ich bereit zu gehen. Und falls es da eine Übereinstimmung geben sollte –«

Jetzt war es Daniels Handy, das Burns unterbrach. Er machte eine entschuldigende Geste und ging ran. Er sagte »Aha« und »Ah« und »Bist du dir ganz sicher?« und legte auf.

Alle Kollegen starrten ihn an.

»Sie waren gerade dran, Herr Burns, aber wenn ich kurz dürfte?«

Burns nickte leicht indigniert.

»Also, laut Wollis Erkenntnissen gab es vor dem Foto in der Ruine kein Zusammentreffen zwischen Hartmann und Gessler.

Bei der Überreichung des Lullus-Talers hatte der wichtigste Mann im Hersfelder Tourismusbetrieb seinen Vertreter vorgeschickt, was ich zusätzlich verdächtig finde, wenn sie mich fragen.«

Burns schraubte genervt seinen Kugelschreiber auseinander und schwieg. Alle schwiegen.

Daniel hatte den Eindruck, dass sein Boss kurz davor war, seine Meinung zu ändern. Das wollte er nicht durch Geplapper zerstören. Um überhaupt irgendetwas zu tun, machte er sich sinnlose Notizen.

Ziemlich leise fragte Burns nach einer ganzen Weile: »Und wie würden Sie sich das mit der Falle genau vorstellen?«

Brigitte stupste Daniel unter dem Tisch mit dem Bein leicht an. Sie waren auf dem richtigen Weg. So konkret hatten sie allerdings noch nicht ausgearbeitet, wie die Provokation von Hartmann ablaufen sollte.

Um Zeit zu gewinnen, sagte Daniel deswegen: »Das würden wir gern noch genauer mit Frau Gölz und Herrn Behrendt besprechen. Es gibt eine Rohidee, aber da sollten noch mal zwei erfahrene Kriminalisten zu Rate gezogen werden.«

»Gut«, meinte Burns schließlich und schraubte seinen Kuli wieder zusammen, »dann arbeiten Sie mal gemeinsam eine Idee aus – und ich gehe mit dem Gedanken schwanger, dass meine Leute den wichtigsten touristischen Repräsentanten unserer Kreisstadt in eine Falle locken wollen. Aber das sage ich Ihnen gleich: Wenn das kein wasserdichter Plan ist, wird das nichts mit der Zustimmung.«

Daniel hasste die Formulierung »mit etwas schwanger gehen«, aber liebte den Chef für seine Kompromissbereitschaft.

***

»Aha, die Kollegen Rohde und Schilling haben also eine Rohidee«, eröffnete Jacqueline Gölz zärtlich spöttelnd das Gespräch, als die vier Kommissare wieder unter sich waren.

Brigitte kratzte sich am Kopf, Daniel grinste schief. »Na ja, wir hatten noch nicht allzu viel Zeit, aber der Einfall mit dem Schauspieler als Lockvogel ist doch schon mal nicht so schlecht, oder?«

»Habt ihr denn da schon einen im Blick?«, wollte Behrendt wissen.

Daniel blickte hilfesuchend zu Brigitte, die mit der Wahrheit rausrückte. »Nicht so direkt. Wir wissen ja noch nicht mal, wer damals außer den Gessler-Schwestern überhaupt dabei war. Aber das finden wir schon raus. Wir sollten uns mal lieber Gedanken darüber machen, wie das weitere Vorgehen aussehen könnte.«

Jacqueline wandte sich an Daniel. »Dein Freund Wolli arbeitet doch bei der Zeitung. Der könnte ja vielleicht einen großen Artikel bringen, dass sich dieser Schauspieler in Bad Hersfeld aufhält, weil er bei der Aufklärung des Mordes an der Gessler behilflich sein will. Dabei soll er die Geschichte aus Crimmitschau thematisieren – und schon ist Hartmann alarmiert.«

Daniel machte eine zustimmende Kopfbewegung, Gerhard Behrendt spann den Faden weiter. »Ja, genau. Und dann führen wir ein fingiertes Treffen herbei, und wenn Hartmann da mit einer Waffe oder so hinkommt, schnappt die Falle zu.«

Brigitte machte ein unzufriedenes Gesicht. »Das genehmigt uns Burns nie. Sobald der Lockvogel in Gefahr geraten könnte, macht der zu. Dieser Schauspieler, wer auch immer das sein wird, darf nicht auf Hartmann treffen.«

»Schweigegeld!«, rief Daniel. »Das ist es! Hartmann wird erpresst. Unterbrecht mich, wenn ich Unsinn rede, aber so könnten wir es machen: Wolli schreibt einen reißerischen Artikel über ein Mitglied der Schauspieltruppe aus Crimmitschau. Darin lässt er durchklingen, dass der- oder diejenige sich hier in der Stadt aufhält und dem Mörder auf der Spur ist. Parallel zu dem Artikel geht in Hartmanns Behörde ein Erpresserschreiben ein. Der Schauspieler will, sagen wir mal, hunderttausend Euro, damit er der Polizei nicht verrät, dass er den jetzigen Hersfelder Tourismus-Chef bei dem Überfall damals in Sachsen erkannt hat. Wenn Hartmann zahlt, ist er überführt. Was meint ihr?«

Daniel hatte sich schon während des Vortrags in seine Idee verliebt, Gerhard Behrendt allerdings kniff skeptisch die Augen zusammen. »Zwei Fragen habe ich: Wieso muss der Schauspieler dazu in Hersfeld sein? Die Erpressung könnte er ja auch von zu Hause aus begehen. Und warum sollte er der Zeitung erzählen, dass er dem Mörder auf der Spur ist, wenn er anschließend Geld von ihm haben will? Dann würde der Erpressungsverdacht ja sofort auf ihn fallen.«

Daniel schmunzelte. »Das wäre ja nicht weiter schlimm, denn er handelt ja im Auftrag der Polizei. Hartmann allerdings sieht sich in einer Position der Stärke, weil er nach dem Zeitungsartikel den vermeintlichen Gangster kennt. Das wird meiner Ansicht nach eher dazu führen, dass er das Geld abliefert, weil er vielleicht denkt, bei der Übergabe den Erpresser überwältigen zu können – nun, da er ja weiß, um wen es sich handelt. Und deswegen muss dieser Schauspieler auch hierherkommen. Damit Hartmann klar ist, dass er die ergaunerte Kohle selbst abholt und nicht irgendeinen Strohmann schickt. Ich gehe davon aus, dass der Herr Geschäftsführer, sofern er wirklich schuldig ist, nicht nur das Geld übergeben wird, sondern dabei nach Möglichkeit noch den Erpresser aus dem Weg schaffen will.«

»Der bei der Geldübergabe aber natürlich gar nicht dabei ist, sondern nur unsere Beamten«, vollendete Brigitte Daniels Gedankengang.

Einhelliges Nicken in der Runde.

»Haben wir irgendetwas übersehen?«, fragte Gerhard Behrendt abschließend.

Jacqueline Gölz zuckte mit den Schultern. »Ich habe nicht den Eindruck. Wir müssten jetzt nur herausfinden, wer in Crimmitschau neben den Gesslers noch zu den Überfallopfern zählte. Aber das müsste man aus den Zeugenaussagen von damals ja rekonstruieren können.«

»Genau«, fügte Daniel mit gespielter Leichtigkeit an, »und dann müssen wir dieser Person nur noch klarmachen, dass eine neue Hauptrolle auf sie wartet. In einer polizeilich inszenierten Erpressung. Aber das sieht so ein alternder Schauspieler ja bestimmt als Herausforderung …«

16

Die Proben ohne Natascha Gessler waren objektiv betrachtet eine einzige Katastrophe. Ilse Notz erwies sich in der Rolle der Daphne in Prohaszkas Stück »Gezeiten« als komplette Fehlbesetzung. Das wiederum mochte sich die Regisseurin und künstlerische Leiterin natürlich nicht eingestehen, schließlich hatte sie diese farblose Person nach Bad Hersfeld geholt.

Die innere Zerrissenheit Hans Hofstedes zwischen seinen beiden Frauen funktionierte in der Besetzung Notz/Blum einfach nicht. Und die Schuld lag nicht bei Juli. Ihre Rolle trug laut Drehbuch unbeschwerte, bisweilen naive und zum Teil mädchenhafte Züge. Ihr Spiel hatte nach Nataschas Tod an Selbstsicherheit gewonnen, das war für jeden Beobachter sofort zu sehen.

Ihr Gegenpart musste laut Skript den Mann in der Dreier-Konstellation durch eine stark frauliche Persönlichkeit in den Bann ziehen. Souverän, über den Dingen stehend, freiheitsliebend, quasi die Eigenschaften einer Katze in einen Mensch transferiert. Dafür war die divenhafte Gessler genau die richtige Wahl gewesen, die muttchenartige Notz genau die falsche.

Festspielreporter Wolli Angerstein musste mit wachsendem Grausen zusehen, wie sich während der Proben zwischen den Akteuren so gar kein Spannungsfeld aufbauen wollte. Grausen auch deswegen, weil seine Zeitung als Premium-Medienpartner der Festspiele die Sache ja nun nicht komplett zerreißen durfte. Allerdings würde es ihm schwerfallen, irgendetwas Positives über diesen Mummenschanz zu Papier zu bringen. Das Stück fand er von vornherein schwach, jetzt scheiterte es auch noch an der Besetzung.

Natürlich standen Blum, Prohaszka und Hofstede nach dem Mord an ihrer Kollegin immer noch unter einem gewissen

Schock. Wolli war es aber zu billig, die fehlende Dynamik in der Inszenierung einfach darauf zurückzuführen. Zumal Ilse Notz als größte Profiteurin der Umbesetzung die schwächste Leistung von allen ablieferte.

Als er sich gerade darüber Gedanken machte, ob das Wort »bemüht« für die Performance von Ilse Notz noch zu schmeichelhaft war, vibrierte sein Mobiltelefon. Kriminalhauptkommissar Rohde. Ob es Neuigkeiten im Mordfall gab?

Damit wollte Daniel nicht rausrücken, stattdessen bat er Wolli um ein persönliches Treffen. Weil der Journalist mittags schon im »News Café« gewesen war, schlug er diesmal das »Alte Brauhaus« vor, das kurz nach Öffnung um siebzehn Uhr noch ruhig genug für eine ungestörte Besprechung war. Außerdem war Daniels Anruf ein guter Grund, sich die unerfreuliche Entwicklung auf der Bühne nicht länger anzutun.

Auf dem Weg in die Altstadt überlegte Wolli, was sein Kumpel wohl von ihm wollte. Er konnte sich auf die Geheimniskrämerei keinen rechten Reim machen. Auch den Sinn der Frage nach einem früheren Zusammentreffen zwischen Gessler und Hartmann hatte Wolli für sich noch nicht klären können. Er beschloss, nach dem Gespräch mit seinem Lieblingskommissar nicht mehr zu den zähen Proben in die Stiftsruine zurückzukehren und mit der Bestellung eines großen Engelhardts Naturtrüb den Feierabend einzuläuten.

Daniel traf kurz darauf ein und bestellte unter dem Hinweis, »noch im Dienst« zu sein, eine Cola Zero. Nachdem er sich vergewissert hatte, dass niemand zuhören konnte, rückte er mit der Geschichte raus. Mit dem Verdacht, dass Jürgen Hartmann Natascha Gessler möglicherweise zum Schweigen gebracht hatte, und mit dem Plan, wie man ihn zur Zahlung des Schweigegelds bringen wollte, was gewissermaßen einem Geständnis gleichkommen würde.

Wolli wich die Farbe aus dem Gesicht. »Also, ich ahnte ja schon, dass mit Hartmann irgendwas sein könnte, als du mich seinetwegen angerufen hattest. Aber die Nummer ist ja echt heftig. Und das mit dieser fingierten Erpressung macht euer Kriminaloberrat Burns einfach so mit?«

Daniel grinste spitzbübisch. »Na ja, einfach so kann man nicht sagen. Seine vier besten Pferde im Stall haben ihm diese Vorgehensweise vorgeschlagen, und er hat sich eine Stunde Bedenkzeit erbeten. Nachdem ihm in dieser Zeit offenbar keine andere Lösung eingefallen ist, hat er nach der Mittagspause zugestimmt. Wir haben mit Hilfe der Kollegen in Sachsen dann herausgefunden, welche Schauspieler bei dem Überfall in Crimmitschau noch dabei gewesen waren. Einer ist vor zwei Jahren eines natürlichen Todes gestorben, eine Frau lebt mittlerweile in Goa, und eine dritte ist Entertainment-Chefin auf einem Kreuzfahrtschiff, das sich momentan an der Westküste Norwegens befindet. Deswegen bleibt für unsere geplante Aktion nur noch ein gewisser Rolf Samson übrig.«

»Rolf Samson? Schwenninger? Ich werd verrückt!« Wolli nahm einen tiefen Schluck Naturtrübes, und Daniel verstand kein Wort.

Nach einem leisen Rülpsen klärte Wolli ihn auf. »Dafür bist du zu jung. Gnade der frühen Geburt, sage ich immer. Rolf Samson hat in den siebziger Jahren den Privatdetektiv Schwenninger gespielt. Den kannte damals jeder. Der musste einem dusseligen Kommissar immer dabei helfen, die Fälle zu lösen. Keine Parallelen zu unserer Freundschaft, versteht sich.« Wolli grinste schief und setzte seine Erklärung fort. »Der Kommissar wurde damals von diesem schwulen Bayern gespielt, der später umgebracht wurde. Jedenfalls, das haben damals alle geguckt. Aber von Samson hat man lange nichts gehört. Was macht der denn momentan?«

Daniel zuckte mit den Schultern. »Offenbar nicht allzu viel. Als wir ihn vorhin angerufen und gefragt haben, ob er nach Bad Hersfeld kommen könnte, hat er keinen Moment gezögert. Klang für mich nicht so, als sei er aktuell tragender Bestandteil einer Broadway-Produktion. Im Gegenteil. Ihm war ziemlich wichtig, dass wir die Kosten für die Bahnfahrt übernehmen.«

Wolli rümpfte mitfühlend die Nase. »Na ja, der wird jetzt auf die siebzig zugehen. Da sind gute Rollen rar. Aber was genau habe ich damit zu tun?«

Daniel versuchte, ein wenig Zeit zu gewinnen, indem er sich nun doch ein kleines Bier bestellte. »Ja, also, du sollst einen bewusst lancierten Artikel schreiben. Und zwar möglichst reißerisch, damit Hartmann nervös wird. Es muss daraus hervorgehen, dass Samson in Crimmitschau dabei war und jetzt nach Hersfeld gekommen ist, um bei der Aufklärung des Mordfalls mitzuhelfen. Und dass er schon eine verdammt heiße Spur hat. ›Der Todesfluch der Gessler-Schwestern – was weiß der Ex-Kollege?‹ So in dem Stil.«

Wolli zog die linke Augenbraue hoch und schaute Daniel an, als habe er sich verhört. »›Der Todesfluch der Gessler-Schwestern?‹ Bist du dir sicher, dass du da bei der ›OLZ‹ an der richtigen Adresse bist?«

»Na ja«, Daniel wischte verlegen ein paar Krümel vom Tisch, »du kannst das natürlich auch anders formulieren. Mehr so in deinem Stil. Aber der Artikel muss Hartmann auf jeden Fall in Panik versetzen. Und mit Foto von Samson vor einer Hersfelder Sehenswürdigkeit, denn es muss klar sein, dass er in der Stadt ist.«

Wolli machte dem Wirt ein Handzeichen. »Klar ist, dass wir jetzt auf deine Kosten einen Schlitzer Edelbrand trinken. Und dann denke ich darüber nach, was ich für dich tun kann.«

***

Daniel und Brigitte hatten mit ihren Kollegen Behrendt und Gölz gestern zunächst keinen konkreten Zeitplan für die fingierte Erpressung erstellt. Bevor sie sich auf die Suche nach den weiteren Überfallopfern von Crimmitschau gemacht hatten, konnten sie ja nicht abschätzen, wie lange es dauern würde, jemanden aus der Schauspieltruppe nach Bad Hersfeld zu bekommen.

Durch die überraschend spontane Zusage von Rolf Samson ging nun alles recht schnell. Schon am nächsten Tag wollte er in Waldhessen eintreffen, die Polizeibeamten hatten nach dem Gespräch das Gefühl, dass es momentan nicht besonders viel gab, was den Schauspieler in Köln hielt.

Jacqueline Gölz und Brigitte Schilling hatten die ehrenvolle Aufgabe zugeteilt bekommen, den Schauspieler am Vormittag vom Hersfelder Bahnhof abzuholen. Bisher wusste er nur, dass er der Polizei bei der Aufklärung eines Verbrechens helfen sollte. Genauere Informationen wurden ihm am Telefon nicht gegeben.

Die beiden Polizistinnen hatten im Internet ein halbwegs aktuelles Foto von Samson gefunden – und erkannten ihn sofort. Etwas zu lange Haare, etwas zu ausgebeulter Mantel und tief hängende Tränensäcke.

Der Gast aus dem Rheinland achtete überhaupt nicht auf die beiden Frauen, sondern nestelte nach dem Aussteigen als Erstes eine Zigarette aus der Manteltasche.

Brigitte sprach ihn an. »Herr Samson?«

Kurzes Nicken.

»Herzlich willkommen in Bad Hersfeld. Schön, dass Sie kommen konnten. Das ist meine Kollegin Gölz, mein Name ist Schilling, wir hatten telefoniert.«

Samson hatte sich währenddessen die Fluppe angesteckt und nuschelte zur Begrüßung: »Ja, sorry, die Damen, seit Fulda keine mehr geraucht. Oder gibt das jetzt Stress, weil ich vor den Augen der Polizei nicht in dieses gelbe Quadrat da gehe?« Er zeigte auf die ausgewiesene Raucherzone auf dem Bahnsteig.

Brigitte winkte ab. »Nicht doch, das sehen wir nicht so eng. Hatten Sie denn eine angenehme Reise?«

»Jaja, kein Ding. Hab die ganze Zeit gerätselt, wobei ich der Polizei helfen soll.« Er klang beim Reden ein bisschen wie Udo Lindenberg. »Wahrscheinlich geht's um die Gessler, hm? War doch hier bei euch, oder? Ich verwechsle Bad Hersfeld immer mit Bad Segeberg …«

Jacqueline nahm Samson die Tasche ab und trug sie Richtung Auto. »Aber Herr Samson, Bad Segeberg ist das mit Pferden und Indianern, wir sind die mit der Ruine.«

Rolf Samson schnippte seine Zigarette ins Gleisbett. »Ah, ja, Ruine, richtig.« Er machte auf Brigitte einen leicht senilen Eindruck. Sie war insgeheim froh, dass er bei der geplanten Geldübergabe keine Rolle spielen würde. Bei dieser heiklen Aktion durfte niemand patzen – und da wäre sie sich im Ernstfall bei Samson nicht so sicher gewesen.

In der Dienststelle angekommen, wurde der Lockvogel schließlich in die Planungen eingeweiht. Auch Daniel und Behrendt waren dabei. Rolf Samson gab sich gelassen. Alle versicherten ihm, dass er auf keinen Fall in Gefahr geraten könne. Es schien ihm aber auch egal zu sein, wenn es nicht so gewesen wäre. Ein wenig erweckte er nach den beruflichen Misserfolgen der letzten Jahre den Anschein, als erwartete er vom Leben nicht mehr viel.

Die einzig positive Gemütsregung kam von ihm, als er erfuhr, dass er auf Kosten der Polizei in einem Vier-Sterne-Hotel untergebracht wurde. So komfortabel hatte der Mime mit verblasstem Ruhm offenbar lange Zeit nicht mehr genächtigt.

Noch am selben Nachmittag sollte in der Weinstraße der Fototermin für den Artikel in der »OLZ« stattfinden. Wolli hatte sich am Abend zuvor nach vier Edelbränden bereit erklärt, zu kooperieren, und das Vorgehen bereits mit seinem Chefredakteur abgestimmt.

Jacqueline und Brigitte brachten Samson im Anschluss ins Hotel »Fontanis«, wo unter einem Decknamen schon ein Zimmer für ihn gebucht worden war. Hartmann durfte auf keinen Fall erfahren, wo sich der Schauspieler aufhielt, sonst drohte ihm nach Erscheinen des Zeitungsartikels womöglich dasselbe Schicksal wie Natascha Gessler. Und für den obersten Tourismus-Vermarkter der Kreisstadt dürfte es nicht allzu schwer sein, Einblick in die aktuellen Gästelisten der Beherbergungsbetriebe zu bekommen.

Deswegen hatte Brigitte an der Rezeption aus dem Augenwinkel einen genauen Blick darauf, dass Rolf Samson tatsächlich seinen Tarnnamen in die Meldebescheinigung eintrug. Er machte alles richtig.

Die Dame am Empfang überreichte ihm noch einen Bademantel, mit dem er die an das Hotel angeschlossene Kurbad-Therme kostenlos nutzen durfte. Als der Schauspieler das weiche Frottee sanft an seiner Wange rieb, registrierte Brigitte einen traurigen Glanz in seinen Augen.

Wolli Angerstein hatte versprochen, den Protagonisten seines Artikels um fünfzehn Uhr in der Lobby abzuholen – solange konnte sich Samson auf seinem Zimmer erholen.

Da in den gesamten Räumlichkeiten des »Fontanis« allerdings Rauchverbot herrschte, konnte man bei seinem Zigarettenkonsum davon ausgehen, dass er sich lieber im angrenzenden Kurpark entspannte. Solange in der »OLZ« noch nichts von der angeblichen Mörderjagd des Schauspielers stand, war er in der Stadt ja sicher.

Tatsächlich saß Samson rauchend auf einer Parkbank neben dem Springbrunnenfeld, als sich Wolli zur vereinbarten Uhrzeit dem »Fontanis« näherte. Er erkannte ihn sofort und schlug instinktiv den richtigen Ton an. »Guten Tag, Herr Samson, ich hätte ja beinah Schwenninger gesagt, hehe, ich bin der Festspielreporter von der ›Osthessischen Landeszeitung‹, Angerstein mein Name.«

»Schwenninger« schien Samson zu gefallen, endlich mal jemand, der ihn noch aus seiner erfolgreichsten Rolle kannte! Lächelnd – wenn auch müde, aber immerhin lächelnd – reichte der Griesgram Wolli die Hand. »Freut mich, Herr Angerstein. Ist ja eine Weile her, dass sich eine Zeitung für mich interessiert hat. Zuletzt war ich auf der hintersten Seite im Stern. Sie wissen schon, bei dieser ›Was macht eigentlich …‹-Rubrik. Da will man eigentlich nicht auftauchen. Na ja.«

Samson starrte leicht entrückt auf die Pflastersteine vor sich. Bevor den Mann eine weitere Welle der Melancholie überkam, präsentierte ihm Wolli den Plan für den weiteren Verlauf des Tages.

»Also, wir würden gern ein paar Fotos mit Ihnen vor dem Lullus-Brunnen machen. Der steht zwar direkt in der Innenstadt und nicht weit entfernt von Hartmanns Büro, aber der Herr ist heute nach Angaben seiner Sekretärin beim Regierungspräsidium in Kassel, und zwar den ganzen Tag. Wir müssen also keine Sorge haben, dass Herr Hartmann uns sieht. Danach würde ich Sie mit in die Redaktion nehmen und den fingierten Artikel schreiben. Da könnte ich Ihre Hilfe sicherlich gebrauchen. So weit in Ordnung?«

Samson nickte. Er machte allerdings keine Anstalten, aufzustehen und Wolli in die Innenstadt zu folgen. Stattdessen zog er eine weitere Zigarette aus einem Soft-Pack in seiner Hemdtasche und bedeutete dem Journalisten, sich neben ihn zu setzen.

Samson kicherte. »Wie sagte Heinz Erhardt noch? ›Das Einzige, das man sich jederzeit nehmen darf, ohne danach sitzen zu müssen, ist Platz.‹« Er zündete sich die Kippe an, zog tief ein und schaute Wolli danach ernst an. »Ihnen ist schon klar, dass Sie und die Polizei da eine alte Wunde aufreißen? Haben Sie schon mal miterlebt, dass eine Freundin von Ihnen bei lebendigem Leib verbrennt?« Er erwartete auf diese Frage keine Antwort und sprach weiter, den Blick gen Boden gesenkt. »Sie können sich nicht vorstellen, wie schnell das damals alles ging. Diese rechten Wixer waren auf einmal da, mit ihren Mollis. Wie aus dem Nichts. Und schon brannte der Wagen, in dem die Schwester von Natascha Gessler am Schlafen war. Nur noch Schreie. Schreie und Flammen, das ist alles, woran ich mich erinnern kann. Und daran, dass nach diesem feigen Anschlag niemand richtiges Interesse daran hatte, ihn aufzuklären. Weder die Polizei noch die lokale Presse. Die richtig bösen Sachen sind ja woanders passiert. In Lichtenhagen und in Hoyerswerda. Da wohnen die Rechten, aber doch nicht in diesem verdammten Crimmitschau. So sind die damals mit der Sache umgegangen.

Als wäre es eine Kleinigkeit. Heutzutage bekommt jeder einen Seelsorger zur Seite gestellt, der mit ansehen musste, wie ein Zug ein Schaf überfährt. Aber so was gab es damals nicht. Halbherzige Ermittlungen, kleinreden, kein Aufschrei oder so.«

Wolli wusste gar nicht, wie er mit der Situation umgehen sollte. Die Sensibilität des Schauspielers überraschte ihn. Hinter der knorrigen Fassade war nach dem Anschlag offenbar vieles noch nicht verarbeitet worden.

Samson schnippte seine Zigarette Richtung Springbrunnen und schaute Wolli nun wieder an. »Aber wissen Sie, Angerstein, der Mensch verdrängt. Wahrscheinlich ist die Fähigkeit zum Verdrängen der beste Schutzmechanismus, der uns hoch entwickelten Individuen von der Natur mitgegeben wurde. Und wenn das mal nicht klappt, gibt es immer noch Schnaps. Nicht besonders gesund, aber wirksam. Na ja.« Er schlug sich mit den Händen auf die Schenkel und markierte damit das Ende des seltenen Ausflugs in sein Seelenleben. »Dann zeigen Sie mir doch mal Ihre Heimatstadt, Angerstein, und stellen Sie mich vor diesen komischen Brunnen. Vielleicht ist es gut für mein inneres Gleichgewicht, wenn ich dazu beitragen kann, eines dieser Arschlöcher hinter Gitter zu bringen.«

17

Die A 4 zwischen Bad Hersfeld und Eisenach hat eine bewegte Geschichte. Ihr Bau begann schon 1934 und endete neun Jahre später als letzte Eröffnung einer Reichsautobahn, bevor im selben Jahr die Arbeiten an Hitlers Schnellstraßennetz überall kriegsbedingt eingestellt wurden.

Hätten die Verkehrswegeplaner des Dritten Reichs geahnt, dass die Landesgrenze zwischen Hessen und Thüringen wenig später zum Eisernen Vorhang werden würde, hätten sie sich zwischen Obersuhl und Herleshausen sicherlich einen anderen Verlauf einfallen lassen. Denn in diesem Gebiet verlässt die A 4 Hessen kurz, verläuft einige Kilometer durch Thüringen, um später für ein paar Kilometer noch mal in Hessen und dann endgültig in Thüringen zu liegen.

Die DDR-Führung reagierte seinerzeit sehr humorlos auf diese geografische Hanswurstiade und machte den sogenannten »Thüringer Zipfel« einfach zu. Jahrzehntelang musste sich der Transitverkehr über die Bundesstraße und durch einige bemitleidenswerte Dörfer quälen, um den Zonengrenzübergang Wartha/Herleshausen zu erreichen.

Heutzutage läuft der Verkehr frei von derlei Störungen, allerdings ist die kurvige und enge Strecke ohne Standstreifen immer noch berüchtigt.

Kriminalkommissar Daniel Rohde kannte von dieser Autobahn jeden Meter, schließlich führte sein täglicher Weg zur Arbeit hauptsächlich über den geschichtsträchtigen Autobahnabschnitt. Unter anderem deshalb schlug er seinen Kollegen vor, die Geldübergabe genau dort stattfinden zu lassen.

»Lasst uns doch den Parkplatz Nadelöhr nehmen«, empfahl er, als er mit Brigitte, Jacqueline Gölz und Gerhard Behrendt über die genauen Modalitäten der Geldübergabe sprach. Auch Burns war mit dabei. Nachdem er sich dazu durchgerungen hatte, auf den Vorschlag einer Scheinerpressung einzugehen, wollte er an der Durchführung persönlich beteiligt werden.

»Kennt ihr den Parkplatz?«, fragte Daniel in die Runde.

Alle nickten.

»Der ist doch optimal. Wenn Hartmann von Hersfeld aus hinfährt, hat er nur zwei Möglichkeiten, nach der Geldübergabe zu flüchten. Entweder weiter über die A 4 Richtung Eisenach oder über einen kleinen Wirtschaftsweg am Rande des Parkplatzes auf die parallel verlaufende Landstraße. Aber dort könnte ja zum Beispiel ein Auto der Straßenmeisterei den Weg verstopfen – und schon gibt es für ihn nur noch eine Option. Wir postieren an den Ausfahrten Obersuhl und Hönebach unsere Leute, und zack, haben wir ihn. Falls er weiter Richtung Osten fährt, müssen uns die Kollegen aus Thüringen helfen.«

Jacqueline Gölz – als gebürtige Hamburgerin mit dem Kreisgebiet noch nicht ganz so vertraut wie ihre Kollegen – stellte die naheliegende Frage: »Heißt das da oben eigentlich Nadelöhr, weil es an dieser Stelle so eng ist?«

Daniel lachte. »Nee, dann müsste die A 4 auf fast vierzig Kilometern Länge so heißen. Nicht weit weg von der Autobahn steht so ein kleines Steinhäuschen, etwa einen Meter hoch. Das hat oben ein Dach und unten ein Loch. Früher haben Reisende geglaubt, dass es ihnen heilende Kräfte verleiht, wenn sie durch ein Loch kriechen. Am besten waren Astlöcher im Bereich des Wurzelwerks der Bäume. Und genau so einen Baum muss es im Mittelalter da oben auch mal gegeben haben. Allerdings starb der irgendwann ab und wurde dann durch diese Steinkonstruktion ersetzt. Ich bin da als Kind auch schon ein paarmal durchgekrochen, wahrscheinlich ist es meinen Heilkräften zu verdanken, dass mir noch nie eine Wildsau vors Auto gerannt ist.«

»Und das will was heißen, wenn man in Bosserode wohnt«, witzelte Behrendt.

Burns zog die Augenbraue hoch. »Könnten wir mal ein bisschen ernster werden, Kollegen? Frau Gölz hat jetzt genug über Waldhessen gelernt. Was machen wir, wenn Hartmann bewaffnet ist? Wir müssen davon ausgehen, dass er damit rechnet, auf seinen Erpresser zu treffen. Und dass er ein Interesse daran haben könnte, dass dieser die Begegnung nicht überlebt. Wenn er Frau Gessler tatsächlich umgebracht hat, ist er offenbar nicht zimperlich. Brauchen wir das SEK?«

Die Beamten schüttelten den Kopf.

Brigitte ergriff das Wort. »Ich denke, das kriegen wir selbst hin. Wenn Hartmann merkt, dass wir ihm auf die Schliche gekommen sind, wird er sich stellen. Ich kann mir nicht vorstellen, dass er durchdreht. Was meinen Sie, Herr Burns, wie viele Kollegen können wir für den Einsatz einplanen?«

Der Kriminaloberrat zog einen Stift aus seiner Anzugjacke und angelte sich einen der Zettel, die auf dem Besprechungstisch lagen. »Gegenfrage: Wann soll die ganze Nummer eigentlich steigen? So eifrig, wie meine Mitarbeiter auf einmal alle sind, haben Sie doch bestimmt schon einen Zeitplan aufgestellt?«

Daniel musste grinsen. Zwischen den Zeilen hörte man immer noch, dass Burns Hartmann als Täter nicht sehen wollte.

Brigitte ließ sich nicht provozieren und weihte ihren Chef in den geplanten Ablauf ein. »Also, der Artikel steht morgen früh in der ›OLZ‹. Nach Auskunft des Pressereferenten beginnt Hartmann jeden Arbeitstag mit der Lektüre der Lokalzeitung. Er wird also früh darüber informiert sein, dass Samson in der Stadt ist. Gegen elf Uhr geht dessen Anruf ein. Er fordert hunderttausend Euro Schweigegeld und droht, ansonsten zur Polizei zu gehen und gegen Hartmann auszusagen. Danach gibt es zwei Möglichkeiten: Entweder der Attaché meldet sich direkt bei uns und zeigt an, dass er erpresst wird, oder er besorgt das Geld.«

An dieser Stelle unterbrach Gerhard Behrendt seine Kollegin. »Dann würde es doch Sinn ergeben, wenn wir Hartmann überwachen lassen. Ich meine, wenn er tatsächlich zur Bank geht, können wir uns sicher sein, dass er später beim Nadelöhr aufkreuzen wird.«

Brigitte war skeptisch. »Aber wenn er merkt, dass er beschattet wird, könnte der ganze Plan scheitern. Außerdem wird er das Geld mit Sicherheit zunächst telefonisch ordern und später erst abholen. Ich weiß auch gar nicht, ob irgendeine Hersfelder Bank so viel Bargeld in ihrem Tresor herumliegen hat. Und später brauchen wir jede verfügbare Kraft an der Autobahn.«

Das schien ein Stichwort für Burns zu sein. »Wo Sie gerade von den verfügbaren Kräften sprechen, Kollegin Schilling, ich wünsche mir, dass Sie während des Einsatzes hierbleiben. Einer muss die Fäden in der Hand behalten. Frau Gölz kennt sich im Landkreis noch nicht so gut aus. Wenn auf der Flucht irgendetwas schiefläuft, brauchen wir einen kühlen Kopf mit Ortskenntnissen zum Koordinieren in der Zentrale.«

Was für Außenstehende wie ein Lob klingen mochte, brachte Brigitte innerhalb weniger Sekunden von null auf hundertachtzig. Von wegen »kühler Kopf«! Burns, der alte Macho, wollte bei dem Einsatz möglichst wenige Frauen dabeihaben, das lag für sie auf der Hand.

Allerdings wusste sie auch, dass es keinen Sinn hatte, gegen die Anweisung aufzubegehren, zumal sie dann womöglich noch einen Keil in ihr eigenes Team getrieben hätte. Von daher quittierte sie den Wunsch des Chefs mit einem schmallippigen »Geht klar«.

Den Rest der Besprechung verfolgte Brigitte nur noch unkonzentriert. In ihren Gedanken entwarf sie schon mögliche Szenarien über ein Scheitern der Geldübergabe – und wie der »kühle Kopf« in der Dienststelle dabei gefordert sein könnte.

Allerdings genügte Brigittes Phantasie nicht, um sich auszumalen, was in den nächsten vierundzwanzig Stunden tatsächlich vorfallen sollte …

***

Bad Hersfeld. Was weiß dieser Mann? Schauspieler Rolf Samson (67, Foto) ist in die Festspielstadt gereist, um den Mord an Natascha Gessler aufzuklären. Was zunächst so klingt, als

wäre er wieder in seine Rolle als Privatdetektiv Schwenninger geschlüpft, hat einen ernsten Hintergrund.
»Was viele in der Öffentlichkeit nicht wissen: Auch Anouschka, die Schwester von Natascha Gessler, ist bei einem Mordanschlag ums Leben gekommen.«
Samson spricht von einem Ereignis, das sich im Juli 1992 im sächsischen Crimmitschau zugetragen hat. Eine Truppe reisender Schauspieler ist damals von mutmaßlich Rechtsextremen überfallen worden.
»Natascha war dabei, Anouschka war dabei – und ich auch«, erzählt Samson, während sich seine Augen mit Tränen füllen.
»Ein Molotowcocktail wurde in den Wagen von Nataschas Schwester geworfen. Sie muss bei lebendigem Leib verbrannt sein. Ich höre heute noch die Schreie.«
Nach Angaben des Schauspielers, der mittlerweile in Köln wohnt, führt eine Spur nach Bad Hersfeld. »Ich bin sicher, dass auch der Mord an Natascha Gessler mit dem Überfall von damals zusammenhängt.« Mehr wolle er dazu nicht sagen, allerdings betont Samson, dass er dem Täter »dicht auf den Fersen« sei. Weswegen spricht er dann darüber mit dem Festspielreporter unserer Zeitung?
Will er den Täter warnen?
Fast.
»Ich will, dass dieses Schwein sich so fühlt wie wir damals. Das Stichwort lautet: Angst. Die Angst, die wir während des Überfalls hatten, soll der Mörder jetzt spüren. Sobald ich genügend Beweise habe, schalte ich die Polizei ein. Das kann heute noch sein – oder erst in ein paar Wochen.«
Angst kennt Samson auch um seine eigene Zukunft. Seit seiner Rolle als Langzeitinsasse in der RTL-Serie »Hinter schwedischen Gardinen« sind die Engagements ausgeblieben. Der Schauspieler bewohnt eine Sozialwohnung in einem Kölner Brennpunktviertel. Schwer zu sagen, ob er sich durch die Geschichte nur in die Schlagzeilen zurückbringen möchte, oder ob er tatsächlich stichhaltige Hinweise auf den Täter hat. Wie auch

immer – die bislang erfolglose Hersfelder Polizei dürfte sich über jede Hilfe freuen. (woan)

Daniel und seine Kollegen waren am nächsten Tag früh im Büro. Als Erstes machten sie sich im Besprechungsraum gemeinsam über die »OLZ« her.

»Genau richtig!«, befand Daniel.

»Ich finde gut, dass er die finanzielle Situation von Samson mit reingenommen hat«, sekundierte Gerhard Behrendt.

»Ja, aber das mit der erfolglosen Polizei hätte er sich sparen können«, maulte Jacqueline Gölz.

»Na jaaa«, meinte Brigitte gedehnt, »ein kleiner Seitenhieb ist vielleicht nicht schlecht. Dann kommt Hartmann nicht auf die Idee, dass wir dahinterstecken könnten.«

»Genau, denn wenn wir den Artikel da gewollt hätten, dann wär ja net so 'ne Kritik mit dabei«, erklärte Michi, was jeder schon verstanden hatte.

Daniel nickte ihm zu, als hätte ein sehr junger Hund erfolgreich einen Ball apportiert. Brigitte grinste, Michi bekam von der Ironie nichts mit.

Behrendt schob den Ärmel seines Hemds nach oben und schaute auf die Uhr. »Genau in diesem Augenblick könnte Hartmann den Artikel auch lesen. Wenn alles tatsächlich so ist, wie wir es vermuten, will ich nicht wissen, wie der sich jetzt fühlt.« Er machte eine kleine Pause. »Wann starten die ersten Fahrzeuge zum Nadelöhr?«

Brigitte hatte den Einsatzplan dabei, den sie gestern aufgestellt hatten. »Von zehn bis elf Uhr ist die Sichtung des Übergabeorts geplant. Um elf Uhr geht der Anruf bei der Kur-Kongress- und Tourismus-GmbH ein. Samson wird fordern, das Geld um fünfzehn Uhr in der letzten Mülltonne vor der Toilettenanlage zu deponieren. Ich habe mit der Sparkasse gesprochen. Es ist realistisch, innerhalb von ein paar Stunden an hunderttausend Euro heranzukommen, selbst wenn das Geld erst aus Fulda oder Kassel geliefert werden muss.«

Daniel trank seinen Kaffee aus und blies zum Aufbruch. »Okay, Kollegen, dann kann unser Plan ja starten. Auf zum Nadelöhr.«

Während Jacqueline Gölz und Gerhard Behrendt aus ihrem Büro noch ein paar Sachen holten, nahm Daniel Brigitte zur Seite. »Es tut mir leid, dass Burns dich zum Innendienst verdonnert hat. Aber ich denke, dass er in der Sache recht hat. Wenn da oben an der Autobahn irgendetwas schiefgeht, brauchen wir eine souveräne Kollegin hier in der Direktion.«

Brigitte winkte ab. »Das kann ich ja auch verstehen. Aber irgendwie ärgere ich mich darüber, dass es natürlich wieder eine Frau sein muss. Und so zwei Hohlbrote wie Michi und Matze sind mit dabei.«

Daniel grinste. »Da können sie auch am wenigsten Schaden anrichten. Stell dir mal vor, Hartmann haut uns ab, von mir aus Richtung Thüringen. Das müssten die ja erst mal im Inhaltsverzeichnis von ihrem Schulatlas suchen.«

Brigitte lachte. »Ja, genau, und weil sie eine alte Ausgabe haben, ist noch die DDR-Grenze eingezeichnet. Vielleicht ist es wirklich besser, wenn ich hierbleibe. Aber zur Sichtung will ich trotzdem mit.«

Gegen zehn Uhr vierzig verließen zwei Dienstwagen mit sieben Beamten den Hof der Polizeidirektion.

Um zehn Uhr achtundfünfzig hob Anja Schüssler bei der Kur-Kongress- und Tourismus-GmbH das Telefon ab. Eine ältere, männliche Stimme forderte von der Assistentin der Geschäftsführung, mit ihrem Chef verbunden zu werden.

»Wen darf ich anmelden?«, zwitscherte die etwas zu blonde Mittvierzigerin in den Hörer.

»Das tut nichts zur Sache, junge Dame«, schnarrte es am anderen Ende der Leitung. »Ich möchte Herrn Hartmann einfach nur ein Angebot machen.«

Anja Schüssler schien sich trotz der klaren Ansage auf ein längeres Gespräch einzustellen, und klemmte den Hörer zwischen Schulter und Ohr, um die Hände frei zu haben. »Hören Sie, das Angebot können Sie mir auch unterbreiten. Ich werde es mir notieren und dem Geschäftsführer vorlegen. Um welchen Bereich geht es denn? Büromaschinen, Getränkeautomaten oder ein Abonnement?«

Für einen kurzen Moment herrschte Ruhe in der Leitung. Nach einem leisen Räuspern wurde die Stimme des Anrufers eindringlicher. »Pass auf, Prinzesschen, du verbindest mich jetzt zu Hartmann und hörst auf, dusselige Fragen zu stellen. Ich habe nicht sehr viel Geduld.«

Hektisch nahm Anja Schüssler den Hörer wieder in die Hand und beeilte sich, die Durchwahl ihres Vorgesetzten einzutippen. »Herr Hartmann? Ich habe hier einen ganz komischen Anrufer in der Leitung. Moment, ich verbinde.«

Nachdem sie auf »Übergabe« gedrückt hatte, starrte sie auf das Telefon und fühlte ihr Herz klopfen. So etwas Seltsames hatte sie ja noch nie erlebt. Sie ließ die kleine LED-Anzeige nicht aus den Augen, anhand derer sie sehen konnte, wie lange ihr Chef mit dem Anrufer sprach. Nach etwa drei Minuten ging das Licht aus.

Nach ein paar Höflichkeitssekunden meldete sich Anja Schüssler über die Gegensprechanlage in Hartmanns Büro. Der Herr Tourismus-Attaché mochte es gar nicht, wenn man seine Räumlichkeiten ohne Voranmeldung einfach betrat.

»Herr Hartmann?«, hauchte sie zaghaft in den kleinen Lautsprecher.

»Ja, was denn?«, kam es recht ungehalten zurück.

»Was war das denn gerade für ein komischer Anrufer?«

Kurze Pause.

»Ach, das? Das war ein alter Freund. Der macht sich immer einen Spaß daraus, Leute zu verunsichern. Machen Sie sich keine Gedanken. Aber Anja, tun Sie mir einen Gefallen. Bitte keine weiteren Störungen mehr, ich bereite meine Rede für den Tourismuskongress in Erfurt vor.«

»Geht klar«, flötete Schüssler in die Anlage und registrierte zufrieden, wie sich ihr Herzschlag wieder beruhigte.

Kurz nach dem Verkehrsservice bei hr3, also gegen elf Uhr vier, trafen die Beamten am Ort der geplanten Übergabe ein. Der Autobahnparkplatz kurz hinter der Ausfahrt Friedewald war in den letzten Jahren renoviert und vergrößert worden. In der Mitte des Rastplatzes befand sich eine vergleichsweise komfortable WC-Anlage, davor die Abstellplätze für Autos, dahinter war genügend Fläche für mindestens fünfzehn Lkws.

Der Parkplatz in Fahrtrichtung Osten war außer mit der Autobahnauffahrt noch über einen asphaltierten Weg mit der schmalen Landstraße verbunden, die durch den Seulingswald nach Wildeck-Hönebach führte. Dass diese Fluchtmöglichkeit ab vierzehn Uhr mit einem unauffälligen Montagewagen der Autobahnmeisterei versperrt würde, hatte Behrendt schon am Morgen geklärt.

Unter dem Lärm der vorbeirasenden Autos instruierte Daniel die übrigen Beamten. »Das hier ist der Mülleimer, in dem Hartmann das Geld ablegen wird. Die Kollegen von ›Hessen Mobil‹ werden sich heute Mittag darum kümmern, dass er davor noch mal geleert wird. Wenn der Weg da vorn durch einen Wagen versperrt ist, kann Hartmann nur über die Autobahn in diese Richtung flüchten.«

Er zeigte nach Osten.

»Das Risiko, den Zugriff direkt auf dem Parkplatz erfolgen zu lassen, erscheint uns zu groß. Wir müssen davon ausgehen, dass der Attaché bewaffnet ist, denn er erwartet ja, dass Samson irgendwann hier auftaucht, um das Geld abzuholen. Falls er seinen Erpresser direkt an Ort und Stelle zur Strecke bringen will, wird er eine Weile warten. Samson kommt aber nicht, denn er sitzt ja in seinem sicheren Hotelzimmer. Also wird Hartmann irgendwann wieder auf die Autobahn fahren. Vorn bei den Lkw-Parkplätzen warten Michi und Matze im Passat und heften sich an Hartmanns Fersen. An der Ausfahrt Wildeck-Hönebach sitzen Gerhard und Jacqueline in ihrem Wagen, in Obersuhl warten Burns und ich. Falls er weiterfährt, sind die Thüringer Kollegen instruiert. An allen Ausfahrten bis Sättelstädt stehen Streifenwagen parat. Michi und Matze sehen ja, welche Ausfahrt Hartmann nimmt, alarmieren uns sofort über Funk – und wir riegeln ab. Er kann uns also nicht entkommen. Und selbst wenn er bis Dresden weiterfährt, sind die beiden ja immer noch hinter ihm her. So weit alles klar?«

Alle nickten.

Eine Frage hatte Burns allerdings noch. »Was machen wir, wenn Hartmann einen Strohmann zur Geldübergabe schickt? Das wäre zwar auch ein Schuldeingeständnis, aber wie kommen wir dann an ihn ran? Er wird ja nicht in seinem Büro oder zu Hause auf seine Verhaftung warten.« Burns schob seinen Hemdärmel zurück und schaute auf die Armbanduhr. »Laut einer SMS von Kollegin Schwanz hat Samson vor etwa einer Viertelstunde auf der Dienststelle von dem Apparat mit unterdrückter Nummer den Anruf abgesetzt. Ich denke, wir sollten Hartmann doch ab sofort observieren lassen. Er ist zwar gewarnt und wird auf Verfolger achten, aber mir ist einfach wohler, wenn ich weiß, wo er sich befindet.«

Brigitte konnte in den Gesichtern ihrer Kollegen lesen, dass ihnen dieser Vorschlag auch nicht schmeckte, und wagte sich mit Widerworten vor. »Das kann ich verstehen, Herr Burns, aber sobald Hartmann auch nur ansatzweise den Verdacht schöpfen könnte, dass die Polizei mit Samson zusammenarbeitet, bläst er die Geldübergabe sofort ab. Und mit den paar Indizien, die wir bisher haben, können wir ihm den Mord an der Gessler nicht nachweisen.«

Burns schüttelte den Kopf. »Lutze und Peters sollen das machen. Die waren doch gerade erst bei der Fortbildung. Wofür investiere ich denn in meine Mitarbeiter? Tut mir leid, auch wenn Sie alle anderer Meinung sind, ich ordne das so an.«

11.46 Uhr. Samson betritt sein Zimmer im Hotel »Fontanis«, nachdem ihn eine Zivilstreife vor dem Eingang abgesetzt hat. Er ist instruiert, auf jeden Fall im Zimmer zu bleiben, bis die Polizei ihm Entwarnung gibt. Auf die Aufregung der vergangenen Stunde muss er aus dem gekippten Fenster heraus erst mal eine rauchen.

11.52 Uhr. Die Kriminaloberkommissare Peter Lutze und Fabian Peters beziehen Position vor dem renovierten Altbau am Brink, in dessen zweitem Stock die Kur-Kongress- und Tourismus-GmbH untergebracht ist.

Glücklicherweise befindet sich vor dem Haus ein kleiner Platz mit Sitzgelegenheiten, deswegen fallen zwei Männer mittleren Alters nicht weiter auf, die etwa zwanzig Meter voneinander entfernt in der »OLZ« blättern oder an ihrem Handy herumspielen.

12.07 Uhr. Die Tür von Hartmanns Büro geht auf. Mit den Worten »Ich mache mal Mittagspause, es könnte heute etwas länger dauern« verabschiedet sich der Geschäftsführer von seiner Assistentin. Anja Schüssler wundert sich, denn so früh pflegt ihr Chef das Büro normalerweise zum Essen nicht zu verlassen.

12.14 Uhr. Jürgen Hartmann betritt das Hotel-Restaurant »Zum Stern« am Linggplatz. Lutze und Peters sind ihm gefolgt und hochgradig unzufrieden. Lutze flucht: »Das ist in etwa der beschissenste Ort in ganz Hersfeld für eine Observierung. Kennst du den Laden von innen? Total verwinkelt und jede Menge Ausgänge.«

Fabian Peters versucht, seinen Kollegen zu beruhigen. »Der hat uns nicht bemerkt. Der ist einfach nur was essen. Typische Zeit für die Mittagspause.«

Peter Lutze genügt das nicht. »Und warum sitzt der dann nicht draußen? Die Sonne scheint, vierundzwanzig Grad. Da geht doch kein Mensch in den Gasthof rein.«

Die gut besuchte Außenterrasse gibt Lutzes Argumentation recht.

»Ich geh da jetzt rein«, beschließt er. »Du wartest hier draußen. Scheiße, zwei sind zu wenig. Der kann über den Hinterausgang in die Webergasse, vielleicht sogar in die Wallengasse. Wir müssten mindestens zu viert sein.«

Peters schaut genervt. »Geh rein, er wird da an irgendeinem Tisch sitzen.«

Lutze macht sich auf den Weg. Viele Festspielgäste lieben das romantische Ambiente im »Stern«. Warmes Licht, viel Holz und jede Menge Deko verleihen dem alten Gebäude eine heimelige Atmosphäre. Dafür allerdings hat der Kriminalbeamte keine Augen.

Im ersten großen Raum des Restaurants auf der linken Seite sitzen etwa zehn Gäste, Hartmann nicht. An der Bar steht eine ältere Frau, die Weingläser poliert. Dahinter folgen zwei weitere Räumlichkeiten, die festlich eingedeckt, aber menschenleer sind. Am Ende des Ganges liegt die Rezeption. Dort nimmt ein junger Mann im Anzug gerade eine telefonische Reservierung entgegen.

Lutze zückt seinen Dienstausweis und bedeutet dem Angestellten, das Gespräch unverzüglich zu beenden. Verstört kommt der Rezeptionist der Anweisung nach. Noch bevor er irgendwelche Fragen stellen kann, eröffnet Lutze das Gespräch.

»Lutze, Kripo Hersfeld. Kennen Sie Jürgen Hartmann, den Chef von diesem städtischen Tourismusverband?«

Der Hotelmitarbeiter nickt. »Selbstverständlich. Als führendes Haus in Bad Hersfeld stehen wir in engem Kontakt mit Herrn Hartmanns Agentur.«

»Sehr gut. Haben Sie ihn in den letzten fünf Minuten hier gesehen?«

Der Rezeptionist zuckt bedauernd mit den Schultern. »Leider nein, aber ich bin auch eben erst wieder runtergekommen. Ich habe zwei Herrschaften auf ihr Zimmer begleitet. Der Empfang war kurze Zeit unbesetzt.«

Genau hinter dem Empfang befindet sich der rückwärtige Ausgang zum Parkplatz. Wenn Hartmann diesen benutzt hat, ist er längst im Gewirr der Altstadtgassen verschwunden.

»Scheiße, scheiße, scheiße!« Lutze guckt sich nach allen Seiten um. »Wo kann der sein?«

12.26 Uhr. Bei der Polizeidirektion geht die Bitte um Verstärkung ein. Vier weitere Beamte werden ins Hotel »Zum Stern« beordert, um den Laden von oben bis unten zu durchsuchen.

12.53 Uhr. Ein Krisentreffen im Büro von Kriminaldirektor Burns beginnt. Der Chef selbst eröffnet die Runde.

»Tja, liebe Kollegen, es könnte sein, dass uns Hartmann entwischt ist. Lutze und Peters haben das ›Stern‹ schon durchkämmt, weitere Kollegen helfen ihnen jetzt dabei. Wir können nicht mit Gewissheit sagen, ob der Verdächtige unsere Leute absichtlich abgeschüttelt hat, oder ob es sich nur um einen dummen Zufall handelt. Aber wenn wir vom Worst-Case-Szenario ausgehen, weiß Hartmann, dass wir hinter ihm her sind.«

Noch bevor einer der Kollegen dazu etwas sagen kann, nimmt Burns ihnen den Wind aus den Segeln. Etwas lauter als zuvor fährt er fort. »Ich weiß, ich wollte diese Observation. Möglicherweise war das ein Fehler. Aber darüber müssen wir jetzt nicht diskutieren. Uns läuft die Zeit davon. Was schlagen Sie vor, meine Damen und Herren?«

Nach einem kurzen Blick in die Runde erhebt Daniel das Wort. »Ich hielte es für das Sinnvollste, erst mal zu überprüfen, wo sich Hartmanns Auto befindet. Das braucht er ja für die Geldübergabe. Wenn der Wagen weg ist, gibt es zwei Möglichkeiten: Entweder er besorgt gerade das Geld und kommt nachher zum Nadelöhr. Oder er hat gemerkt, dass er beschattet wird, und haut ab. Wenn der Wagen noch da ist, lassen wir ihn nicht aus den Augen. Die Observation eines Autos ist einfacher als die eines Menschen.«

Burns nickt zustimmend. »Ich denke, so machen wir's. Allerdings müssen wir langsam aufpassen, dass uns das Personal nicht ausgeht.«

13.12 Uhr. Nun steht fest, dass sich der Dienstwagen von Jürgen Hartmann nicht in der Innenstadt befindet. Der Geschäftsführer der Kur-Kongress- und Tourismus-GmbH wohnt in der Stresemannallee und pflegt nach Auskunft seiner Mitarbeiterin zu Fuß zur Arbeit zu kommen.

13.21 Uhr. Eine Zivilstreife trifft vor Hartmanns Haus ein. Nach einer Halterabfrage kann zweifelsfrei geklärt werden, dass es sein Wagen ist, der auf dem Grundstück steht.

13.27 Uhr. Die Kollegen treffen sich zu einer letzten kurzen Besprechung, bevor sie sich zum Nadelöhr aufmachen wollen. Die Stimmung ist angespannt.

Gerhard Behrendt fasst die Lage zusammen. »Wir müssen davon ausgehen, dass sich Hartmann noch in der Stadt befindet. Zwei Kollegen sind am Bahnhof und versuchen herauszufinden, ob ihn dort irgendjemand gesehen hat. Aus dem städtischen Fuhrpark hat er kein Auto entliehen, das haben wir gerade schon geklärt. Aber er kann natürlich auch mit dem Wagen eines Freundes unterwegs sein. Sein Haus in der Stresemannallee wird observiert. Ich schlage vor, dass wir die Aktion am Autobahnparkplatz wie geplant durchziehen, auch wenn ich nicht mehr sicher bin, dass Hartmann da tatsächlich hinkommt.«

Jacqueline Gölz meldet sich zu Wort. »Wäre es nicht sinnvoll, Samsons Zimmer im Hotel überwachen zu lassen? Ich meine, wenn Hartmann tatsächlich noch in der Stadt ist, ist der Schauspieler doch in akuter Gefahr. Warum ist er überhaupt noch in Hersfeld? Die Erpressungsgeschichte ist in der Zeitung, wofür brauchen wir ihn dann noch?«

»Für eine eventuelle Gegenüberstellung«, antwortet Burns. »Samson konnte bei dem Überfall damals in Crimmitschau zwar keinen der Täter genau sehen, aber vielleicht kann er uns weiterhelfen, wenn er die Statur, den Gang oder die Sprache des möglichen Täters wiedererkennt. Ich denke allerdings, dass der Herr im Hotel sicher ist. Frau Schilling, Sie waren beim Check-in doch dabei. Er hat sich ganz sicher mit unserem Decknamen angemeldet?«

Brigitte nickt. »Ja, Rolf Samson residiert im ›Fontanis‹ als Joachim Hansen aus Kiel. Selbst wenn Hartmann durch seine Position im Tourismusverband auf die Buchungen der Beherbergungsbetriebe zugreifen kann, wird er ihn nicht finden.«

»Außerdem«, fügt Burns hinzu, »brauche ich jede verfügbare Kraft an der Autobahn und bei der Observierung seines Hauses. Da können wir uns einen Personenschutz nicht erlauben.«

13.41 Uhr. Fünf Einsatzwagen machen sich auf den Weg zur A 4. Drei zivile Fahrzeuge sollen auf dem Autobahnparkplatz postiert werden, darunter der gut motorisierte Passat von Michi und Matze, der zu einer möglichen Verfolgung eingesetzt werden soll. Zwei weitere Autos fahren weiter in Richtung Erfurt, um die Anschlussstellen hinter dem Parkplatz zu sichern.

13.47 Uhr. Alle Kollegen werden über Funk darüber informiert, dass vor Hartmanns Haus weiterhin alles ruhig ist und sein Wagen noch immer in der Einfahrt steht.

14.01 Uhr. In der Polizeidirektion geht die Meldung ein, dass die ersten Beamten den Parkplatz Nadelöhr erreicht haben. Brigitte steht vor einer Landkarte des Kreises Hersfeld-Rotenburg und steckt kleine Fähnchen an die Standorte ihrer Kollegen. Falls es Hartmann wider Erwarten doch schaffen sollte, die Autobahn früher zu verlassen, kann sie so am besten abschätzen, welcher Einsatzwagen ihm am nächsten ist.

Viel mehr kann sie gerade auch nicht tun. Sie ärgert sich immer noch, dass Burns ausgerechnet sie dazu verdonnert hat, auf der Dienststelle zu bleiben. Nicht nur aus beruflichen Gründen würde sie gern ein bisschen Zeit zu zweit im Auto mit Daniel verbringen. Solange vor Hartmanns Haus und auf dem

Autobahnparkplatz nichts geschieht, ist Brigitte zum Nichtstun verdammt.

Lustlos klickt sie sich durchs Internet und schaut sich ein paar Urlaubsbilder an, die ihre Freundin Anne bei Facebook gepostet hat. Zwischendurch melden die Kollegen immer wieder per Funk, dass noch nichts passiert sei, weder in Hersfeld noch an der A 4.

Brigitte prüft online ihren Kontostand. Auch hier nichts Neues. Schließlich öffnet sie die Seite von Wikipedia und gibt den Namen »Rolf Samson« ein.

14.17 Uhr. Brigitte Schilling hat kalten Schweiß auf der Stirn und zittert am ganzen Leib.

18

Rolf Samson hatte es sich in seinem Zimmer im Hotel »Fontanis« so gemütlich wie möglich gemacht. Er lag auf seinem Bett und ließ sich durch unterirdische Serien im Privatfernsehen berieseln. Aktuell standen die sogenannten »Scripted Realities« bei seinem ehemaligen Kölner Arbeitgeber hoch im Kurs. Die dilettantischsten Laienschauspieler wurden bei angeblich wahren Ereignissen aus ihrem Leben gefilmt. Natürlich stimmte nichts davon, aber für ein bisschen Ruhm waren diese Menschen bereit, sich vor hunderttausenden Zuschauern in die schlimmsten Unterschicht-Deppen zu verwandeln.

So sah Samson das zumindest.

Er regte sich darüber auf, aber anstatt wegzuschalten, ging er lieber eine Zigarette nach der anderen am geöffneten Fensterschlitz rauchen.

Ihm war klar, dass er nach seinem Aufenthalt gründlich würde durchlüften müssen, die per Hausordnung angedrohten zweihundert Euro Renovierungskosten bei Missachtung des Rauchverbots wollte er auf keinen Fall zahlen. Und dass die Polizei dafür aufkam, war wenig wahrscheinlich.

Samson hatte an der Rezeption darum gebeten, keine Putzfrau vorbeizuschicken. Er durfte das Zimmer ja nicht verlassen – und einer Angestellten beim Saubermachen zuzusehen, war ihm aufgrund seiner aktuellen Lebenssituation mehr als unangenehm. Er hatte sowieso noch nie verstanden, weswegen es Leute gab, die Wert darauf legten, dass ihnen im Hotel jeden Tag hinterhergeputzt wurde.

Vorsichtshalber hatte er auch noch das rote Schild an den Türgriff gehängt, das die Raumpflegerin davon abhalten sollte, ihn beim Qualmen in flagranti zu erwischen.

Oksana Kasimirowa hielt sich daran. Der zweite Stock im Südflügel des »Fontanis« war ihr Reich. Nur in ihren Zimmern wurden die Gäste mit Handtüchern empfangen, die jeden Tag kunstvoll zu Schwänen geformt waren – und nur in ihrem Verantwortungsbereich befand sich in einer derartigen Regelmäßigkeit ein Trinkgeld auf dem Nachttisch.

Da der Gast von Zimmer 214 nicht gestört werden wollte, hatte sie ihren ausufernden Putzwagen neben der Tür geparkt. Falls er sich noch anders entscheiden sollte, wäre Oksana so am schnellsten wieder am Einsatzort. Ansonsten war sie heute gut in der Zeit und hatte alle Zimmer in ihrem Trakt am frühen Vormittag bereits gereinigt.

Oksana Kasimirowa genehmigte sich eine Zigarette auf der Terrasse vor dem Hotel.

Niemand war auf dem langen Gang zu sehen. Das Hotel war zur Festspielzeit zwar gut gebucht, aber die Gäste hatten an diesem schönen Frühsommertag Besseres zu tun, als sich in ihren Zimmern aufzuhalten.

Niemand bekam mit, wie ein kräftiger Herr über einen Nebeneingang das Haus betrat und mit einem leichten Keuchen die Treppe in den zweiten Stock nahm. Auf den dunklen Gängen sprang das Licht immer erst etwas zu spät an, weil der verantwortliche Sensor mit Verzögerung reagierte. Wenn es nach Jürgen Hartmann gegangen wäre, hätte das Licht ganz ausbleiben können. Schließlich sollte niemals jemand erfahren, dass er an diesem Nachmittag im Hotel »Fontanis« gewesen war.

Deswegen hatte er auch seinen Wagen nicht angerührt und sich von hinten durch die kleine Eisenbahnunterführung am Bootshaus dem derzeitigen Domizil seines Opfers genähert. Oben am Parkplatz Nadelöhr wimmelte es jetzt wahrscheinlich vor Polizisten. Aber er hatte sie alle genarrt. Dachten die wirklich, dass es ihm nicht auffallen würde, wenn da zwei Typen mit gespieltem Desinteresse vor seinem Büro herumlungerten, kurz nachdem er einen Erpresser-Anruf bekommen hatte?

Die Idee mit dem »Stern« war einfach großartig gewesen. Kein blöder Bulle kannte das Haus so gut wie er. Hinter der Bar links in den ersten Stock, um zwei bis drei Ecken, ein paarmal den Kopf einziehen – und schon war er am Hinterausgang, ohne auch nur in die Nähe der Rezeption gekommen zu sein.

Er konnte sich richtig vorstellen, wie die trotteligen Polizisten diesen ganzen Fuchsbau eines Romantikhotels auseinandergenommen hatten, während er schon lange auf dem Weg zum Privathaus von Bürgermeister Goldhagen war.

Dort warteten in einem Kellerschrank mehrere Gewehre unterschiedlichen Kalibers – und das natürlich unabgeschlossen. Welche Behörde würde schon bei einem Bürgermeister klingeln und die ordnungsgemäße Verwahrung seiner Jagdwaffen überprüfen?

Der Schlüssel, den er von seinem Parteifreund zum Blumengießen in Urlaubszeiten bekommen hatte, leistete wunderbare Dienste. Dummerweise kannte sich Hartmann mit Schießgeräten kaum aus, aber er fand neben den Gewehren eine äußerst handliche Pistole, die wahrscheinlich eher zur Verteidigung des eigenen Hab und Guts gedacht war. Seine Vorkenntnisse aus seinem früheren Leben reichten aus, um festzustellen, dass die kleine Wumme scharf geladen war.

Es klopfte an der Tür von Zimmer 214.

»Ja, bitte?«, schallte es gedämpft durch die verschlossene Tür.

»Herr Samson? Mein Name ist Müller von der Polizei Bad Hersfeld. Ich bin gekommen, um sie abzuholen. Der Einsatz ist beendet.«

Für einen kurzen Moment herrschte Ruhe auf dem Hotelflur. »Nein, das kann nicht sein«, antwortete Samson aus seinem Zimmer. »Ihre Kollegen wollten mich telefonisch benachrichtigen, bevor sie mich holen kommen. Und es hat noch niemand angerufen.«

Der kräftige Mann auf dem Flur lehnte sich mit dem Unterarm gegen die Zimmertür. »Es geht bei uns gerade alles drunter und drüber in der Polizeidirektion. Wir haben es schlicht vergessen, Sie vorher zu informieren.«

Wieder dauerte es eine Weile, bis Samson antwortete. »Schieben Sie mir Ihren Dienstausweis unter der Zimmertür durch. Dann öffne ich Ihnen.«

Jürgen Hartmann zog sein Portemonnaie aus der Gesäßtasche und nestelte die Rabattkarte eines Drogeriemarktes heraus. Dann steckte er seine Geldbörse wieder ein und griff in die Brusttasche seines Jacketts. In der rechten Hand fühlte er das kühle Metall der Waffe. Mit der linken schob Hartmann in der Mitte der Tür seine Karte gerade so weit ins Zimmer hinein, dass Samson den Rand unter der Tür sehen musste und sie aufheben würde.

Dann richtete er die Pistole auf die Tür, im Winkel leicht nach unten geneigt.

Auf dem Flur erlosch das Licht. Der Sensor war offenbar der Auffassung, dass sich schon lange genug niemand mehr bewegt hatte.

Genau in diesem Moment krachte der Putzwagen gegen Jürgen Hartmanns linke Flanke. Die Wucht des Aufpralls riss ihn von den Füßen, mit dem Kopf knallte der Tourismusmanager gegen eine Kante neben der Zimmertür. Die Pistole fiel ihm aus der Hand und wurde unter einem Berg von frischen Handtüchern und kleinen Shampoofläschchen begraben.

Noch bevor Hartmann sich berappeln konnte, sprang Brigitte hinter dem Putzwagen hervor, ihre Dienstwaffe in der Hand auf den Mann am Boden gerichtet, mit der anderen Hand hektisch den Haufen von Handtüchern abtastend.

Als Jürgen Hartmann die Kontrolle über seinen Körper wiedererlangte, blickte er direkt in die Mündung der Pistole von Polizeioberkommissarin Brigitte Schilling.

»Herr Hartmann, ich verhafte Sie wegen des Verdachts auf Mord an Natascha Gessler und versuchten Mordes an Rolf Samson.«

***

Alkohol im Dienst war bei der Polizei absolut tabu. Es sei denn, der Dienststellenleiter persönlich kredenzte seinem Team zwei gut gekühlte Flaschen französischen Schaumweins. Die meisten Kollegen hätten sich zwar auch mit einem zünftigen Pils zufriedengegeben, aber Burns hatte nach eigenem Bekunden einen besonders feinen Tropfen aus seinem heimischen Weinkeller herausgesucht.

Beim Anstoßen auf den gelösten Fall klirrten die Gläser in der Polizeidirektion Bad Hersfeld – und immer wieder musste Brigitte erzählen, wie es dazu gekommen war, dass sie zur richtigen Zeit am richtigen Ort war, um Rolf Samson das Leben zu retten.

Als sie in seinem Wikipedia-Eintrag das genaue Geburtsdatum des Schauspielers gelesen hatte, kam es ihr vor, als habe ein Stromschlag ihren Körper durchfahren. Der Gast aus Köln war zwar unter falschem Namen im Hotel »Fontanis« eingebucht worden, seinen Geburtstag hatte er allerdings korrekt in der Meldebescheinigung angegeben.

Wie alle Übernachtungen in der Festspielstadt, war diese noch am selben Tag mit Angabe der Zimmernummer elektronisch an die Kur-Kongress- und Tourismus-GmbH übermittelt worden. Eine Maßnahme, die Hartmann kurz nach seinem Amtsantritt verfügt hatte. Er wollte darüber einen Verteiler für Werbung per Mail aufbauen.

Natürlich hatte Jürgen Hartmann als Geschäftsführer Zugriff auf diese Daten. Und offensichtlich hatte er diesen bei der Suche nach Samson genutzt.

Nach seiner unsanften Begegnung mit dem Putzwagen, hinter dem Brigitte kauernd auf Hartmanns Eintreffen gewartet hatte, legte er im Angesicht von ihrer Dienstwaffe noch auf dem Hotelflur ein Geständnis ab. In den anschließenden Verhören packte er umfassend aus. Die unerträgliche Situation mit seinem alkoholkranken Vater habe ihn Ende der achtziger Jahre in die Fänge einer rechtsextremen Jugendgruppe geführt.

Mit diesen Kameraden sei er in den Anschlag auf einen

türkischen Imbiss in Hammelburg geraten, bei dem zwei Kinder zu Tode gekommen waren.

Daraufhin habe man ihn in die ehemalige DDR geschickt, wo es in den wirren Zeiten der Wende niemandem auffiel, dass aus Kai Gruber Jürgen Hartmann wurde. Er räumte seine Beteiligung an dem Überfall in Crimmitschau ein und gestand schließlich den Mord an Natascha Gessler.

Tatsächlich hatte sie ihn bei dem gemeinsamen Foto in der Stiftsruine offenbar wiedererkannt, auch wenn er seine Narbe an der Oberlippe schon seit Jahren unter einem Bart versteckte. Die Reaktion der Schauspielerin war zu ihrem Todesurteil geworden. Statt in sein Büro zurückzukehren, hatte sich Hartmann durch den rückseitigen Eingang in die Ruine geschlichen und die Gessler mit dem erstbesten Gegenstand in ihrer Garderobe erschlagen.

Es war ihm anschließend gelungen, das Gebäude unerkannt zu verlassen, weil er sich über den Zugang zum Stadtmuseum unter eine Gruppe von Hobby-Historikern gemischt hatte, die gerade zum Ausgang strebte.

Am Ende des Verhörs hatte Hartmann tiefe Schatten unter den Augen. Er vergrub sein Gesicht für einige Sekunden in den Händen. Als die Beamten ihm danach wieder in die Augen schauen konnten, sah man seinem Blick die Erleichterung an, dass das jahrzehntelange Versteckspiel endlich ein Ende gefunden hatte.

***

Umjubelte Premiere in der Stiftsruine
Bad Hersfeld. Mit stehenden Ovationen ist gestern Abend die deutsche Uraufführung von Valerie Prohaszkas Bühnenstück »Gezeiten« gefeiert worden.
Am Schluss stürmte die Regisseurin und Intendantin persönlich neben ihr Ensemble auf die Bühne und verteilte Handküsse ans Bad Hersfelder Publikum.

Dabei stand die Aufführung von Beginn an unter keinem guten Stern: Akteure und Spielleiterin mussten den Tod von Bühnenstar Natascha Gessler verkraften. Die Rolle der Daphne wurde daraufhin mit Ilse Notz nachbesetzt.
Lange Zeit vermochte sich während der Proben kein Spannungsfeld zwischen den Schauspielern aufzubauen. Die emotionalen Ränke, mit denen Nathan (Hans Hofstede) seine beiden Lebensgefährtinnen Celeste (Juli Blum) und Daphne (Ilse Notz) gegeneinander ausspielt, um aus beiden Frauen schließlich ein Idealbild zu metamorphosieren, wollten in dieser Besetzung nicht verfangen.
Erst als Hans Hofstede das Handtuch warf und die Stiftsruine wenige Tage vor der Premiere genervt verließ, geriet »Gezeiten« wieder in das Fahrwasser, das gestern Abend in lang anhaltenden Applaus mündete.
Und das war vor allem der Verdienst des kurzfristig eingesprungenen Rolf Samson. Er hauchte der Rolle des Nathan einen ganz neuen Charakter ein. An seinem Charisma zerschellte Daphnes Selbstbewusstsein und zerrieb sich Celestes Unterwürfigkeit.
Samsons Fähigkeit, die beiden Frauen gleichzeitig zu begehren und doch auch zu seinen Untertaninnen zu machen, unterstreicht seinen Anspruch, bei »Gezeiten« den Prinzipal der Intrige, den Grandseigneur der Kabale zu geben.
Dieser Mann – so lange vergessen und dann doch zur rechten Zeit am rechten Ort – ist ein wahrer Hauptgewinn für die Bad Hersfelder Festspiele. (woan)

Danksagung

Mein Dank gilt Sebastian Kasper in Frankfurt, Christine Frühling in Stuttgart sowie Helgo Hahn und Gabriele Kühlewind in Bad Hersfeld.

Tim Frühling
DER KOMMISSAR IN BADESHORTS
Broschur, 176 Seiten
ISBN 978-3-95451-503-5

»Klingt klamaukig, ist aber höchst unterhaltsam. Tim Frühling ist ein scharfer Beobachter mit Sinn für Situationskomik und schräge Wortschöpfungen.« WDR 2 Krimitipp

www.emons-verlag.de